माँ की लोरियाँ
और
संस्कार गीत

माँ की लोरियाँ और संस्कार गीत

दीनानाथ साहनी

प्रभात प्रकाशन, दिल्ली
ISO 9001:2008 प्रकाशक

प्रकाशक • **प्रभात प्रकाशन**
4/19 आसफ अली रोड,
नई दिल्ली–110002

संस्करण • 2018
मूल्य • छह सौ रुपए
मुद्रक : एस.बी.एम. इंडस्ट्रीज प्रा.लि., राई (हरि.)

MAA KI LORIYAN AUR SANSKAR GEET
by Dinanath Sahani ₹ 600.00
Published by Prabhat Prakashan, 4/19 Asaf Ali Road, New Delhi-2
e-mail: prabhatbooks@gmail.com ISBN 978-93-5048-542-2

संसार की
माताओं
के लिए

लेखकीय

लोकगीत भारतीय संगीत की आत्मा है। हमारी संस्कृति की अनूठी धरोहर है। यह शाश्वत सत्य है कि लोकगीतों में मानवीय जीवन की वह संवेदना है, जिससे हर हृदय की लड़ियाँ जुड़ी हुई हैं। लोकगीतों में अतल सागर जैसी गहराई है। हर ऋतु, हर उत्सव, हर उमंग और हर रंग में गाए जाने वाले लोकगीत सहज ही हर मनुष्य को अपनी ओर आकृष्ट कर लेते हैं।

लोकजीवन को मैंने खूब जिया है। गाँव की हर खुशबू मेरे हृदय में बसी है। चौपालों में गूँजते गीत मेरे मन-प्राण, जीवन में रचे-बसे हैं। मेरे जीवन में यह तथ्य खास महत्त्व रखता है कि मेरा बचपन गाँव में बीता है। वह गाँव है, जहाँ खाँटीपन को जिया और तमाम पीड़ा को बहुत अंतरंगता से भोगा है। गाँव छूटने का दंश और अपनों से दूर होने की खरोंचें, साथ ही लहराते खेत-खलिहानों के बिछुड़ने की टीस—इन सबसे मिल-जुलकर जो इतिहास, पीड़ा, संत्रास और कविता-कहानियाँ लिखी हैं, वहीं बाद में मुझे लोकगीतों के सृजन और संग्रहण के लिए प्रेरित किया है। मेरे अधिकांश बचपन के संस्मरणों की कविताओं को पढ़ें, कहानियों को पढ़ें तो अनायास ही वह खुशनुमा गाँव, खेत-खलिहान और बल खाती पगडंडियाँ, हहराती नदियाँ व चिंघाड़ते नाले उभर आते हैं

'माँ की लोरियाँ और संस्कार गीत' में बचपन की यादें जुड़ी हैं, तो वहीं हर बोली में लयबद्ध चुनिंदा लोरियों एवं संस्कार गीतों को बीनने का प्रयास किया है। विभिन्न आंचलिक भाषाओं, बोलियों के लोरियों और संस्कार गीतों के संग्रह करने में उसके मूल भाव और उसकी आत्मा को हूबहू प्रस्तुत किया गया है। यों भी कह सकते हैं कि ये लोरियाँ जहाँ असंख्य माताओं की भाव-अभिव्यक्तियाँ हैं, वहीं संस्कार गीत मनुष्य की वे परछाइयाँ हैं, जो मनुष्य की उत्पत्ति के समय से ही किसी-न-किसी रूप में संग चली आ रही हैं। यह कहना होगा कि हमें पहला

संस्कार माँ की लोरियों से मिलता है। माँ के वात्सल्य भरे हृदय में स्वत: उपजी लोरियाँ न केवल पारिवारिक सदस्यों व नातेदारों से परिचय कराती हैं, बल्कि वनस्पतियों, नदियों, पहाड़ों, जीव-जंतुओं एवं संपूर्ण ब्रह्मांड से अपने रिश्ते को भी दरशाती हैं।

ये लोरियाँ और संस्कार गीत इस गजल की भाँति हैं—

राख को भी कुरेदकर देखो
अब भी जलता हो कोई पल शायद...

माँ की लोरियाँ और संस्कार गीत—ये माँ के स्वर हैं, माटी के गीत हैं।

और अली सरदार जाफरी के शब्दों में—

जो अब मेरी जबां है
मेरे बचपन में
वह मेरी माँ की लोरी थी
यह लोरी भी अमानत है।

—दीनानाथ साहनी

दीपावली, 2013

अनुक्रमणिका

बालगीत

एक बीज, एक अंकुर के बिना फल-फूल या किसी वृक्ष की कल्पना कैसे की जा सकती है? गाँव से शहर तक, झोंपड़ी से राजमहल तक बच्चों की लीलाओं ने लोगों को मोहित किया है। शिष्ट साहित्य में तुलसी और सूर ने राम और कृष्ण के शैशव की मधुर और मोहक झाँकियाँ प्रस्तुत की हैं; किंतु लोक साहित्य भी इनसे अछूता नहीं है। लोक साहित्य में विभिन्न प्रांतों में बालगीत पाए जाते हैं।

बालगीतों का संबंध विशेष रूप से खेलों से होता है। लड़के-लड़कियों के जीवन में खेल उनकी एक मुख्य प्रकृति के रूप में होते हैं। इन खेलों में गीत और कविता होने से अधिक सरसता आ जाती है। खेलों के द्वारा बालक आदिम जीवन की अनुकरणात्मक झाँकी तो देते ही हैं, साथ ही खेलना अपनी नैसर्गिक प्रकृति का उपयोग करके सामूहिक जीवन की कल्पना करते हैं, पारंपरिक सहयोग का पाठ पढ़ते हैं और जीवन को स्फूर्तिमय बनाते हैं।

बालगीतों को मुख्य रूप से दो भागों में बाँटा जा सकता है, क्योंकि स्त्री-पुरुष की भिन्न प्रकृति के अनुरूप लड़के-लड़कियों के कार्यों में भी स्वाभाविक रूप से विभाजन होता है। प्राय: देखने में आता है कि लड़कों के साथ ही खेलना पसंद करते हैं, जबकि लड़कियाँ लड़कियों के साथ ही खेलती हैं। उनके खेलों में भी स्वाभाविक अंतर होता है।

गढ़वाल में अधिक बालगीत नहीं हैं, किंतु इनका अभाव भी नहीं है। यहाँ दो रूपों में बालगीत पाए जाते हैं। पहले प्रकार के गीत बच्चों को सुलाने

के लिए तथा उनके मनोरंजन के लिए माताओं या स्वजनों द्वारा गाए जाते हैं। दूसरे वे गीत हैं, जिन्हें बच्चे स्वयं गाकर मनोरंजन करते हैं।

लोरी गीत

गढ़वाल में प्रथम कोटि वाले गीत प्राय: लोरी के समान होते हैं, जिनका प्रयोग बच्चों को सुलाने के लिए विशेष रूप से होता है। इन लोरियों का महत्त्व बच्चों के चरित्र-निर्माण में भी है। बच्चों को सोते समय बड़े-बूढ़े लोरियाँ सुनाते हैं। ये गीत सरल धुनों के होते हैं। राजस्थान में गाई जानेवाली कुछ लोरियाँ इस प्रकार हैं—

राम भज बीरा राम भजरै, राम बिना दु:ख पावैगो।

× × ×

तालियाँ बजाओ भइ राधे गोविंद गाओ।

× × ×

सोई रे गीगा सोई, तेरी माँ करे रसोई।

× × ×

थारी माँ पाणी गी, घर में गंडकड़ा वाली गी।

कुमाऊँनी क्षेत्र में गाया जानेवाला एक लोरी गीत इस प्रकार है—

झूली ले झूली भावा झूली ले
पूरबि को पिङ् द्योंलो
पच्छिम की हावा झूलि ले भावा
तेरी ईजू पलूरिया घास जाई रैछ
तेरा लिजिया भावा
चूची भरी ल्याली, चड़ी मारी ल्याली
चुची खा ले लै भावा
चड़ी खेल लगालै होलिले
चुङरो टोड़लै भावा
खातड़ी फाड़लै
तेरी छत्तर राजगछद्दी, बड़ी बड़ी होली लै
कुमवी को जौव खाले, अजुवा को पानी
गुदड़ी में सोई रैले

होली ले होली ले।

अर्थ—झूल ले बेटे झूल ले
पूरब का पेंग दूँगी, पश्चिम की हवा
तू झूल ले
तेरी माँ पलूरिया घास के लिए गई हुई है
तेरे लिए बेटे, अपने स्तनों को भर लाएगी
चिड़िया मार लाएगी
स्तनों को मुँह में डालेगा, चिड़िया से खेल करेगा
होलिले! चुड्रो तोड़ेगा, कपड़े फाड़ेगा
तेरी छत्र, राजगद्दी बड़ी-बड़ी होगी रे
पतली खिचड़ी खाएगा
अजुवा एक पानी पिएगा
गुदड़ी में सो रहेगा
होली ले, होली ले।

गढ़वाल का एक लोरी गीत 'घूगूती' नामक पक्षी से संबंधित है एक कथा है कि 'घूगूती' पहले जन्म में एक बालिका थी। उसे उसकी सौतेली माता ने नींद में ही मार डाला था। लोक में इसलिए उसके प्रति करुणा दरसाई गई है। इस गीत में बच्चे को तो खाने-पीने का लोभ दिया ही जाता है, घूगूती पक्षी को भी दूध-भात देने की बात कही गई है—

घूगूती मा सूती, क्या खाँदी, दूद भाती
से जा, से जा, निंदै बाली, सेणक रोंदी।

घूगूती, माँ सोई हुई है, बता तू क्या खाएगी? क्या दूध और भात खाएगी? सो जा, सो जा, नींद के बालक, तू सोने के लिए ही रो रहा है।

प्रायः ऐसा ही भाव भोजपुरी के एक प्रसिद्ध लोरी गीत में पाया जाता है—

चंदा मामा, आरे आव बारे आव
नदिया किनारे आव
सोना के कटोरिया में
दूध भात लेले आव
बबुआ के मुँहवा में गुट्टक।

अवध प्रदेश में गाए जानेवाले कुछ 'लोरी गीत' इस प्रकार हैं—

आउ री चिरइया, वन बसुड़ी बजाउ
आउ री निंदरिया मोरे भइया क सोवाउ।

शिशु को बहलाने के क्रम में निम्न लोरी गीत गाया जाता है—

कब लाल बड़े के होइहैं
कब बाबा की बगिया जइहैं
कब आम घउथ लइ अइहैं
तौ आजी के आगे धरिहैं
तौ आजी के जियरा जुड़इहैं।

लोरी गीतों के माध्यम से मिथिलांचल की माताएँ अपने अबोध शिशुओं को गगनवासी चंदा से बातें कराती हैं। कहीं-कहीं इन लोरी गीतों में सामाजिक विपन्नता एवं पिछड़ेपन के चित्र भी मिलते हैं—

सुत रे होरी लाल
तोर बप्पा बाँस काटै गेल
बाँस के कटैया
तीन सेर मरुआ
कुटि पीसी तीन रोटी भेल
एक रोटी छौरा-छौरी
एक रोटी बुढ़वा, एक रोटी बुढ़िया
छुछे धकेल।

माता अपने बेटे से कहती है—मेरे प्यारे बेटे, अभी और सोओ। तुम्हारे पिता बाँस काटने के लिए मालिक के गाँव गए हैं। बाँस की कटाई में वे तीन सेर मरुआ लाएँगे। उसकी कुटाई-पिसाई होगी, तब रोटी बनेगी और हम सब मिल-बैठकर खाएँगे।

एक लोरी में ऐसा उल्लेख है कि घर के सभी लोग मजदूरी करने गए हैं। केवल एक बहन है, जो रोते हुए भाई को बहला रही है—

नै खोजहि माय के बउआ
नै लिहैं बाबू के नाम
माय गेलौं कुटान करे

बाप गेलौं गाँव
यहाँ एगो हम बइठल छीयौ
बउआ ठामे ठामे।

कहीं-कहीं इन लोरी गीतों में हास्य का पुट भी मिलता है। एक नन्ही बच्ची को, जो सोई हुई है, खेत की रखवाली करने को कहा जाता है—

अलिया गे झूलिया गे
गोला बरद खेत खाय छौ गे
हाँकू बेटी लछमी
गोर में देबौ पैंजनी।

हरियाणा में गाया जानेवाला एक लोरी गीत इस प्रकार है—

लाला लाला लोरी, दूध भरी कटोरी
लाला की माँ पाणी जा, लाला दूध मलाई खा
लाला रे ललबणिया रे, बारह गज का तणिया रे
चंदा मामा आएगा, दूध मलाई लाएगा।

आंध्र प्रदेश में लोरी को 'जौलपाटा' कहते हैं। बच्चा चंद्रमा को पकड़ना चाहता है—

चंदा मामा रावे, जा बिल्ली रावे, कराडे कि रावे
कोटि पूलू तेवे, बंडि मीदा रावे, बंति पूले तेवे।

—चाँद मामा आ। गाड़ी पर चढ़कर आ। फूल लेकर आ। पीले फूल दे जा।

उड़िया में लोरी को 'बिल्ला खेला गीतो' कहते हैं। एक लोरी में चंद्रमा का उपहास किया गया है। माँ कहती है—चाँद मामा, मेरी बात सुनो। खेल की मछली चील खा गुई, तुम जाल तैयार करो—

जन्हाँ मामू रे, जन्हाँ मामू, मो कथा ही सुनो
बिल र माछ चील खाई गला
खईंची खँडिए बुणो।

कश्मीरी माताएँ बच्चों को पालने में झुलाकर लोरी गाती हैं—

तुझे झनझनाते झूले में डालकर झुलाऊँ
बाप तेरा इंद्रराज है, माँ यंबा जल

तेरे झूले में ही और मसबल (फूल) बिछा दूँ
तेरे झूले के किनारों से झूमर लटक रहे हैं
तुझे आकाश में उड़नेवाला पंछी चाहिए कि कस्तूर
तुझे झुलाने के लिए स्वर्ग की हूर ले आऊँ।

भोजपुरी प्रदेश में गाया जानेवाला एक लोरी गीत इस प्रकार है—

आउ रे निनिया निनर बन से
बबुआ अइले ननिअउरा से।

क ठुला गीत

आंध्र प्रदेश के सुल्तानपुर जनपद में बालक के रूप का वर्णन करते हुए एक गीत गाया जाता है, जिसे 'क ठुला गीत' कहते हैं—

राजा हमरे कठुलवा कै साध, कठुलवा लै आवउ
सिर पर सोहै ताखी (टोपी), अंग माँ झुलिया रे
राजा दूनो हाथे टेंहसा (आभूषण) गोड़हरा
गरे बिच कठुला
बहुत नीक लागै बहुत छबि लागइ हो।

घुनघुना गीत

बच्चे के हाथ में झुनझुना देकर माता तृप्त होती है। अवध प्रदेश में इस अवसर पर भी गाया जानेवाला एक गीत है—

सिरी किरसन के हाथे जड़ा घुनघुना
उनके बाबा लै आए जड़ा घुनघुना
उनकी आजी खेलावैं खेलौ ललना
उनके बप्पा लै आए जड़ा घुनघुना
उनकी अम्मा खेलावैं खेलौ ललना।

पालना गीत

शिशुओं को पालन, झूला या माँ की ममताभरी गोद में थपकी देकर सुलाने वाले गीतों को 'पालना गीत' या 'पालने के गीत' कहते हैं। ये लोरी गीतों के ही एक प्रकार हैं। बच्चों को तेल लगाने, दूध-भात खिलाने आदि के गीत भी इसी श्रेणी में आ जाते हैं।

प्रत्येक माता अपने बेटे में कृष्ण की छवि देखती है, इसलिए वह स्वयं यशोदा बनकर अपने बालकन्हैया को पालने में सुलाती है—

पलना में ललना झुलावें जसोदा जी
पलना हिलावें ललना झुलावें
निरख चाँद सूरुज न फूली समावें
कबहुँ दौर जाएँ मेहर को बुलाएँ
उठा कृष्ण को दोनों ओरी खिलावें
नजरियाँ बचावें डिठौना लगावें
करें राई नोनो उठानो उठावें।

भोजपुरी के आधुनिक कवि हरिराम द्विवेदी का एक लोरी गीत बड़ा सुंदर बन पड़ा है—

अँगना में पलना, पलनवाँ में डोरी
ललना झुलावैं धना गाइ-गाइ लोरी।
हमरे परान झूलैं पलना हो
मोरे अँगने में पलना
किलकि किलकि उठैं ललना हो
मोरे अँगने में पलना
निरखैं नयनवा मगन लड़िकोरी
ललना झुलावैं धना गाइ-गाइ लोरी।
धीरे-धीरे निदिया अँखियन में बसि जाय
ओढ़ले पलकिया पुतरिया छँहाय
सपना रहै मोरे हियरे समाय
ममता निहारै बनी अँखियाँ चकोरी
ललना झुलावैं धना गाइ-गाइ लोरी।

ऐसे गीत थारू प्रदेश में 'दोरी' या 'डोरी' नाम से भी जाने जाते हैं। दो खंभों के बीच रस्सी के सहारे बँधे कपड़े के पालने में बच्चे को झुलाती हुई थारूनी माता गुनगुनाती है—

'नींन जा रे बाबू, झूल जा रे बाबू, खुट् खुट् के।'

इस प्रकार के गीतों की मधुर ध्वनि का बच्चे के मन-मस्तिष्क पर अच्छा प्रभाव पड़ता है। क्योंकि इन गीतों में भाव की अपेक्षा स्वर की प्रधानता होती

है। इसी तरह बच्चों को दूध-भात खिलाती हुई माता कहती है—

रस पत खो रे बाबू, झम झम बाढ़।

दोरी या लोरी गीत गाने में माता को आनंद आता है तथा शिशु को इन गीतों में सम्मोहन प्राप्त होता है। कुछ थारू 'पालने गीत' इस प्रकार हैं—

या रे नीनी भोला दौड़ी-दौड़ी के
या रे नीनीआँ या या, हमर गुड़ी[1] के खेला
हमर गुड़ी देतो तोरा सूपा, भोरी ननिहाँ धान
बेहा धान बेची खोची खैहेन गूआ पान
पुरुब महर[2] के बंगलैन छौंड़ी[3] बड़ रसिया
हाथ में देबो संखार-चूड़ी[4] कान में देबो पात
टुनमुन खेला गे गुड़ी टुनमुन खेला।

और भी—

सुत रे बाबू सुत नीनी जा
या रे नीनीआँ[5] बैर बोन[6] से
रसपत[7] खो रे बाबू झमझम बाढ़
माँ जेतो बड़ी दूर
सुत रे बाबू सुत नीनी जा
माँ तोर चोरनी बाप लपटोर[8]
पितिया रा हेलो सीनाजोर।

अवध प्रदेश के अंतर्गत सुल्तानपुर में गाया जानेवाला एक पालना गीत इस प्रकार है—

सूखी, फूलन माँ फूले गोपाल लालन
उनके बाबा लै आए सोने कै पालना
उनकी आजी झुलावैं झूलौं लालना।

इलाहाबाद जनपद में गाया जानेवाला एक पालना गीत इस प्रकार है—

लालनवा मचलि गयो आज
हमरे के झुलावै पालना
काहे का तेरा बना है पालना, काहेन लागी डौर

---

1. बेटी, 2. पूरब दिशा की, 3. छोकरी, 4. शंख की चूड़ी, 5. निंदिया, 6. बैर वन, 7. रसदार, 8. लफंगा।

अगर चनन का बना है पालना, रेसम लागी डोर
लाल झूलैं अम्मा झुलावैं बार-बार बलि जायँ।

खंत मंत

बच्चों को खेलाते या बहलाते समय तरह-तरह के गीत गाए जाते हैं। 'खंत मंत' ऐसा ही एक गीत है, जो अवध प्रदेश में प्रचलित है—

खंत मंत इक कउड़ी पइया
कौंड़ी लइ मैं गंग बहइया
बारू लइ मैं भुजवा क दीन
भुजवा हमका लावा दीन
लावा-लावा बीनि चबावा
ठोरी-ठोरी घसियरवै दीन
घसियरवा हमका घास दीन
घास लइ हम गइया क दीन
गइया हमका दुद्धा दीन
दुद्धा लइ मैं खीर बनावा
सब घर खावा बिलरिया खवावा
तुम्हरे बियाहे मँ का बाजै।

महाँ महाँ

बच्चों को खेलते या बहलाते समय अवध प्रदेश में 'महाँ महाँ' नाम का गीत भी गाया जाता है—

महाँ-महाँ तोर घर कहाँ, बबुर की छहाँ
बबुर लागी आगि, महाँ गई भागि
महाँ के भइ बिटिया, नाउँ धराइन टिकिया
टिकिया रे टिकिया, बरा बनाव
बरा बनाय कै हमका खवाव
भइया के बियाहे मँ का बाजै
झय्यम झय्यम।
सायँ-सायँ बकुली, राजा कै डकुली
हाथे डब्बा गोड़े जंजीर

गइया हमका दूध दीन्हा
ऊ दुधवा हम चिल्हिया के दीन्हा
चिल्हिया हमका पंखा दीन्हा
ऊ पंखा हम राजा क दीन्हा
राजा हमका घोड़ा दीन्ह
घोड़े चढ़े आई थे
तबला बजाई थे।

बदली

जब बदली छाई रहती है तो बच्चों को खेलाते समय कहा जाता है—

आज बदरी बिहान बदरी
आवा दमदवा मार मोंगरी।

कालकलौटी

इस समय यह गीत गाया जाता है—

कालकलौटी खेली थै
काले मेघा पानी दे
नाहीं तौ आपन नानी दे।

गोइयाँ मानी

बच्चों को खेलाते समय 'गोइयाँ मानी' नामक यह गीत अवध प्रदेश में गाया जाता है—

आवा चली गोइयाँ मानी सगरा नहाय
सगरा माँ बड़ी-बड़ी बुंदिया बिकाय।

कटोरिया

अवध के फैजाबाद जनपद में बच्चों को खेलाते हुए 'कटोरिया' नामक यह गीत गाया जाता है—

बाबा गए दिल्ली लाए हुआँ से चार कटोरिया
एक कटोरिया फूट गै, गिल्ली कै टाँग टूटि गै।

कौवा मामा

अवध के गोंडा जनपद में बच्चों को बहलाते हुए यह गीत गाया जाता है—

कउआ मामा आए हैं
पतउआ माँ गुर लाए हैं
तिलोरी माई आई हैं
लाल खेलउना लाई हैं।

खेल गीत

बालगीतों का महत्त्वपूर्ण भाग है 'खेल गीत'। इसके अंतर्गत बच्चों के गीतमय खेलों की गणना की जाती है। ऐसे खेल गीतों में नृत्य, अभिनय, उछल-कूद, वाक्चातुर्य, बुद्धि-परीक्षा, लौकिक आचार, मनोरंजन, शिक्षा आदि का समावेश पाया जाता है। थारुओं में प्रचलित कुछ खेल गीतों के नाम हैं—झो मक्का, कराकुरी, अटकन-मटकन, ककटहर पक्का, गद्‌गद रासी, कबड्डी आदि। इन गीतमय खेलों से बच्चों का शारीरिक तथा बौद्धिक विकास सहज एवं स्वाभाविक रूप से होता है। इसलिए मनोवैज्ञानिकों ने शिक्षा की पृष्ठभूमि में खेल गीतों का महत्त्व स्वीकार किया है। थारू बच्चे कभी-कभी अपने खेल गीतों की रंगभूमि में माँगलिक अनुष्ठान भी करते हैं।

झो मक्का ऐसे ही अनुष्ठान की एक कड़ी है, जिसमें थारुओं के बच्चे सूखी धरती की तपिश मिटाने के लिए इंद्र की प्रार्थना करते हैं—

झो मक्का झो, पानी बरसोअ
करिया मेघ लगावेगा
उजरा मेघ बरसावेगा
पछिया कुम्मर आवेगा
भंसोघर[1] उधियावेगा
तलवा[2] पानी लागेगा
खालो[3] पानी लागेगा
बाँस के डुबावेगा
हाथी के भोसावेगा
छै पानी छै
नदी में ढेल[4] पानी
बान्ह बान्है छै
बान्ह बन्हाबै छै
इन्नर राजा पानी बरसाऊ[5]।

---

1. रसोईघर, 2. पैर का निचला भाग, 3. खिल्ली, 4. अधिक, 5. बरसाओ।

पश्चिम के भोजपुरी भाषी थारू बच्चे यही अनुष्ठान निम्न गीत से करते हैं—

कार करौती पीअर धोती
सारो माधो पानी दे।

अटकन मटकन का खेल तो भोजपुर के भी कुछ क्षेत्रों में है। इसमें कई बच्चे घेरा बनाकर बैठ जाते हैं और जमीन में हथेली उलटी करके रखते हैं। एक बालक यह गीत कहता है—

अटकन मटकन दही चटाकन
वर फूले बारैला फूले
सावन मस करैला फूले
नेउरा गइल चोरी
धर कान ममोरी, अँगने माँ आल मूला
बन माँ करैला, डिल्ली डगरे ढप्प।

थारू क्षेत्र में बालकों के बीच 'ककटहर पक्का' नामक गीत इस प्रकार प्रचलित है—

एक खूट[1] बालू दुइ खूट चौउर
रजा पठौल्हक[2] कुम्हरा टोल
से कटहर पाकल कि फू टल
भर्खर[3] मुरछीए[4] देने छे
आब डम्हाबे लागले
अब पाकले।

कबड्डी का खेल प्रायः सभी प्रदेशों में प्रचलित है। इसमें दो टीमें खेलती हैं। बीच में एक रेखा होती है। प्रत्येक दल से एक खिलाड़ी दूसरे दल का रेखा के अंदर कबड्डी के तरह-तरह के बोल एक साँस में बोलता है। साँस टूटने के पहले यदि वह दूसरे दल के किसी खिलाड़ी को छूकर अपनी रेखा में लौट आया तो दूसरे दल का वह खिलाड़ी 'आउट' माना जाता है और यदि साँस टूटने पर यह खिलाड़ी दूसरे दल द्वारा पकड़ लिया गया तो यह खिलाड़ी 'आउट' माना जाता है। इस दौरान खिलाड़ी तरह-तरह के बोल बोलता है। कुछ उदाहरण इस प्रकार हैं—

---

1. भाग, 2. भेजा , 3. अभी-अभी, 4. खिला हुआ।

चल कबड्डी आइला, तबला बजाइला
तबला में पइसा, लाल बगइचा।

× × ×

चल कबड्डी आरा, सुल्तानगंज हारा
कोई नाम ले हमारा।

अवध प्रदेश के फैजाबाद जनपद में कबड्डी खेलते समय निम्न बोलों का प्रयोग किया जाता है—

चल कबड्डी आल ताल
मरि गए मदारी लाल
जिनके मोछा लाल-लाल।

× × ×

चलन कबड्डी चलन पहाड़
बुढ़वा बाँदर बाम तोहार।

प्रतापगढ़ जनपद में निम्न बोलों का प्रयोग होता है—

आम छू आम छू, अमवा बदाम छू।

× × ×

चल कबड्डी अँगना, भेड़ी मारे टंगना
जेबवा मारे भाय, मियां मारे मुरगी
हजम होइ जाय।

× × ×

एक कबड्डी आरा, हनुमानजी ललकारा
बच्चा घेरि-घेरि कै मारा।

× × ×

हुर हुर डट्टा, कंधई दुपट्टा
नौ से घोड़ चले कलकत्ता।

× × ×

हुडू डू डू डारी, बाघ बिलारी
बाघ कै बच्चा, उठाय दै मारी।

तार काटो

गाँव के बच्चे एक ऐसा खेल खेलते हैं, जिसमें एक बच्चा अपने पाँव

के अँगूठे को पकड़ता है, दूसरा उसके हाथ के अँगूठे को पकड़ता है, क्रमशः तीसरे-चौथे बच्चे एक के ऊपर एक के हाथ का अँगूठा पकड़ते हैं। पहला बच्चा क्रमशः ऊपर से हाथ की श्रृंखला काटने का अभिनय करता हुआ गाता है—

तार काटो तरकुन काटो
काटो रे बरखाजा
हाथी पर के घुँघरू
राजा के दोलाई
भैया के दुपट्टा
खींच मारो खींच मारो
मूसर नियर बेट्टा।

राजस्थान में गाए जानेवाले बच्चों के खेल गीतों के राग साधारण हैं, किंतु उनमें एक लय है—

कान कतरनी, कान कतरनी
छब्बक छैया, छब्बक छैया
बोल मेरा भैया।
× × ×
टंपो घोड़ी फूल गुलाब रो।
× × ×
काकड़ बेल मतीरा पाक्या
टींडसियां का टोरा लाग्या
राजाजी राजाजी खोलो कुँवाड़।
× × ×
मछली मछली कितणो पाणी।
हाँ मियांजी इतणो पाणी।
× × ×
म्हारा म्हैलां पाछे कूण है?

पंजाब में गाया जानेवाला लड़कियों का एक खेल गीत इस प्रकार है—

आल माल, पहला थाल
माँ मेरी के लंबे बाल

कुँए हेठ पानी, माँ मेरी रानी
काढ़ेगी कसीदड़ा, दूध पाए मथानी।

घूगूती

गढ़वाल में बच्चों के खेल गीत बड़े मनोरंजक होते हैं। खेलते हुए बच्चे तरह-तरह की कल्पनाएँ करते हैं—

घूगूती वासूली, मामा करवाछ? मालकोटी
क्या लालो? दूद भाती
कू खालो? दिदा खालो
दिदा को जुट्ठो कू खालो? बुबा खालो
बुबा को जुट्ठो कू खालो? ब्वै खाली
ब्वै को जुट्ठो कू खालो? दीदी खाली
दीदी को जुट्ठो कू खालो?
दीदी को जुट्ठो जीजा खालो।

अर्थ—घूगूती बोली—बहना, मामा कहाँ हैं?
मालकोटी में।
क्या लाएँगे?
दूध-भात लाएँगे।
कौन खाएगा।
बड़ा भाई खाएगा।
बड़े भाई का जूठा कौन खाएगा?
पिताजी खाएँगे।
पिताजी का जूठा कौन खाएगा?
माँ खाएगी।
माँ का जूठा कौन खाएगा?
दीदी खाएगी और
दीदी का जूठा कौन खाएगा?
जीजा खाएंगे।

इन गीतों में हास्य का पुट तो रहता ही है, परंतु बच्चों के जीवन पर पड़नेवाली घरेलू जीवन की झाँकी भी इन गीतों में मिलती हैं। गाँवों में प्रायः

छोटी-छोटी कन्याओं का विवाह कर दिया जाता है। फिर जैसा कि प्रचलित है, सासों द्वारा उन्हें सताए जाने के उदाहरण मिलते हैं। छोटी बालिकाओं के इस गीत में सास के प्रति विद्रोह झलकता है—

सरूली सरपट जांदरी ल्है दे
सासु भेंटण जांदू, द्वी रवटा पकै दे
साग पात कुछ नी? द्वी मूसा मारि दे
मूसी नी मारि सकदी। वीं थैं भ्येललमडै दे
सरूली झटपट जांदरी ल्है दे।

अर्थ—बहन सरूली, जल्दी से हाथ से चलाने वाली चक्की ला दे।
मैं सास को मिलने जा रही हूँ। दो रोटियाँ भी पका दे।
देख सग-सब्जी कुछ नहीं है।
यदि कुछ नहीं है तो दो चूहे मारकर ला दे।
यदि चूहे मार सकती है तो उस सास को पहाड़ से ढकेलकर नीचे गड्ढे में गिरा दे।
सरूली बहन, जज्दल से हाथ की चक्की ला दे।

इन गीतों में चपलता भी है और जीवन की गहरी पकड़ भी। छोटे-छोटे बालगीतों और गीतों में यहाँ का जनजीवन मुखर होता है।

ओक्का बोक्का

भोजपुर प्रदेश में बालकों के बीच एक और खेल प्रचलित हैं जो एक से अधिक के साथ खेला जा सकता है। इसमें हाथ की पाँचों उँगलियों को जमीन पर टिकाया जाता है। हथेलियाँ जमीन नहीं छूतीं। इस अवसर पर गाया जाता है—

ओक्का बोक्का तीन तलुक्का
लौआ लाची चंदन काठी
चंदना के नाम का
इजई विजई पान फू ल पचक्का।
ऐसा कहकर हाथों को पचका दिया जाता है।

डेंगा पानी

इस खेल में सवाल-जवाब होते हैं। एक बालिका के द्वारा पूछा जाता है—

सात समुंदर गोपी चंदन
बोल मेरी मछली कितना पानी?

दूसरे दल के बालक संकेत से घुटने या कमर तक बताकर कहते हैं—

इतना पानी घोघो रानी।

आँखमिचौनी

आँखमिचौनी का खेल प्रायः भारत के सभी प्रदेशों में प्रचलित है। इसमें एक बालक को चोर बनाकर उसकी आँखें बाँध देते हैं। वैसी स्थिति में यदि वह किसी बालक को छू लेता है या पकड़ लेता है तो पकड़ा जानेवाला बालक 'चोर' हो जाता है। इस अवसर पर यह गीत गाया जाता है—

छुपा छुपी आगड़-बागड़ जाई रे
चूहा मामा भाग बिल्ली आई रे।

शिशुओं को गुदगुदी के गीत

बहुत छोटे बच्चों को गुदगुदी करते हुए माताएँ प्रायः यह गीत गुनगुनाती हैं—

उमुकलाल झुमुकलाल, बाबू गिरधारीलाल
एगो कानी बेटी।

शिशुओं को घुटनों के बल झुलाती हुई माताएँ गाती हैं—

घुघुआ मन्ना उपजे धान
बचवा के नाम का।

बच्चों को बहला-फुसलाकर खाना खिलाने के लिए माताएँ तरह-तरह के गीत गाती हैं—

मामा के इहाँ जइबऽ, का का खइबऽ
साठी के चूड़ा सुरहिया गाय के दूध
खा लऽ ए बबुआ
जाए के बा बड़ी दूर।

अवध प्रदेश के गोंडा जनपद में बच्चों को गुदगुदी करते समय माताएँ गाती हैं—

एक चिरइया लेदी बेदी, पान खय भटकइया छेदी
अमिली के पेड़े माँ दुइ सौ अंडा
रामचंद्र फटकारैं डंडा
ओहि डंडा के ओली गोली
उनके लाग पत्थर के गोली
चकवा डोलाए जा, मइया क खेलाए जा।

गुड़िया खेलने का गीत

गुड़िया खेलती हुई बालिकाएँ निम्न गीत गाती हैं—

काठ के कठपुतरी, का राजा के धियरी
चेरी बेटी राज करे, हम गोबरपथनी
चुप रह चुप रह, रानी कुँवर बेटी
चार दिन के ओकर राज, फेर तोरे राजे राज।

लोवड़ी अथवा हरणी गीत

राजस्थान के मेवाड़ क्षेत्र में ऐसी प्रथा है कि दीपावली के पंद्रह दिन पहले लड़कियों की टोलियाँ प्रायः सबसे घर गाते हुए निकल जाती हैं। लड़कों द्वारा गाए जानेवाले इन गीतों को 'लोवड़ी' अथवा 'हरणी' कहते हैं। कुछ उदाहरण इस प्रकार हैं—

हरणी हरणी थूँ क्यूँ दूबलीए चाल म्हारै देस
काठा गवां की घूघरी रै, धोली तली को तेल
ऊँड़ी कूड़ी ऊँड़ी बावड़ी रे माँय भँवर की बेल
पाणी भरवा वाली पातली रे, चेवड़ो ढीलो मेल।

घड़ल्यो गीत

राजस्थान में दीपावली के पंद्रह दिन पूर्व लड़कों की टोली जहाँ 'हरणी' नामक गीत गाती है, वहीं लड़कियों की टोली 'घड़ल्यो' नामक गीत गाती है। कुछ गीत इस प्रकार हैं—

गाडा नीचे चँवला बाया, ऊगा छोटा मोटा जी।

× × ×

घड़ल्यो म्हारो लाड़लो, सैर में भागा जायरे भाई।

× × ×

घड़ल्या रे घड़ल्या तू कठै सैं जनम्यो?

× × ×

अल्या गल्या में रोहिड़ो फूल्यो
सिरीकै संज्या फूलियो राज।

प्राय: लड़कियों के गीतों में भाई के प्यार का उल्लेख अत्यंत चाव से किया जाता है। इन गीतों में बहन के हृदय की मर्मस्पर्शी अनुभूतियाँ मिलती हैं।

ज्ञानवर्द्धक बालगीत

बालगीतों में छोटे-छोटे बच्चों की जानकारी बढ़ाने के लिए सामग्री मिलती है। उनसे बच्चों को जानवरों, पक्षियों अथवा साग-सब्जी या नगर के नामों का ज्ञान होता है—

बीबी बेंगची[1] हो तू तो पानी में की रानी
कागा तेरा भाई-भतीजा, चील तेरी देवरानी
बगुला तेरा लहुरा[2] देवरवा, काको[3] देख लजानी।
नेउर[4] का जो तिलक चढ़े, बारा पोय बिलारा[5]
मुइस[6] छुछुंदर मंगल गावे, परिछन चले सियारा।
कद्दू काट मृदंग बनाया, नींबू काट मजीरा
झिंगुनी तरोई मंगल गावें, नाचे बालम खीरा।

× × ×

का खाई सुगवा का खाई मुसवा[7]
का खाई रे मोरी कारी[8] मयनवा[9]।
भात खाई सुगवा रोटी खाई मुसवा
सतुवा[10] खाई रे मोरी कारी मयनवा।
कइसे बोले सुगवा कइसे बोले मुसवा

---

1. मेढ़की, 2. छोटा, 3. किसको, 4. नेवला, 5. बिलाव, 6. चूहा, 7. चूहा, 8. काली, 9. मैना, 10. सत्तू।

कइसे बोले रे मोरी कारी मयनवा।
सीताराम सुगवा बोले चुहू-चुहू मुसवा
मैना बोले रे जय राम नाम मनवा।

× × ×

फक-फक धुआँ की गाड़ी उड़ाय लियो जाय
दिल्ली शहर से चले मुसाफिर
बंबई कलकत्ता भगाय लियो जाय।

× × ×

सुन सुन सखी पंछी का ब्याह था
बगुला बराती आए जुगनू मशाल लाए
पोदना करे तराई, बुलबुल करे लड़ाई
जूँ ही बिल्ली आई, सारी सभा भगाई।

बालगीतों में लोकतांत्रिक व्यवस्था के विषय में व्यंग्य भी पाया जाता है। एक सियार अपने को राजा मानकर डींग हाँकता हुआ कहता है—

सोने के चबूतरा रूपे छावल बाड़े
दूनों काने सोना मोती राजा बइठल बाड़े।

लेकिन जनता अयोग्य नेता को नकार देती है। प्रजा के रूप में जानवर कहते हैं—

बालू के चबूतरा फूसे छावल बाड़े
दूनों काने घोंघा सिपी सियार बइठल बाड़े।

गीतों के माध्यम से मनोरंजक ढंग से बच्चों को गिनती सिखाई जाती है—

अक्कड़ बक्कड़ बंबे बोल
अस्सी नब्बे पूरे सौ
सौ में लगा धागा
चोर निकलकर भागा।

× × ×

तीतर के आगे दो तीतर
तीतर के पीछे दो तीतर

× × ×

आगे तीतर पीछे तीतर
बोलो कितने तीतर? =तीन
× × ×
पाँच पूत रामा बुढ़िया के
खेले चलल सिकार
उल्लू के बोली सुनि एगो मरि गइल
बाकी बचल चार।
चार पूत रामा बुढ़िया के
नाचे धीना धीन
एगो पछाड़ खाके मर गइल
बाकी बचल तीन।
तीन पूत रामा बुढ़िया के
खेत चलेला बोय
एगो सियार उठा के चल गइल
बाकी बच गइल दोय।
दोय पूत रामा बुढ़िया के
ओमें जे रहे नेक
ऊ भी चल देलक ससुरारी
बाकी बचल एक।
एक पूत रामा बुढ़िया के
सदा रहे सुनमुन
ऊहो चल गइल सिकार खेले
बाकी बच गइल सुत्र।

बालकथा गीत

बच्चों को गीतों के माध्यम से मनोरंजक कथाएँ याद कराई जाती हैं। एक सियार कछुवे को पकड़ कर उसका माँस खाना चाहता है, किंतु कछुवा अपने अंगों को पीठ के अंदर समेट लेता है। वह सियार से कहता है—मुझे पानी में फुलाकर खाओ तो तुम्हें नरम-नरम माँस मिलेगा। सियार उसे पानी में छोड़ देता है तो कछुवा कहता है—

अकिल के पटपट गेयान कहाँ लाइला

एही अकिल पर रउवा कछुवा के खाइला?

चिड़िया और चने के दाने की कथा तो लोक में बहुत प्रचलित है। एक चिड़िया को चने के चार दाने मिलते हैं। वह उन्हें चक्की में डालकर तोड़ना चाहती है। दाने चक्की में फँस जाते हैं। वह बढ़ई के पास जाकर प्रार्थना करती है—

बढ़ई बढ़ई खूँटा फाड़
खूँटे में हैं दाने चार
का खाऊँ का पीऊँ का ले परदेस जाऊँ।

बढ़ई खूँटा फाड़ने को मना कर देता है। तब वह राजा के पास जाकर फरियाद करती है—

राजा राजा बढ़ई को मार
बढ़ई बढ़ई खूँटा फाड़
खूँटे में हैं दाने चार
का खाऊँ का पीऊँ का ले परदेस जाऊँ।

राजा भी उसे मना कर देता है। तब वह क्रमश: रानी से राजा को डाँटने के लिए, साँप से रानी को डँसने के लिए, लाठी से साँप को मारने के लिए, आग से लाठी को जलाने के लिए, पानी से आग को बुझाने के लिए, हाथी को पानी पीने के लिए, जाल को हाथी को बाँधने के लिए, चूहे को जाल काटने के लिए कहती है। पर सभी उसका काम करने को मना कर देते हैं। तब वह बिल्ली से कहती है कि तुम चूहे को मारकर खा लो। चूहे का नाम आते ही बिल्ली के मुँह में पानी आ जाता है। वह चूहे को खाने चलती है तो चूहा भय से जाल काटने को, जाल हाथी को बाँधने के लिए, हाथी पानी पीने के लिए, पानी आग बुझाने के लिए, आग लाठी को जलाने के लिए, लाठी साँप को मारने के लिए, साँप रानी को काटने के लिए, रानी राजा को डाँटने के लिए, राजा बढ़ई को मारने के लिए और बढ़ई खूँटा फाड़ने के लिए तैयार हो जाता है और चिड़िया अपने दाने पाकर हँसी-खुशी चली जाती है।

गीत चाहे बालकों के हों अथवा बड़ों के, उनमें कोई-न-कोई उद्‌देश्य, कोई-न-कोई रहस्य होता है। ग्रामीण जनचेतना बच्चों को खेल गीत के माध्यम से जीवन के यथार्थ का अनुभव कराती है। 'अटकन मटकन' जैसे खेल गीत छत्तीसगढ़ में लोकमृत्यु के लिए लोकगीत है। वहाँ यह गीत इस प्रकार गाया जाता है—

अटकन मटकन दही चटाका
लौह लाटा बनके काटा
चुहुर-चुहुर पानी गिरे, सब्बो जाबो गंगाजी रे
पाक्का-पाक्का बेल खाबो, बेल के डारा टूट गे
भरे कटोरा फूट गे, दूध दही लूट गे
आ चाँटी जेय लऽ दार भात लेय लऽ
अत्तल के रोटी पत्तल के दाल
सब कोई मिलके धरबुच्ची कान
काऊ माऊ काऊ माऊ भुर्र के।

बच्चों के कुछ सामान्य गीत होते हैं। दो लड़कियाँ अगर एक नाम की हों तो दूसरे बच्चे उन्हें चिढ़ाते हुए कहते हैं—

मीना मीना मिल गईं
हँड़िया लेके गिर गईं
हँड़िया गई कुम्हार के
मीना गई चमार के

□

माँ की लोरी

आव रे खुदबुदी चिरैयाँ

आव रे खुदबुदी चिरैयाँ (2), आधा रोटी रो देबउ (2)
टिकरी महीना ना!
सोना के चों मढ़ा देब तोर
चाँदी के पैजनियाँ ना
बीच अगनवाँ में सूतल कन्हैया, हौले-होले बेनवाँ डोला जा!!
तोहर अंडवा, खोतवा, बचवा
जुग, जुग जीये ना
अबकी सवनवाँ में चुनी रंगा देबौ, गुट-गुट दुधवा पिआ जा!!
तोहर बचवा चूँ-चूँ बोले
ठिठुरल जड़वा ना
रुइया भरल तोरा गेंधरा सिया देबौ, बबुआ के गोदिया सुला जा!!
कोसी से हम जलवा लाइब
दामोदर बिजुलिया ना
कल्याणी सिमिटिया से महल चुना देबौ, पंखवा झराझर ना!!
तोहरा के हम चरखा देहब
अंबर काते ला
जूठ-जाठ दोसरा के अँगना न खइबू, अपने कमइबू धन ना!!
आव खुदबुदी चिरैयां, आधा रोटी रोज देबउ
टिकरी महीना ना!

चंदा मामा आरे आव

चंदा मामा आरे आव, बारे आव, नदिया के किनारे आव हो
चंदा आव न अँगनवाँ के बीच कन्हैया मोरा खेलिहन हो
सोना के कटोरवा में दूध भात कान्हा के खिलावेला हो
अम्मा जबही तू चंदा एके खिलइबू तबहि हम खाइब हो
चंदा मामा आरे आव ....
सोनवाँ के थलिया मंगवेली, जलवा भरावेली हो
चंदा आव न तू जलवा के बीच कन्हैया मोरा खेलिहन हो
चंदा मामा आरे आव ....
मोदिया से कान्हा भुँइयाँ उतरेला लजवा में हाथ डाले हो
अम्मा चंदा मामा गइले लुकाइ, ढूँढ़त नाहिं मीलत हो
चंदा मामा आरे आव ....
जौने दिन सिंदी से अइहें तोरा चाचा और बाबूजी हो
तोरा दीहें हाथ सोनवाँ के गेंदवा औ दीहें गुली-डंडवा हो
चंदा मामा आरे आव ....

(आदर्श ग्राम फिल्म)

ताड़ काटो तरकुल काटो

ताड़ काटो तरकुल काटो काटो रे वन खाजा
हाथी पर के घुँघरा झमिकि चले राजा।
पाँच-पाँच के बीड़ा लागल ई कइसन तमाशा।
देश के गोटी लाल हो गईल बाजे ढोलक-ताशा।
सिंदरी से शादी कइली कोशी जनष्माता
मैथन मोरा नैहर बाटे बोकारो के पासा।
हार गाँथो फूल गाँथो गाँथो रे वनमाला
पेड़ पर के तितली ठुमुकि चले राजा।
ताड़ काटो तरकुल काटोकाटो रे वन खाजा।
हाथी र के घुंघरा झमकि चलो राजा
पानी में जहाज चले हावा में रे कौआ
चरखा चलेला कइसन धून-धून के रूआ।

जंगल में सितार बाजे खोनो आज कुआँ,
खेतवा में ट्रैक्टर चले हू-हू उड़े धुआँ।
पान काटो पतई काटो, काटो रे फसला
खेत में के गेहुँआ कबरले ना औछला।
ताड़ काटो तरकुल काटो, काटो रे वन खाजा
हाथी पर के घुँघरा झमकि चले राजा।
पानी में के बिजुली ई पानी सो गछला,
छप्पर पलानी सब रोशनी हो जावा
कान धरि टिप देलीं बत्ती जर जावा
नाक धरि हूर देलीं पंखवा नचावा
आम काटो अमरूद काटो, काटो रे करेला
तनी भर के बिजुली ई.डी.भी.डी कटाला
ताड़ काटो तरकुल काटो, काटो रे वन खाजा
हाथी पर के घुँघरा झमकि चले राजा

(1)

काह ले बउआ काने है
अंगा ले कि टोपी ले
फूआ परेमी के गोदी ले
काहे के बउआ काने है… ?
बउआ रे तू केकर ?
जे खेलावे तेकर
आजा-आजी अज्जर के
पितिया मोहज्जर के
जीयन-धारन मइया के
नाम-निसान खिलउनिया के
फूफो कठगुल्लर के
हम खिलउनिया जाफर के…।

(2)

अलिया माय रे, झलिया माय

की हे बुलकया के माय···
अरहर खेत में अइलो दमाद
बेटिया के लेलको, डोलिया चढ़ाय
अब तो बेटिया हुंकरत जाय
बेग रे बरियाती जो
कुत्ता रे दहेज जो
माछी रे गीत गवते जो
बड़की के तेल-सेंदूर
छोटकी के जट्टा
आव रे नथुन्नावाली
देख ले तमासा···।

(3)

बउआ झूले झुलनिया
खेले अइगना
बउआ झूले झुलनिया
बउआ के निदिया घुरमे ये पलना
मइया हम नाहीं सूतब ये झुलना
मइया हम सूतब तोरे अचरवा-गोदिया···।

(4)

आँगिया सीआ देब गूदड़ के
पेनहि-ओढ़हि बउआ गली घूमे जाय
दुश्मन के छाती दलक परि जाय

(5)

छोटे-छोटे बबुआ के घुमरल-घुमरल
सूत राहे बबुआ उठिहा बिहान
माई गेलौ कूटे-पीसे
बाप खलिहान
सूत रहो बबुआ उठिहा बिहान···।

सूत रहो बबुआ नय त कुकुरवा कटयतौ कान
नय सुतबा तब धरवा के, के करतो काम
मामा गेलो कूटे-पीसे
बाबा गेलौ खलिहान, सूत रहो बबुआ उठिहा···।

(6)

आवहु मामा
आवहु चाची
बउआ के आनि सुलावहु हे
बउआ के बाबा गइलन बिदेस
रंग-रंग खेलौला लावहुँ हे
आवहु चाची, आवहु दीदी
बाबू के आहीं सुलावहु हे···।

(7)

अरर-मरर गुड़धनिया
सब गुड़ खैलको ममनिया
मटकी चलइलको ननिया
सूते बउआ अइँगना
झूले बउआ पलना।

(8)

कमरफूलों से निकले गोविंद ललना
उनका बाबा मँगावें, सोने के झुलना
उनके मामा झुलावें
झलोर, ललना
कमरफूलों से निकले गोविंदललना···।

(9)

कन्ना-गुजगुज महुआ के डार
अब न जइबे मामू दुआर

मामा की मौगी बड़ी चिकनिया
अपने खइलकै खीरिया-पूड़िया
हमरा देलके छुछे माड़
मामू देखलिन कानी गइया

पानी अइसन दूध
मामी देखलिन फूटल थरिया
माड़ो पीयलके दुःख।

(10)

झुलवा झूल बलेलपुर
कौन गाँव जाम
मेकरा जाम
मेकरा गाँव में की, की खाम
पक्के-पक्के जामुन खाम
कच्चे-कच्चे नेउर के देम
नेउर बेचारा चोरिया
बसना कटोरिया
एक कटोरी भूल गेल
बुढ़िया टाँग टूट गेल।

(11)

तोरा में बड़-बड़ गुन हौ गे मडुआ
जब मडुआ में दू पत्ता भेल
बुढ़िया-बुढ़वा कलकत्ता गेल
तोरा में बड़-बड़ गुन हौ गे मडुआ
तोरा कोठी में रखबो गे मडुआ
तोरा में बड़-बड़ गुन हौ गे मडुआ...
जब मडुआ में दाना भेल
बुढ़िया-बुढ़वा सब काना भेल
तोरा में बड़-बड़ गुन हो गे मडुआ...

(12)

बउआ, बउआ करी ला
अँगना सिलौटी धरी ला
चनन रगड़ी ला
चनन भइल थोड़
बउआ के मुँह गोर
गोर मुँह चुचकारी ला।

(13)

चाकर-चाकर पतवा
ओहपर बैठे नगवा
नगवा दुलार करे
बाबूजी के अगवा

(14)

रूसल बउआ नानी घर जाय
नानी हो तऽ बड़ जस दा
कोठिला के धान
सोरहिया गाय के दूध
खा ला बबुआ भर-भर घूँट।

(15)

बिलाई, बिलाई कहाँ जालु
भंटा तूरे
कईसे तुरबू
नवा के
कईसे ले जईबू, डगरा में
कईसे कटबु, खाड़े पँहसुल
कईसे बनईबू, धुनुर मुनुर
कईसे खईबू, चापुर-चापुर
कहाँ सुतबु, चुन्हा में

का ओढ़बु, सूप
देखल बिलाई के रूप

(16)

चंदा आवा न हो अँगनवा के बीच
कन्हैया हमरो खेलिहन हो।
आरे आवा, पारे आवा
आवा हो उतार आवा
नंदी के सवार आवा
चंदा आवा न हो अँगनवा के बीच कन्हैया हमरो खेलिहन हो…।

(17)

पलंगा में ललना झुलावे सावँर गोरिया
आवा, आवा चंदा मामा, आवा हो अंजोरिया
कइसन बाड़े राम
कइसन बाड़े लक्षमन
कइसन बाड़े भरत, भुवन सतुरघना
आवा, आवा चंदा मामा
आवा हो अँजोरिया…।
साँवर बाड़े राम, गोर बाबू लक्ष्मन
गोर बाड़े भरत, भुवन सतुरघना
आवा, आवा चंदा मामा
आवा हो अंजोरिया…।

(18)

अरवा चाउर, महकउआ खीर
चला लइका फतेहपुर
फतेहपुर में का बा?
लाल-लाल दरोगा बा
दोनों कान कटवले बा
धरती पर सुतवले बा
रामजी के सुगवा

बीने ला खटोलवा··।

(19)

एक तरेगना खाऊँ कि दुई तरेगना खाऊँ
तेलिया के नून-तेल भूजि-भूजि खाऊँ
झिंगटा लेहले पताल जाऊँ
जइँवा बसे रामजी
चिठी पठावे गंगाजी
गंगा तीरे हर जोती ला
बाएँ बैलजा खोदी ला
हरदास बुढ़आ रे
चिरइया कइसे बोले-
भकचुँअड़ी खाऊँ, भकचुँअड़ी खाऊँ

(20)

कोठी ऊपर रोटी बाड़े
औटल बाड़े दूध
बोर-बोर के खइहै बउआ
भूखे जनि जो
बउआ हुरू रुँगना बउआ
तुहूँ सूति जो, बउआ हुरू रुँगना··

(21)

झूल, झूलनिया झूल
अम्मा डारि झूल
डारि गइल टूट
अम्मा गइल रूठ
हरदास बुढ़वा रे
चिरदार कइसे बोले
बक टेंव, टेंव, टेंव··
लाया1 घर उट्ठे
पुरान घर धौंसे

झूल, झुलनिया झूल··· ।

(22)

सूतो, सूतो कुकरा रे बिलरिया
मोरा पूता रोवे मोयी दूधा देवे रे जाऊँ···
सूतो, सूतो रे गाँव के गोड़इतवा
मोरा पूता रोवे, मोयी दूधा देवे रे जाऊँ···
खोंचू, खोंचू रे बजर रे किवड़िया
मोरा पूता रोवे···
जीगू-जीगू[1] रे चारों कोना के दियरा
मोरा पूता रोवे···
मोयी[2] दूधा देवे रे जाऊँ···

(23)

दाल दरे गइलीं तो अदहन बथोर
पिल्ली पिसान खाय, चूल्हा कोनो ओर
हाड़ी भटकत बा
अइले दमाद
दिसाव[3] खटिया
लाठी लेके दौड़े
महतारी-बिटिया··· ।

(24)

आव रे निनिया निनरवन से
खटिया, गोनर पाटन से
दरी-दलीचा बेतिया से
आव रे निनिया, निनरवन से··· ।
बाबू मोर जइहैं मामा घर से
लानिहैं, मिठइया भरि-भरि के
अपने खइहैं, माँ के खइहैं
सबके खइहैं मन भर के

---

1. जागो-जागो, 2. मेरा 3. बिछाना।

बरिस असीस घर-घर से
आवे रे निनिया निनरवन से... ।

(25)

बघवा, भलुआ हर जोते
सियरा बोवे धान
बनके चाभे पान
बनरा हिरनिया टिकुल काटे
बनरा के बड़े-बड़े कान... ।

(26)

हमारा बउआ, हमार बउआ के बड़ा लंबा ढेंग[1]
पनिया में पद देहलैं
मरि गइल बेंग...
आव रे निनिया, आव
निनिया, निनरवन खोतवा लगाव...
तोरे खोते आग लागे
बउआ के खेलाव...
झूल-झुलनिया झूल
अमवा पइस[2] बूढ़ बानर झूल
टुटही मड़इया में बाबू झूल... ।

(27)

सो जा गोदी सो जा
बाबू मोर सो जा...
लाल-लाल जामुन, काला-काला जामुन
लाल-लाल गूलर, नीक-नीक खुरहुर
लाएगी माँ जंगल से, सो जा...
से जा गोदी सो जा...
कटास को भगावे गई है
भालू को भगावे गई है

1. कद, 2. घुसना।

बोने गई है धान
सो जा गोदी, सो जा···

(28)

डेग-डेग पर खिले हैं सनई के फूल
हाथी के माथे पर डेढ़ सेर धूल
कौआजी खा गए काकी का महुआ
काकाजी घिस रहे तेल महकउआ
सो जा, सो जा, सो गए चउआ
कितना तू अच्छा है, अच्छा है बउआ···।
निनिया आ जा, बहिनी के सुता जा
चिरई जे रामजी के कंधे पर बैठे ली
सीताजी के हाथ से चुगना चुगे ली
तरई संगे-संगे सखी-सखी खेले ली
परी संगे नाच-नाच फूल नीयन खिले ली
आ जा निनिया, आ जा···
झींगुर बोले निचली गड़हिया
पेड़वा पर नाचे ला ताड़ के सिपाहिया
आव रे सिपाहिया बेनिया डोलाय जा
निनिया आ जा, बहिनी के सुता जा···।

(29)

हुरूक चना, फुरूक चना
बाजे डुकरी[1]
बबुआ के मइया
झोर काढ़े तीन डोकनी
डोकनी फूट गइल, मार बढ़नी
हंगनी गड़हिया में मछरी मारे जो
ठोठरी[2] देखि डेराय मरि गइल
राहू-राहू[3] ठोठ रानी तोरा जिउआ लेब
नाहि तो हमार बबुआ के कोरा कय देब

1. चूहा, 2. कछुआ, 3. रुको।

(30)

झुलया झूले पपनी
बबुआ के सासु बेलनी
हमार बाबू, हमार बाबू का करे लें!
मछरी मारि-मारि घर भल लें
तिसिया के तेलवा में छपाक खेले लैं
मुदई के छतिया में धमक मारे लैं···

(31)

बकर चरहवा भइया रे
नदी किनारे मोर खोतवा
कौन छोरा मोर बचवा
टुन-टुना, टुन, टुन, टुना, टुन···
भइस चरहवा भइया रे
बकर चरहवा भइया रे
नदी किनारे मोर खोतवा
कौन छोरा मोर बचवा
टुन-टुना, टुन, टुन, टुना, टुन···

बकर चरहवा भइया रे,
भइस चरहवा भइया रे नदी किनारे मोर खोतवा
दुआ[1] बोलत आयो मोर बचवा
नदी किनारे मोर खोतवा
बकर चरहवा भइया रे···
टुन-टुना, टुन, टुन, टुना, टुन···

(32)

निंदिया आ जा नजरिया में
गेंदा के फूल फुलवरिया में
भौजी बिकेली बजरिया में
निदिया आ जा नजरिया में···

1. माँ।

(33)

बाबू हो जनि जइहा दूर
लाली पर नाहि लग जाई धूर
चंपा, चमेली चुन-चुन माला बनाइब
बाबू के पनहिया में हीरा जड़ाइब
हीरा जड़ाइब गजमोतिया
बाबू हो···।

(34)

आव गे निनी चिरइया बउआ के सूतो
आधा खड़ा रोटी देबो
टिकरी महीना
जीनो मोरी बउआ के तकियनमना दीढ़
तिनका के आँख बाँधब धेला रिट्ठी
आव गे निनी चिरइया···

(35)

अरर-बरर पुआ पाके ला
चिरई खोंइछा माँगे ली
अइहे रे चिररु खेत - खलिहान
वही खलिहनवा में चूड़ा रे कुटलई
बभना के धीया - पूता देलहि असीस
जीयउ रे बउआ लाख बरीस···

(36)

हो बूढ़ा झामलाल
सबेरे चला घास ला
दूबी गढ़िहा, मोथा गढ़िहा
कदम बचा के
हो बूढ़ा झामलाल

(37)

हम्मर बउआ कथी के...
अनन-चनन कस्तूरी के
बाप सोया चन्नन के
पितिया पितंबर के
माई, पितियानी धूम-धूम्मर के...
हम्मर बौआ कथी के
अनन-चनन कस्तूरी के...

(38)

निनी बाबा, निनी
मक्खन, रोटी, चीनी
खा ला बउआ, खा ला
लाल पलंग पर सो जा...

(39)

आब गे गोली चिरइया गछा से
बउआ के नींदे माथा से
बउआ गइले सूत
चिरइया गइले उड़...

(40)

आब गे गोली चिरइया
गोल-गोल अंडा पार
पोखरी के भिंडे-भिंडे एक सौ अंडा
अंडा गिरे रेत में
मछरी के पेट में
मछरी के पेट में
हे राजा महलो
की-की खनवलो
बसिया भात पर बेनिया डुलवलो

टटका भात पर कलम चलवलो
लाल ढँकना
करताल ढँकना
खोल ढँकना
पहुँचाव पटना···

(41)

घुघुआ घुघेल से
दाना-चउरा डेढ़ सेर
पतवा उछिआइल जाय
बउआ रगेदले जाय
बउआ कहे धर-धर
पतवा गइल बड़ तर
बुढ़िया माई बंग पकाई
अपने खाई
बउआ के नाम लगाई···

(42)

ओका, बोका तीन तलोका
लइया लाटी
चन्नन काठी
चन्नन के नाम का
रघु
बउआ हमार खा ले कथी?
दूध-भात
पीए ले कथी?
पानी
सूतेले ले कथी?
नदी
ओढ़ेले कथी?
जाल···

(43)

बउआ हम्मर, हम्मर बउआ
बड़ सुनरी
तीसी के खेत में पानी पटेलकै
धइलकै मुसरी
सब लड़िका मिलके पकैइलक टंगरी
बउआ चले नावे-नावे
ढोल बाजे गाँवें-गाँवें
बउआ के गइया लँगड़ी
दूध पियावे भर गगरी···

(44)

खेलत-खेलत लोहा पइली
से लोटा काहे का
हँसुआ गढ़ावे ला
से हँसुआ काहे ला?
गेहुँआ काटे ला
से गेहुँआ काहे ला?
रोटियाँ बनावे ला
से रोटियाँ काहे ला?
बउआ के खिलावे ला
से बउआ काहे ला?
मइया के जुड़ावे ला
से मइया काहे ला?
निंदिया के बुलावे ला
से निंदिया काहे ला?
बहुआ के सुतावे ला···

(45)

पार जुड़ैलो, मुरगी अइलो देस
भूल-भुलैये धान खइछै-

खजना देबो किस्से
किस्से मासी, किस्से पीसी–
चतुर्देक चाहे देखो बउआ के घूम

(46)

आ रे चिरइया गोपी
बउआ ला लइहे टोपी
आ रे चिरइया वन से
बउआ के सुतैइहे मन से

(47)

अराय, बराय
बकरी चराय
बकरी के सींग पर टोपी सियाव
टोपी फाटल रे दुखनी
दिदिया मारत रे दुखनी

(48)

चल रे बउआ बाबा खलिहान
बाबा देतऽ जेसरिया धान
वै के किनिहै बंगला पान
पानावला के पाने न
बउआ के मुँह में दाँते न

(49)

साँझ जरे, संझा जरे
संझा माई अरछिया करे
बउआ सूते सारी रात
आखन, माखन
सुभसन लाखन
बउआ के लगले हँसनी
मद्दई के लगले कननी

दीठ–मूठ, नजर–गोजर बउआ के पीछे जाय
हँसनी, खेलनी बउआ के आगे आय

(50)

घुघुआ मना उपजे घना
कान दूनो सोना छेदा दा हो नाना
मोना दाई पोखरी खनाई
पोखरी के भीठ पर नटुआ नचाई
उठु बिलायी भोजन परसू
भोजन परम के दिऊ असीस
जीएँ बउआ लाख बरिस

(51)

एक सिकी लक–लक
दो सिकी बक–बक
सीसो घाट, मदनपुर हाट
घोड़ा के दौड़ाने हरिन के
बकुला चललन बेटा बिय
नौ सौ टिटही गेल बरियात
घोंघा डायन, मूस बजनिय
केंकड़ा है किरतनिया…

(52)

ताड़ काटूँ, लरकूल काटूँ
काटू बन के खाजा
हाथी पर के हौदा
धमक–चढ़े राजा
राजा के रजाई भेल–
बउआ के दुपट्टा
हूँठ मारु झींट मारु
सुगड़ी झपट्टा

(53)

खोपा चिरइया खो
दाल-भात खो
लाठी लेके बरियाती जो
बउआ की निनिया आ
चकई-चकवा बाजा बजा
चूहा-चूही रोटी पका
निनिया आ
बउआ की निनिया आ···

(54)

आको मइया चाको
संझा मइया ताको
दीप जले मन बढ़े
मन के प्रहलाद बढ़े
रोइनी-कननी दीप में जरे
हँसनी-खेलनी बउआ के होंठ पर
ठीठ-मूठ चौबटिया पर जाय
नजर-गुजर उतर के भाग
बउआ के निनिया आव···

(55)

सुनु निनिया पिआरि
कान दके पैसवैन मुँह अलगाए
हाफी अँगेठी के देलैन पठाय
अपने निनिया रहल छुपाय, सुनु निनिया···
जे कियो करथि औंधी बड़ाय
तिनका लग सुतवनि हृदय लगाय···
सुनु निनिया पिआरि···।

(56)

एलसन, बेलसन, धोबियाक पाट सन
कुम्हरा के चाक मन
अद्‌य-मुदय के छाती पर
बैसू बाबू लइत धरि···

(57)

आरे कौवा लैरिके, बेंग देबो तइर के
खाइहे सुबादिके, चिलम देबो भरिके
सोंट मरिहै कइस के···

(58)

चायं, चायं, चायं
तेल दीए तेलिया, भोगे सकुनिया
बउआ के मत्था चुबई तेल
तेलिया के मत्था फुटेवै बेल

(59)

झूलगे, मालगे, पथिया सन-सन गालगे
जेबे गंगा पार गे, फुटतौ कपार गे।
अलिया गे, मलिया गे, गोला बरद धान खायछौ गे।
कते गे डीह पर गे, डीहक रखवार के गे।
बाबा गे, बाबा गेलौ पुरनिया गे
लाले-लाले बिछिया आनतौ गे,
कोठी परके राखतौ गे।
खोपावाली, गै खोपावाली।
बेटा कानै छौ मोखालागी।
कानऽ दे बदमसवा के
देखऽ दे दसलोवा के
हँसऽ दे सिपहिया के
नाचऽ दे पँमरिया के···।

(60)

कौआ रे कक्का
आम देबौ पक्का
पोखरी-पहाड़ पर मारिहै चभक्का
फेरि कहबौ कक्का··· ।

(61)

घुघुआ थू मलेल छू
ऐ गो छू, वै गाँ छू।
एल-बेल के लरना
तुलसी पातक जरना
मैऽ गे की गे
मामा आवै छौ हाथी पर
बैठक दीहैं चौका पर
एल-बेल के लरना
तुलसी पातक जरना···
बुढ़वा गैलो बाड़ी
कौआ नोंचलकै दाढ़ी
आब नै बुढ़वा जीतै
सुइया लैके ठोर सीतै···

(62)

हम्मर बउआ चाँद सन
हँसय लैऽ भगवान् सन
आरे कुतवा नङड़ी डुलाव
खावे देबौ दूध भात
बउआ के सुताव···

(63)

निनिया रानी या, या
बाबू की आँखि में या, या···
बाबू के नीन नै आवै छै
तू कतय झूमैछैंऽ

बाबू तोरा बजाबइ छौ
निंनिया रानी या, या···
बाबू की आँखि में या, या···

(64)

खोपा पे बैठ लौ पडुकिया गे
खोंपा खोल-खोल, खोल···
बाटे में, भेटलौ पहुँनमा गे
खोपा बाँध, बाँध, बाँध···

(65)

दाइल दरड़ि चाक चकड़ि
दादा महाड़िपर ढेर बकरि
सब दाइल खेलक गोली बकरी
आन रस्सी गे बान्ह बकरी
नै बान्हवें तऽ तोड़ि देबौ टंगड़ि
दाइल दरड़ि···

(66)

कथी के डर बेटा कथी के डर
पीपर गाछ में सोलह घर
ओहि में नाचे कनिया-बर
कनिया के लागल दाँती
बर पीटैये छाती
हाए रे मोकना हाथी···

(67)

चुप, चुप, चुप रह बौआ रौ
बाप गेलौ ये खेत जोतै ले
माय छौ अरागरुआ रौ
चुप रह, चुप रह बौआ रौ

(68)

अटकन-मटकन दहिया चटकन
केरा कूस महागर जागर
पुरैन पत्ता हीले-डोले
माघ मास करैला फूले
ओ करैलाक नाम की
आमघुटी, जामघुटी
अम छी, जम छी, तेतरी सोहाग
नदी गुंगियाय
कमलक फूल दुनू अलगल जाय
बड़ी रानी, छोटी रानी गेलैन नहाय
गहना-गुरिया गेलैन हेराय
आब की पहिरथी कौआ के ठोर?
कौआ के ठोर तऽ कारी
हमतऽ पहिरब साड़ी

(69)

आ गै निनिया निनपुर से
खटिया देबौ झँझारपुर से
बौआ सूततै कलप नीन से
आरे निनिया निनपुर से···

(70)

भइहौ, खाइछ सुगवा धान हो
माँ के बेटी लछमी
पैर में देबौ पैजनी
श्यामसुंदर के घोड़ा, ओइ पर-चढ़े लछमी।
कते दूर! मधेपुर
मधेपुर में की सब ये
सोना के बाजार ये
काजर कूजर कैल ये
टिकली बैठायल ये···

(71)

तोरा भैया ने झुलैलको
तोरा बाप्पो नै झुलैलको
तोरा हमहि झुलाबि झुलना
सुन ललना···
अलना, ललना कथि के
अनन-चनन गुड़-मेथी के
तोरा बाबा के अटारी
तोरा दादी के पेटारी
तोर लार आ पुआर के बिछउना
सुन ललना···

(72)

एक तारा, दुई तारा-
मदन गोपाल तारा···
मदना के बेटी बड़ झगड़ाहि
झगड़ैत-झगड़ैत गंगा गेल
गंगा माई बालू देल
सेहो बालू कानू के देल
कानू बेचारी फुटहा देल
सेहो फुटहा गँवार के देल
गँवार बेचारा घस्सा देल
सेहो घस्सा गइया के देल
गइया बेचारी दुधा देल
ओहो दुधा और-पौर देल
ऊपरका छाल्हि बौआ खा गेल
ततरला छाल्हि पापा खा गेल।
एक तारा, दुई तारा-
मदन गोपाल तारा···

(73)

बौआ रौ पानी में नहि जो

बगुला कटतौ, चन्ना हँसतौ
लाल गुली, तमस्सा देखतौ

(74)

हेरे बौआ तोरे अँगना में उचरै छौ कौआ
हमर बाबू, हमर नुनू
तोहर बाबा लादिथिन जिलेबी घुमौआ
हमर बाबू, हमर नुनू...
सीतल बात के तीतल सपना
किए तू मोन पारैछें रौ।
हेरौ बौआ, हेरौ नुनू
किए एना करैछें
राति-दिन तू हमर माथा भुकावै छें
हैरौ बौआ, हेरौ नुनू...

(75)

चुप रह रे नुनू हे रौ
मौनी देबौ रौ
पीपरी के पात पर
खबैनी देबौ रौ
माय गेलौ गंग नहावै
बाप गेलौ शिवाला रौ
बहिन बेचारी गोबर पाथै
भाय गेलौ गोशाला रौ
तोरा संग लोहार पित्ती गीत गाबौं रौ
चुप रह रे मुनू हे रौ
मौनी देखौ रौ
पीपरी के पात पर खबैनी देबौ रौ
लटकन देबौ फुदना देबौ
आर देबौ फटफटिया रौ
आवै देही फगुआ पावैन
ठकुआ देबौ रो...

(76)

चंदा मामा आऊ, आऊ
रस कुसियार लाऊ
केरा करे भार लाऊ
फोका मखान लाऊ
दूध लाऊ, भात लाऊ
बउआ के मुँह में घुटुक

कदम के छैंया

कदम के छैंया कान्हा बंसिया बजावेला, जियरा हुलसे राम।
मोर मुकुट मकराकृत कुंडल, उर बैजंती माल
ठुमुक-ठुमुक ता थै थै नाचे, नाचे मदन गोपाल
उहेरे अहिरवा के छैल नटखटवा राम, पकड़े कलइया हमार।
कदम के छैंया कान्हां बंसिया बजावेला, जियरा हुलसे राम।
ढोलक बाजे मृदंग बाजै, और बाजे पैजनियाँ,
नया देश के नया रंग बा आइल दिन मस्तनियाँ,
कोशिया किनारे राम बंशिया बजाओ श्याम, बाँगवा किनरवा हो राम
कदम के छैंया कान्हा बंशिया बजाबेला जियरा हुलसे राम।
कर पिचकारी हाथ गुलाली ले के निकसे कन्हैया
यमुना तट के छोड़ कन्हैया रास रचैया
योजना के रंगवा के गोरी पिचकरीया रूप रंग देले अँगना हमार।
कदम के छैंया कान्हा बंशिया बजाबेला हुलसे राम।

श्याम यमुना किनारे

बजवे बंसिया श्याम यमुना किनारे
वृंदाबन की कुंज गलियन में
ठुमुक-ठुमक कान्हा नाचे बन में
हो ताता थैया, ता थैया ता थैया
चरावे गइया श्याम यमुना किनारे

बजावे बंसिया श्याम यमुना किनारे
मोर कुकुट मकराकृत सोहे
उर बैजंती माला मोहे
हो ताता थैया, ता थैया ता थैया
चरावे गइया श्याम यमुना किनारे
बजावे बंसिया श्याम यमुना किनारे
राधा के संग झूला झूले
योजना पाँच साल की फूले
हो ताता थैया, ता थैया ता थैया
चरावे गइया श्याम यमुना किनारे
बजावे बंसिया श्याम यमुना किनारे
एक साथ हम नाचें निसदिन
नव-नव दीप जलावें छिन-छिन
देखावे रहिया श्याम यमुना किनारे
बजावे बंसिया श्याम यमुना किनारे

ओ गुड़िया रानी

ओ गुड़िया रानी, तू तो बड़ी सयानी।
चूहा, बिल्ली दोनों मिलकर भरते तेरे पानी॥
चुहिया तेरी माँग सजाती पाँव दबाता कुत्ता
भालू तेरे घर का नौकर रहता है कलकत्ता।
पहन चुनरिया धानी, नाचे गुड़िया रानी
जिसको उसने आँख दिखा दीं मर गई उसकी नानी।
ओ गुड़िया रानी ………………॥
मोटर पर बैठा है नौसा आगे-आगे हाथी
नाई कौआ धोबी बंदर सब मिल चले बराती
आँखें सुरमादानी लाखों में लासानी
मेढ़क देखा ढोल बजाता गाती मैना रानी।
ओ गुड़िया रानी ………………॥
सिंदरी से आया गुड्डा ओठों पर है लाली

सिलकन कुर्त्ता लाल पयजामा पहने टोपी काली
कोशी का है पानी खेती हो जापानी
दोनों ने मिलकर भारत के सेवा करनी ठानी।
ओ गुड़िया रानी .... ॥

□

संस्कार गीत

'संस्कार' का अर्थ है—सम्यक् प्रकार से किया हुआ अथवा विशुद्धीकृत सम्यक् क्रियते इति संस्कारः। जीवन में व्यवस्था और नियमितता लाने के लिए संस्कारों की आवश्यकता होती है।

श्री श्यामाचरण दुबे के शब्दों में, 'मानव की प्रायः संस्कृति में व्यक्ति की जीवन-यात्रा के विभिन्न संक्रमण कालों का विशेष महत्त्व होता है। जन्म, विवाह एवं मरण इस प्रकार की तीन मुख्य स्थितियाँ हैं, जिनके आसपास मानव-समूह विश्वासों, रीति-रिवाजों और व्यवहारों का एक ऐसा जटिल ताना-बाना बुन लेता है कि उनके वास्तविक स्वरूप को समझे बिना उस संस्कृति का पूर्ण चित्र प्राप्त ही नहीं किया जा सकता। समाज संगठन का यह पक्ष मानव के उत्तरदायित्वों एवं कार्यों की दिशा निश्चित करता है।''[1]

प्रत्येक संस्कार दो रूपों में पाया जाता है—शास्त्रीय तथा लौकिक। लौकिक संस्कारों का संबंध समय-समय पर होने वाले अनुष्ठानिक गीतों से होता है, जिनका संचालन प्रायः स्त्रियाँ करती हैं। शास्त्रीय संस्कारों के मंत्रोच्चारण से पृथक् इन गीतों का अपना महत्त्वपूर्ण एवं अनिवार्य स्थान होता है। मानव जीवन के विभिन्न संस्कारों में ये गीत अपना माँगलिक महत्त्व रखते हैं।

कोख का दुःख

स्त्री को संतान नहीं होती, इससे बढ़कर उसे और दुःख नहीं। सारे सुख हैं, पर मातृत्व की गरिमा नहीं मिली तो उसका जीवन ही निरर्थक है। सास ताने मारती

है कि उसने वंश डुबो दिया। लो बाँझ का मुख नहीं देखना चाहते। उपेक्षा की पीड़ा भोगती हुई स्त्री अपने पति से वृंदावन चलने को कहती है ताकि प्रभु की कृपा से उसकी गोद भर सके। कोई ऐसी जड़ी है, जिसे पाकर संतान मिल सकती है—

ए मोय[1] सब सुख दियौ भगवान
एक दु:ख भारी कोख को
ए पिया, उठि बिदांवन जाउ,
माँ बूटी[2] बिकत्यै[3] लाल की
ए गोरी, खोजन-खोजत है गई साँझ
पर बूटी न पाई लाल की॥
ए मैं ठाड़ी नीबरिया[4] तेरी ओट
हरीरा[5] मारौ सास नें
ए न्याँ ते हटि जा बाँझ-बँझोट
तैंने नाम डुबायौ मेरे लाल कौ
ए पिया, लाऔ ढाल तरवार
मो बाँझ को मुख ना देखियै
ए गोरी, कौनें तौ बोले तोते[6] बोल
कौनें तौ मारे ताहिने[7]
ए गोरी कहौ तो लाऊँ मोल के लाल
बाँझ कौ नाम मेटियै
राजा, मोल के ढोल ना सुहाय
अंत ते ई नाम चलाइयै॥

दोहद या साध गीत

ईश्वर की कृपा से जब स्त्री माँ बनने की स्थिति में होती है तो गर्भावस्था के क्रम में उसके मन में तरह-तरह की इच्छाएँ उत्पन्न होती हैं, जैसे—खाने-पीने की, घूमने-फिरने की, जिसे पूरा करना परिवार के लोगों का कर्तव्य हो जाता है अन्यथा होने वाली संतान पर कुप्रभाव पड़ता है, ऐसा कहा जाता है। इस अवसर पर गाए जानेवाले कुछ गीत उत्तर प्रदेश के रायबरेली जनपद में मिलते हैं। एक दोहद गीत में क्रमशः सास, जेठानी, ननद, देवर और पति माँ बननेवाली स्त्री में पूछते हैं कि

1. , 2. जड़ी, 3. बिकती है, 4. नीम की, 5. ताना, मर्म वचन 6. कड़वे, 7. ताने।

तुम्हें क्या अच्छा लगता है—

सासु पूछें मोरी बहुअरि, तुम्हैं का भावे नी,
नेबुआ, नरंगी, अनार अम्मा हमें भावे नी,
जेठी पूछैं मोरी छोटी तुम्हैं का भावे नी,
दाख, छुहारा औ किसमिस दिदिया हमें भावे नी,
ननदी पूछैं मोरी भउजी तुम्हैं का भावे नी,
पूरी कचौरी, अचार दीदी हमें भावे नी,
देवर पूछैं मोरी भौजी तुम्हैं का भावे नी,
केला आम, फरेंद भैया हमें भावे नी,
राजा पूछैं मोरी रानी तुम्हैं का भावे नी,
तुमरी कनिया होरिलवा राजा हमैं भावे नी।

और एक साथ गीत में स्त्री को दस साधों का वर्णन किया गया है। उसको प्रत्येक साध घर का प्रत्येक सदस्य पूरा करता है—

बँसवा की कोठिया से निकरी है गोरी,
पहिली साध मोरी सासु पुरावैं,
कोरी बात मोरे ससुर से चलावैं,
दसईं साध मोरे बलमा पुरावैं,
हाल पूँछि मोरे मन को रिझावैं।

हरियाणा में प्रचलित एक दोहद गीत इस प्रकार है—

मने भावे कराले के बेर, रुपए सेर, मेरा री मन बेर ने।
मने ससुरा घाल्या री लेण ने वो तो चौधर आया जितवाय कराले के बाग में
मने जेठा घाल्या री लेण ने वो तो घोड़ी आया जितवाय कराले के बाग में
मने कंता घाल्य री लेण ने वो तो गोरी आया जितवाय कराले के बाग में।

सिखंत गीत

रायबरेली जनपद के दोहद एवं साध गीतों की भाँति सुल्तानपुर जनपद में इसी भावना का एक संस्कार गीत प्रचलित है, जिसे सिखंत गीत कहते हैं। इसमें एक गर्भिणी स्त्री का चित्रण है, जिसके अंग दुर्बल हो गए हैं, मुख पीला पड़ गया है। उसकी नौ साधों को उसके परिवार के लोग पूरा करने का प्रयत्न करते हैं—

बँसवा की कोठिया से निकरी है गोरी

अस गोरी मैं कतहूँ न देख्यों
देख्यों तो देख्यों फलाने रामा सेज
अंग पतरि मुख ढुरहुरि गोरी
पहिली साध मोरी सासु पुरावैं
ससुर बलाय मोरी बात चलावैं
दूसरी साध मोरे ससुर पुरावैं
पंडिता बुलाय मोरी सइता धरावैं
तीसरी साध मोरे जेठ पुरावैं
नउआ बुलाय मोरे नइहर पठावैं।
इसी तरह नौ साधों का वर्णन किया गया है।

हरियाणा में शिशु-जन्म की मधुर कल्पना करके गाया जानेवाला एक गीत इस प्रकार है—

पायाँ में पैंजनिया लाल छुन्नक-छुन्नक डोलेगा
हरी जरी की टोपली बजार सुई डोलेगा
दादा कहके बोलेगा दादी की गोदी खेलेगा
ताऊ कहके बोलेगा ताई की गोदी खेलेगा।

जन्म के गीत

ब्रज में जन्म संबंधी गीतों में स्त्री को पुत्र न होने के दुःख से लेकर उसे पुत्रप्राप्ति तक का वर्णन मिलता है—

राजे, गंगा किनारे इक तिरिया[1] जु ठाड़ी अरज करै
गंगे, एक लहर हमें देउ तौ जामें डूब जैऐ, अरे जा में डूब जैऐ
कै दुःख री तोय सास-ससुर कौ, कै तेरे पिया परदेस?
के दुःख री तोय मात-पिता कौ, कै माँ जाए वीर, काय दुःख दुःखिया
ना दुःख री मोय मात-पिता को, ना माँ जाए वीर
ना दुःख री मोय सास-ससुर को, नाँय मेरे पिया परदेस
सास-बहू कहि नांय बोलै, ननद-भाभी ना कहै
न हो राजे, वे हरि बाँझ कहि टेरें तौ छतियाँ जु फटि गई
जाई दुःख डूबि हों।
जाई लोटि उलटि घर जाउ, लाल तिहारे होंये

1. स्त्री

आई धन तन मन मार, राजे मेरे पिछवारे बढ़ई कौ
लाला, तू मेरौ देवर–जेठ, राजे एक कह्यौ मेरौ किजियै
काठ पुतर[1] गढ़ि देउ सो ब्वाइ ले के उठि हौं,
ब्वाई लैके बैठि हों
राजे, न्याई धोई भई ठाड़ी तौ सुरुज मन में
राजे, काठ पुतर जिउ[2] डारौ तौ जाइ ले के उठि हौं
जाइ लै कें सोइए
राजे जे नौ दस मास बीते गरभ के
तौ होरिल[3] सबद सुनाइए
राजे सासु–बहू कहि बोलै, ननद–भाभी बोलै
वे हरि, जच्चा कहि बोलैं, तौ छतियाँ जुड़ि गईं
बाजन लागे बाजे, घुरन लागे तबल निगार[4]
धनि–धनि गंगे तोय धन्नि[5] ए
तुमने बढ़ायौ मेरो मान।

गढ़वाल में संस्कारों के लोकगीत मंगल गीतों की श्रेणी में गिने जाते हैं। बच्चे का जन्म वस्तुतः पुण्य का फल माना जाता रहा है। पारस्कर गृह्यसूत्र (1-16-15) में माता की स्तुति करते हुए कहा गया है कि—'तू इड़ा है, तू मित्र कन्या की पुत्री है।' गोभिल गृह्यसूत्र में 'तू वेद है' कहकर पुत्र की महत्ता बताई गई है। गढ़वाली गीतों में इसी परंपरा के अनुसार पुत्र को देवताप्रसूत कहा जाता है। गढ़वाल के मंगल गीतों में वर–वधू को शिव–पार्वती तथा राम–सीता कहा जाता है, उसी प्रकार जातक अर्थात् पुत्र को इन गीतों में कृष्ण कहा जाता है। यह पुत्र माता के तप की सबसे बड़ी सिद्धि और मातृत्व की सर्वोत्कृष्ट निधि है। इन्हीं भावों पर आधारित एक मंगल गीत इस प्रकार है—

तू होलो मेरा तपस्या का जायो
तेरी जिया ब्वैन कटु कैन कर्म
तेरी जिया ब्वैन नीम लैन धर्म
तेरी जिया ब्वै तीर्थ का नौ छुबडुल्यों नहेंणे
देवतौं का नौं वींन धारू ढुंगी पूजीन
तू होलो बाला डांडो कू उद्यौऊँ

---

1. काठ का पुत्र, 2. जीव, प्राण, 3. नवजात शिशु, 4. नगाड़ा, 5. धन।

तू बणलो बाला कुल की जोत।

पुत्र, तू मेरी तपस्या का फल है। तुझे पाने के लिए तेरी माँ ने कितने कठोर कर्म किए हैं। किसने नियम और धर्मों का पालन किया है। तेरी माँ तीर्थों के नाम पर कई पोखरों तक नहाई है और देवताओं के नाम पर हर पत्थर को पूजती रही हैं। हे बालक, तुम उदयशिखर पर सूर्य की ज्योति के समान चमकना। आखिर तुम अपने कुल का उजाला हो।

कुमायूँ में पुत्रजन्म के अवसर पर निम्न गीत गाया जाता है—

तीन लोक के नाथ मथुर हरि जन्म लिए
भादों रयन अँधेरी चंद्रमा उदय भए।
लागो रोहिणी नक्षत्र कन्हैया अवतार
मोहन अवतार लिए
पीतांबर की कछनी काछे
चतुर्भुज रूप धरे

शंख चक्र गदा पद्म मुरलिया अधर धरे
केसर तिलक ललाट माथ पर मुकुट धरे
कुंडल झलकत कान गले बिच हार धरे
नटवर रूप देख देवकी सोच परे
इक तो मैं करम की हीन दूसर दु:ख और भए
देवकी ने लिए बुलाय, वासुदेव चलि आए
ले हो बाल उठाए नंद घर दे आवो उसे
खुल गए झनन किवाड़ पहरुआ सोई गए
खुल गए नंद दरबार कन्हैया गोकुल को गए
तट यमुनाजी के तीर वासुदेव सोच परे
कैसे उतारबै पार यमुना जल जोर भए
तट यमुनाजी के तीर शंख ध्वनि बाज रही
कृष्ण लियो अवतार यमुना जल लौट चले।

आदिवासियों की मान्यता है कि शंकर की पूजा करने से संतान की प्राप्ति होती है। यहाँ भी पुत्री की अपेक्षा पुत्रजन्म अधिक प्रसन्नता का सूचक होता है। एक गीत में ऐसा वर्णन है कि संतान के जन्म लेने पर भगवान् शंकर को कौन क्या चढ़ाता है?

देवता मनावे बड़[1] अरे ऋखि[2] रावन
बोलतेहु हुरे हो कोखि नाहीं कछु रे
राजा चढ़ावे चढ़उवा[3] चन्नन बेलपात
रानी चढ़ावे गंगाजली
डौका[4] जनमले चढ़ेला चन्नन बेलपात
रानी चढ़ावे गंगाजली

जंति गीत

व्रज में पुत्रजन्म के समय की एक लोककथा जंति गीत के रूप में इस तरह प्रचलित है—किसी सास व ननद ने बहू की आँखों पर पट्टी बाँध दी। उसके नवजात शिशु को घूरे पर फिकवा दिया और बेटे से कहा कि तेरी बहू ने पत्थर जन्माए हैं। स्त्री को उसका पति रथ में जुतवा देता है। उधर नवजात शिशु एक मालिन के घर पलकर बड़ा होता है।

वह सच्चाई को जानकर अपनी माँ को प्रतिष्ठा देता है और दादी को दंड देता है—

गरभ रही राजे, नौ-दस मास, जाइ जो सासु जगाइबै
उठियो री मेरी सासुल नंद पीर उठी ए मेरी कामर[5] में
कोठी[6] में मूँड़[7] कुठीली[8] में पाँइ[9], आँखन पट्टी बहू बांधियौ
जब वाके भए ऐं कुमर नंदलाल
दादी नें घूरे[10] डरवाइऐ
बागनु[11] ते एक मलियरि[12] जाड़
पोंछि धोय गोदी लै लियो
बाहर ते आए पातरिया से नाह[13]
महल उदासी अम्मा चों भई?
तिहारी धन पथरा[14] जने ऐं मेरे लाल
राजा ने हुकम दियौ ऐ चढ़ाइ
रानी जु रथ जुरबाइए
जबले कुमर भयौ पाँच बरस कौ
रथ कौ तमासौ देखन जाइए
ताते सीरे पानी दीने धरवाय, माइलि उबटि न्हवाइऐ

1. बहुत, 2. ऋषि, 3. चढ़ावा, 4. पुत्र, 5. कमर, 6. कोठरी, 7. सिर, 8. अन्न भरने का स्थान, 9. पैर, 10. कूड़े पर, 11. बगीचा 12. मालिन, 13. नाथ, स्वामी 14. पत्थर।

आधौ राजु जा मालिन ऐ देउ, जानें तो हम मानिऐ
दादी ऐ चौराहे पै देउ गढ़वाय
जानें हम घूरे पै दीए डरवाय।

बड़ी बिहाई के गीत

कुरु प्रदेश में कौरवी बोली के लोकगीतों में पुत्रजन्म के अवसर पर प्रचलित एक विशेष प्रकार का गीत 'बड़ी बिहाई' का गीत कहलाता है—

ऐसी बिहाई मेरे नित उठ आओ
तुमने जगाई मेरे ससुरे की पौरी
आओ बिहाई तुम्हें चरचूँगी रोली
तुमने जगाई मेरे साजन की पौरी
आओ बिहाई तुम्हें पूजूँगी पेठा
तुमने बुलाए मेरे देवर-जेठा
ऐसी बिहाई मेरे नित उठ आओ।

खड़ी बोली प्रदेश में जन्म संबंधी गीतों को 'ब्याही' कहते हैं। 'बिहाइ' इसी का अपभ्रंश रूप है।

मनोरंजना

पुत्रजन्म के ही अवसर पर कुरु प्रदेश में 'मनोरंजना' नामक गीत प्रचलित है जिसमें ननद-भाभी की आपसी बातचीत है। ननद पूछत है—तुम्हें यदि पुत्र हुआ तो मुझे क्या दोगी?

ऐरी ननद भवज पाणी को चाल्ली मनरंजना
ऐरी नणदल मुखड़ा देक्खे अहो मनरंजना
जो भाबो तुम ललना जनमोगी अहो मनरंजना
तो हमें क्या दोगी नेग, अहो मनरंजना
कोई देंगे गले का हार, अहो मनरंजना
कोई देंगे गले की तिलड़ी अहो मनरंजना
कोई पनिया भर घर को आई अहो मनरंजना
कोई होय पड़े नंदलाल अहो मनरंजना
कोई हौले से गाओ बियाही, अहो मनरंजना
कोई नणद सुन दौड़ी आवे, अहो मनरंजना
बाजन का बाज्जा सुनके, नणदल आई

कोई पलड़े में झूले अहो मनरंजना
कोई ललना को लेआ खिलाय अहो मनरंजना

संचत गीत

संचत गीत स्त्रियों की स्वाभाविक मातृ-भावना के प्रतीक हैं। ये गीत बुंदेलखंड में प्रचलित हैं। इनमें नारीहृदय की संतान-प्राप्ति की आकांक्षा, अधीरता शत-शत धाराओं में बहती दिखाई पड़ती है। 'संचत' शब्द 'संतति' का ही अपभ्रंश है।

बुंदेलखंड में गर्भ के छठे या आठवें महीने में एक दस्तूर किया जाता है, जिसे 'आगन्नो' या 'फूल चौक' कहते हैं। यह रिवाज वैदिक पुंसवन और सीमंत्रोयन संस्कार का स्वरूप ही प्रतीत होता है। गर्भवती स्त्री के मायके से लाल रंग के वस्त्र आते हैं, जिन्हें पहनकर वह चौक पर बैठती है। इसी अवसर पर संचत गीत गाए जाते हैं।

निस्संतान स्त्री के दुःख की सीमा नहीं होती। पति दूसरा विवाह करने को प्रस्तुत होता है। वह उदास है। ननद उसके दुःख का कारण जान, उसे आशीर्वाद देती है। वह कल्पना करती है कि उसे पुत्री हुई है, किंतु पुत्री तो एक दिन उसे छोड़कर चली जाएगी। तब वह कल्पना करती है कि उसे पुत्र हुआ है, जो घर में प्यारी सी बहू लाएगा। पुत्र को जन्म देकर वह स्वयं को धन्य मानती है—

मन जो कहै धिया जनमियो मोरे गजबज आहे बगात
लटकत आवें मोरे साजना विहँसत दुल्हा दामाद
घर मोरो रीतो अँगन मोरो रीतो सब सुख गीलो पेट
साजन धिया लेके निग गए।[1]
मन जो कहै पुत्र जनमियो मोरे गजबज जहें बरात
घर मोरो भर गओ अँगन मोरो भर गवा
सब सुख भर गव पेट।
बेटा बहू लेके आइयो
धन्न मोरी कूँख सुलोचनी
जिन मोरे राखे हैं मान
पिया ब्याव रचत ते दूसरो।

---

1. चले गए।

इस गीतों को 'गितकड़ौ' भी कहते हैं। पास-पड़ोस की महिलाओं को निमंत्रित किया जाता है। ये महीने भर आकर 'सादन के गीत' गाती हैं।

सोहर

पुत्र-जन्मोत्सव के अवसर पर गाए जानेवाले गीतों को 'सोहर' कहा जाता है। ये एक प्रकार के मंगलगीत हैं, जो प्राय: सभी हिंदी भाषा-भाषी प्रदेशों में प्रचलित हैं। भोजपुरी में 'सोहर' का अर्थ 'अच्छा लगना' किया जाता है। इसकी विभक्ति 'सुवर' शब्द से की जा सकती है, जिसका अर्थ 'सुंदर' है। उत्तर प्रदेश के पश्चिमी भागों में इन्हें 'सोभर' 'सोहला' या 'सोहलो' के नाम से भी जाना जाता है। ब्रज में इन गीतों को सोगर, सोहर या सोहिले कहा जाता है। यहाँ सूतिकागर को भी सोभर कहते हैं। राजस्थान में सोहर को 'हालरा' कहते हैं। श्री वासुदेवशरण अप्रशल के अनुसार—'सोहर' शब्द संस्कार के 'सूतिगृह' और प्राकृत के 'सुइहर' से बना है। संभवत: इन्हीं नामों के आधार पर भोजपुरी मगही आदि भाषाओं में जच्चा या प्रसूता के रहने के स्थान को 'सउरि' कहते हैं। सौरगृह आदि शब्दों का प्रयोग तो उत्तरभारत के प्राय: सभी क्षेत्रों में किया जाता है, जिसका अर्थ है—प्रसूतिगृह।

'सोहर' शब्द से मिलते-जुलते सभी शब्दों की व्युत्पत्ति के मूल में संस्कृत की 'शुभ्' धातु है, जिससे शोभन, शोभा आदि तत्सम तथा सोहना, सुहावना आदि हिंदी के तद्भव रूप बनते हैं। इसी कारण सोहर को शुभ तथा सुहावना माना जाता है। इसीलिए इस अवसर पर गाए जानेवाले गीतों को सोभर या सोहर कहना सर्वथा समीचीन है। संस्कृत के 'शोकहर' शब्द से भी सोहर की व्युत्पत्ति की जा सकती है। आनंद तथा बधाई इन गीतों के मुख्य विषय हैं। रामचरितमानस में तुलसीदास ने पुत्रजन्म के आनंद की तुलना ब्रह्मानंद से की है—

दसरथ पुत्रजन्म सुनि काना
मानहु ब्रह्मानंद समाना।

तुलसी ने सोहर के लिए मंगल शब्द का भी प्रयोग किया है—

गावहिं मंगल मंजुल बानी
सुनि कलरव कलकंठ लजानी।

सोहर गीतों में इसी मंगल एवं आनंद की झलक है।

सोहर का वर्ण्य विषय एवं शैली

संतान के लिए स्त्री-पुरुष में लालसा का होना अत्यंत स्वाभाविक है। इसके लिए वे कठिन साधना करते हैं, देवताओं का पूजन करते हैं, मनौतियाँ करते हैं। सोहर गीतों में इन विषयों के अतिरिक्त गर्भाधान, गर्भिणी स्त्री की प्रसव-पीड़ा, दोहद, पुत्रजन्म संबंधी उल्लास, संबंधी तथा परिजनों द्वारा परस्पर बधाई और शुभकामना के साथ बधावा माँगना, देना तथा आनंदोत्सव आदि का वर्णन होता है। कुछ सोहर गीतों में गृहस्थ जीवन के मनोरम चित्र मिलते हैं। उनमें शृंगार, हास्य और करुण रस का समावेश भी पाया जाता है। नंनद-भौजाई के हास-परिहास, सास-बहू के बीच सद्भाव का दुर्भाव, पति-पत्नी का प्रेम-विनोद, सामाजिक एवं गृहस्थ जीवन के आचार-विचार, प्रसूता स्त्री के पथ्य-अपथ्य, खान-पान, मातृत्व का अभिमान आदि विविध कथोपकथनों के विवरण मिलते हैं। किसी-किसी गीत में कोई छोटा कथानक पाया जाता है या किसी मौलिक प्रसंग की कल्पना की गई होती है, जिसमें गीतों की रोचकता बढ़ जाती है। ऐसी रचनाएँ प्राय: सूर और तुलसी की हैं, जिनके गीतों में बड़ी मार्मिकता एवं मौलिकता है। राम, कृष्ण तथा शिव-पार्वती संबंधी प्राचीन कथानकों तथा दैवी चरित्रों का वर्णन कुछ सोहर गीतों में किया गया है। राम, लक्ष्मण, सीता, कृष्ण, कौसल्या, देवकी, यशोदा, नंद, दशरथ, वसुदेव, रुक्मिणी, प्रद्युम्न, शिव, पार्वती आदि प्रसिद्ध चरित्रों का समावेश ऐसे गीतों में रहता है, किंतु इन लोकगीतों में समाविष्ट होकर ये दैवी चरित्र अपनी अलौकिकता खोकर सामान्य लौकिक चरत्रि के रूप में हमारे सामने आते हैं, जैसे—राजा दशरथ डगरिन को बुलाने स्वयं जाते हैं। पौराणिक आख्यानों में बहुधा कथानक में छोटा-मोटा परिवर्तन कर लिया जाता है। एक सोहर में ऐसा वर्णन है कि कृष्ण के जन्म लेने पर वसुदेव उन्हें लेकर नंद के यहाँ नहीं जाते, बल्कि उनके बदले स्वयं देवकी ही यशोदा के यहाँ जाती है। कथा में यह परिवर्तन मातृहृदय के ममत्व की दृष्टि से अधिक मर्मस्पर्शी एवं स्वाभाविक है पात्र भले ही पौराणिक हों, पर कल्पना सर्वथा नवीन है।

एक सोहर गीत में गणेश की वंदना के पश्चात् गर्भिणी के प्रथम महीने से लेकर पुत्रोत्पत्ति तक के दस महीनों में गर्भिणी स्त्री के शरीर पर क्रमश: प्रकट होने वाले विभिन्न लक्ष्णों और उसकी रुचि-अरुचि का वर्णन हुआ है। उदर के दाहिने भाग में बच्चे के चलने से पुत्र होने का अनुमान लगाया गया है। अपने भतीजे के आने पर खुशी में मिलने वाले शगुन की बात सोच-सोचकर प्रसन्न

हो रही है। वह सोहर गाने का विचार अपने मन में करती है वस्तुतः पुत्र के जन्मोत्सव का आनंद कल्पनातीत है।

परथम[1] मास मनाइले, मंगल गाइले हो
ए ललना विघिनहरन[2] गननायक मंगलदायक हो।
परथम मास जब आइल चित हमखाडल[3] हो
ए ललना, पुछबो में दिनवा सुदिनवा न कब दो नहाअल हो।
दीसर मास जब आइल रूप बदलाइल हो
ए ललना अंग पीयर मुख ढुरहुर[4] अगम[5] जनाइल[6] हो।
तीसर मास जब आइल चित फरियादि[7] हो
ए ललना परानपिया सहनाहक[8] बोली बड़ भागी हो।
चउट मास जब आइल पिया से विनती करे हो
ए ललना कइले रसोइया ना भावे त ननद बोलावऽ हो।
पाँच मास जब आइल सभे साँच मानल हो
ए ललना सुतबो में सेजिया सोहावन बेनिया डोलावन हो।
छवरे मास जब आइल ननद हँसि बोलोली हो
ए ललना, दहिना बदन पर आगम होरिला[9] के आगम हो।
सात मास जब आइल पिया से विनती करे हो
ए ललना, सुतबो में सेजिया अकेली त बेनिया[10] डोलाइब हो।
आठ मास जब आइल आठों अंग भरि गइले हो
ए ललना, अटपट चिरवा[11] खुलि गइले चुनि-चुनि पहिरेली हो।
नवमे मास जब आइल ननद हँसि बोलेली हो
ए ललना, कब दो बबुआ जनमिहेन[12] त सोहर गाइल हो।
दसवे मास जब आइल राजा दसरथ गिरही[13] मंगल हो
ए ललना, जनम लिहले तिरभूहननाथ[14] सभ सुखदायक हो।

एक सोहर गीत में बंध्या स्त्री की वेदना का चित्रण है। निस्संतान होने को कारण पति द्वारा अपमानित पत्नी को रोते देखकर उसका देवर रोने का कारण पूछता है। वह स्त्री बताती है कि तुम्हारे भाई ने एक पुत्र के अभाव में मुझे वनवास दिया है। देवर उसे आश्वासन देता हुआ कहता है—ओ भाभी, तुम मुझसे सोना,

---

1. प्रथम, 2. विघ्न हरने वाले, 3. हर्षित हुआ, 4. सुख, 5. आने की सूचना, 6. मालूम हुआ, 7. मिचली आना 8. महनायक, 9. पुत्र, 10. पंखा, 11. वस्त्र 12. जन्मेंगे 13. गृह, 14. तीनों लोकों के स्वामी,

चाँदी लो और सूर्य भगवान् की पूजा करो। उनकी मनौती करने से तुम निश्चय ही पुत्र पाओगी। देवर के ऐसा कहने पर भाभी सूर्य की पूजा करती है और उनके प्रसन्न होने पर पुत्र पाती है। अपने देवर को वह युग-युग जीते रहने का आशीर्वाद देती है—

एक धनि अंगवा[1] के पातर[2] पिया के सोहागिन हो
ललना, दोसरे दुआरे लगल ठाढ़ काहे भैजी आँसू ढारे हे।
तूहूँ त हहु[3] भउजी अलरी[4] से भइया के दुलरी[5] हे
ललना काहे भउजी लगल दुआर काहे रे भउजी आँसू ढारे हे।
तूहूँ त हहु बबुआ देवर मोर सिर साहेब[6] जी
बबुआ, तोरो भइया देलन बनवास से एक रे पुतर बिनु हे।
लेहु न लेहु भउजी सोनमा[7] से ओउरी चानी[8] लेहु हे
भउजी मनवहु आदित[9] भगवान् पुतर[10] एक पायब हे।
मनवल[11] आदित भगवान से होरिला जनम लेल हे
ललना जुग-जुग जिअए देवरवा जे मोरा गोदी भरि देल हे।

बुंदेलखंड के एक सोहर गीत में सास-बहू के झगड़ों का चित्रण है—

मोरे उठत कमर घन पीर, अब नैंया जीने की
सुन राजा रे महाराजा रे, मोरी सासू को देव बुलाय
अब नैंया जीने की।
सुन माता री, तोरी बहू बेहाल, तुम्हें बुलाउत हैं
सुन बेटा रे, रानी बहुआ के बोल कुबोल
करेजे में हन गए।
सुन माता री, अपने बेटा के खातिर
बोल बिसर जा री।

अवध क्षेत्र में सोहर गीत विलंबित एवं द्रुत दोनों प्रकार की लयों में मिलते हैं। राम की भूमि होने के कारण यहाँ के सोहर गीतों में अधिकतर राम, सीता आदि पात्रों का वर्णन है। कुछ उदाहरण इस प्रकार हैं—

चइतइ कइ तिथि नउमी, राम जगि रोपै हो
रामा बिनु हो सीता के जगि सून
त जगि मोरी के देखै हो,

---

1. अंग, 2. पतली, 3. हो, 4. अलबेली, 5. दुलारी, 6. श्रेष्ठ स्वामी, 7. सोना, 8. चाँदी, 9. सूर्य, 10. पुत्र, 11. मनौती मानी।

मचियहि बइठी कौसिल्या मइया गुरु से अरज करें
गुरुजी रउरे मनाए सीता अइहैं, मनाइ लै आवहु हो।

× × ×

चैत रामनवमी श्रीरामजी के जनम भए
धगरिन त नेग माँगे नार कै छिनौनी[1]
कौसल्या रानी क हार माँगे राम नहवौनी[2]।
नाउनि नेग माँगै बुकवा[3] के मिजौनी[4]
कैकेयी रानी कै हार माँगै चौक पुनौनी[5]।

द्रुत लय के सोहर गीतों को अवध प्रदेश में 'उतारा' या 'उलारा' कहते हैं।

लाल मोरे खेलौं अँगनैयाँ
छमें छम बाजै पैंजनिया
द्वारे पे लालजी के बाबा खुसी भए
औ महले आजी गनियवाँ
छुमें छम बाजै पैंजनिया।

राजस्थान में पुत्र-जन्मोत्सव से संबंधित गीत 'जच्चा के गीत' या 'होलर गीत' कहलाते हैं। इनमें नवजात शिशु तथा जच्चा के वस्त्र, पुत्रजन्म की प्रसन्नता गर्भ की पीड़ा आदि का चित्रण होता है। पुत्रजन्म के समय घुँघुनी बाँटी जाती है—

रंग महल बिच जच्चा होलर जायो
ये पीलारी मौज ये।

बिहार के मगही क्षेत्र के अंतर्गत कुछ मुसलिम संस्कार गीत मिलते हैं। इनकी भाषा किचित् खड़ी बोली अथवा उत्तर प्रदेश के लोगीतों की तरह है, किंतु यहाँ के गीतों की विषयवस्तु समान ही होती है। दोहद अवस्था में जच्चा की बादाम खाने की इच्छा, ननद को कोई वस्तु देने या न देने का तर्क, पति से हास-परिहास आदि चित्रित हैं। एक पत्नी अपने पति से संतान होने की बात छिपाए रखती है और उसके भोलेपर पर मन-ही-मन खुश होती है—

हाँ हाँ हाँ मेरा भोला है राजा
कमरे में दाई काहे को आई
राजाजी मेरी नाफे[6] टली[7] थी
राजाजी मेरा सीधा है राजा
रानी कमरे में कौन रोया था

1. नाल काटना , 2. नहलाना, 3. उबटन, 4. मलना, 5. पूरना, 6. नस, 7. खिसकी।

राजाजी दो ये बिल्ले लड़े थे।

बच्चा होने की खुशी में दादी दान बाँटती है। बच्चा पालना में झूलता है—

इस रे होरिलवे[1] की दादी बड़ैतिन[2] दान बाँटि रे
मेरा छोटा सा होरिला पलना झूले रे
पलना झूले रे, झुनझुना खेले रे।

पुत्रजन्म का समाचार मिलते ही घर-आँगन में परिवार एवं पास-पड़ोस को सभी उम्र की स्त्रियाँ हँसी-खुशी के साथ इकट्ठी होती हैं और उल्लास भरे स्वर में सोहर गीत गाती हैं। ढोलक की थाप के साथ सोहर गीतों की ध्वनि से घर-द्वार का कोना-कोना गूँज उठता है। इन गीतों का विशेष आनुष्ठानिक महत्त्व नहीं है। ये गीत जन्मोत्सव संबंधी सभी अवसरों पर गाए जाते हैं। कुछ ही गीत ऐसे हैं, जो विशेष विधियों से संबंधित हैं, यथा बच्चा पैदा होने के बाद जब उसकी नाल काटने की क्रिया होती है तो एक ऐसा सोहर गाया जाता है, जिसमें पितरों से जो निवेदन किया जाता है कि उनके वंश में वंशधर की उत्पत्ति हुई है। पितर अपनी ओर से उसे आशीष देते हैं और उसकी नाल काटने के लिए सोने की छुरी तथा थाल देते हैं। उसे दूध पीने के लिए वे सोने की कटोरी देते हैं। कुछ सोहर ऐसे भी हैं, जो प्रसूता के छठे दिन के प्रथम स्नान के उपलक्ष्य में गाए जाते हैं। लोकजीवन के स्तर पर हिंदू और मुसलिम के आचार-व्यवहार की सीमाएँ प्रायः एक सी हैं।

शास्त्रों में गर्भाधान के पश्चात् पुंसवन संस्कार का विधान है, किंतु बिहार में यह विधि प्रचलित नहीं है। उत्तर प्रदेश में 'साध' पूजने की 'चौक' या 'गोदभराई' की रस्म गर्भावस्था के सातवें महीने में मनाई जाती है। इस अवसर पर जन्म संबंधी गीत गाए जाते हैं। बिहार में बच्चे के जन्म से पूर्व भी प्रथम गर्भाधान के उपलक्ष्य में परिवार में आनंद मनाया जाता है और उस अवसर पर सोहर गाए जाते हैं।

तुलसीदास ने 'रामललानहछू' में जो सोहर की रचना की है, उससे ऐसा जान पड़ता है कि कहीं-कहीं विवाह संबंधी कुछ अवसरों पर भी सोहर गाने का प्रचलन रहा होगा। तुलसी के बाद धरनीदास आदि कुछ संत कवियों ने भक्ति के भी सोहर रचे हैं। बिहार में कहीं-कहीं गोदना गोदवाने के समय भी सोहर गाने का रिवाज है। गोदनहारी नटिनें संभवतः सुई चुभने की वेदना को भूलने के लिए ही सोहर छेड़ती हैं। इससे स्पष्ट होता है कि सोहर कितने आनंद एवं उल्लास का राग है। बालक के बरही संस्कार तक ये गीत गाए जाते हैं।

बिहार तथा पूर्वी उत्तर प्रदेश में जो सोहर गाए जाते हैं, उनमें एक विशेष राग,

---

1. बच्चा, 2. श्रेष्ठ।

लय एवं छंद होता है, जिसे सोहर छंद कहते हैं। तुलसीदास ने जिस सोहर छंद की रचना की है, वे साहित्यिक छंदोविधान के अनुसार बाईस-बाईस मात्राओं के चरणों में हैं। उनके अंत में तुक भी मिलाया गया है, जबकि लोगीतों के इन सोहरों में तुक एवं पिंगल शास्त्र के नियमों का अभाव होता है। बहुधा इसे गाते समय छोटे-बड़े पदों को खींच-तान कर बराबर कर लिया जाता है। वस्तुतः सोहर एक ऐसा तालवृत्त है, जिसका मापदंड पृथक् -पृथक् मात्राओं एवं वर्णों में नहीं, अपितु लयबद्ध बलाघातपूर्ण इकाइयों में है। इन्हीं इकाइयों की आवृत्ति के बलाघात पर ताल पड़ता है। ये ताल समान रागात्मक मात्राओं द्वारा नियंत्रित रहते हैं।

सोहर के तालखंडों के नियोजन में भेदों की संभावना होती है, किंतु उसकी मुख्य लय में अंतर नहीं होता। सोहर के छंदों के भी कई भेद हो जाते हैं। विविधता के आनंद के लिए सोहर के विषय को झूमर आदि विभिन्न गीतों के रागों में भी बाँध लिया जाता है और रागांतर वाले इन गीतों को भी विषय की एकरूपता के कारण सोहर ही कहते हैं।

सोहर बड़े छंदों में लिखे जाते हैं। ये वर्णन-प्रधान होते हैं। तुकांत होते हुए भी ये कहीं-कहीं 'ब्लैंक वर्स' की तरह लिखे जाते हैं। इन गीतों में एक नए अतिथि के आगमन के कारण उमंग, तरंग और उल्लास की झलक मिलती है। इनमें आशा का भाव होता है। प्रायः ये सात मात्रा में गाए जाते हैं और इन गीतों की दूसरी पंक्ति में बहुधा 'ललना' शब्द का प्रयोग आता है।

मंगल गीत

मंगल गीत सामान्यतः माँगलिक अवसरों पर ही गाए जाते हैं, चाहे वह पुत्रजन्म का उत्साह भरा अवसर हो, विवाह की शुभ बेला हो अथवा कोई अन्य माँगलिक अनुष्ठान हो। नेपाल की धारू जाति में विवाह के अवसर पर सोहर और मंगल दोनों गाए जाते हैं।

कौन मोरा दिगिया[1] दिआवल कौन बाहल ओट[2]
कौन भोरा जूरी[3] पानी कौने नहाबल?
बाबा मोरे दिगिया दिआवल भैया बान्हल ओट
कौसिल्या भोरे जूरी पानी, रामजी नहाबल
हामें कैसे नोंह छीलब[4], छूछे डलबा[5]
घर जाएब बाबा पूछत, किए रे जवाब देख।
कोय देल टकबा सुकबा कोय देल हमबा

1. पोखरा, 2. पोखर का मोहार, 3. शीतल, पवित्र, 4. नख काटूँ, 5. खाली डाला।

कोय देल रतनपवान भोरी गेल गलवा।
भलहि बिदापति मंगल गाबल गाबि मुहाबल
रामजी के बिहा जनकपुर मंगल गबाल।

नाखुर (नहछू : जन्म)

तुलसी के रामललानहछू की भाँति उत्तर प्रदेश में नाखुर या न्हछू नाम का गीत पुत्रजन्म के अवसर पर गाया जाता है—

घर-घर फिरई नउनिया त नेहछू जनावै
रामलला के नेहछू तो सब जने आवै।
कौसिल्या छोड़ैं चुटकी मुंदरिया सुमित्रा छोड़ैं रूप
केकई रतन पदारथा भरिगा हे सूप।

सरिया गीत

बुंदेलखंड में शिशु के धरती पर अवतरित होते ही 'भौं लोटनी' का बुलौवा होता है। उसके पश्चात् करा छोला जाता है, जिसे आम भाषा में 'नाल काटना' कहते हैं। इस अवसर पर पाए जानेवाले गीतों को सरिया गीत कहते हैं। प्राय: इन गीतों में राम-कृष्ण का उल्लेख होता है। एक गीत इस प्रकार है—

मोरे डरे-डरे कहराँय[1], गोविंदलाल भौं[2] में डरे[3]
जाय जो कैयो[4] उन राजा ससुर से
धैली दैंय लुटाय गोपाललाल भौं में डरे
जाय जो कैयो उन राजा जेठ से
बजाजी देंय लुटाय गोपाललाल···
जाय जो कैयो राजा ननदेऊ[5] से
डेवढ़ा[6] देंय छुटाय गोपाललाल···
जाय जो कैयो राजा देउर[7] से
गंता[8] देंय कराय गोपाललाल···
जाय जो कैयो बारी ननद से
साँतिया[9] देंय धराय, गोपाललाल···
जाय जो कैयो पुरा परोसिन[10] से
सरियाँ देवें गुआय, गोपाललाल भौं में डरे।

फैजाबाद जनपद में गाया जानेवाला एक सरिया गीत पुत्र-जन्म के अवसर

1. रोते हैं, 2. धरती पर, 3. पड़े, 4. यह कहना, 5. ननदोई, 6. बंदूक, 7. देवर 8. गाना-बजाना 9. स्वस्तिक, 10. पास-पड़ोसन।

पर होने वाले आनंद-मंगल के उल्लेख के रूप में है—

कवने रामा पुतवा के पूत भए, धरती अनंद भए
कवने रामा धेरिया जुड़ानी, दुनौं कुल तारैं
जो यह मंगल गावै, गाय कै सुनावैं हो
से बैकुंठे जाय, परम फल पावैं हो।

नरा छीलने का गीत

जन्म के बाद बच्चे की नाल काटी जाती है। जो दाई यह काम करती है, वह उसके बदले में अच्छा सा उपहार चाहती है। एक गीत में ऐसा भाव है कि नाल काटने के उपलक्ष्य में माता कौसल्या दाई के लिए लाल चुनरी लेकर खड़ी हैं, कैकेयी सोने का हार और सुमित्रा तिलरी लेकर खड़ी हैं। राजा दशरथ मोती का थाल लेकर खड़े हैं। किंतु दाई से उपहार लेने को तैयार नहीं, उसने शिशु राम की नाल काटी है, उनका चतुर्भुज मोहक रूप देखकर ही वह तृप्त होती है—

कैसी मचल रही दाई अवध में
सुरंग चूनरी कौसल्या लै ठाढ़ी
बई न लेये दाई
सोने को हार कैकई लेंय ठाढ़ी
कूलों[1] मरोर[2] गई दाई
सोने की तिलरी सुमित्रा लै ठाढ़ी
मुखइ न बोले दाई
मोतियन थार राजा लयँ ठाड़े
नजर न फेरे दाई
नरा तुमारो जबइ हम छीने
दरसन दें रघुराई
रूप चतुर्भुज प्रभु दरसायो
खुशी भई तब दाई
दरसन लै दाई घर खों आई
घर-घर करत बढ़ाई।

खेलौना

'खेलौना' शब्द की उत्पत्ति खेल से हुई है। खेलौना गीत एक प्रकार के सोहर

1. कूल्हा, 2. मटकाना।

गीत ही हैं। अंतर मात्र इतना है कि सोहर पुत्र-उत्पत्ति के पहले से गाए जाने लगते हैं, जबकि खेलौना पुत्र-जन्म के उपरांत ही गाए जाते हैं। इनमें अधिकतर पुत्र-जन्म का बधावा माँगने का प्रसंग होता है। गायन शैली प्रायः सोहर की तरह ही होती है अर्थात् उन्हीं तालें या गंगों में खेलौना गीत भी गाए जाते हैं। इनमें अधिकतर पुत्र-जन्म की खुशी में कोई भाभी अपनी ननद को विभिन्न आभूषण देना चाहती है, किंतु ननद उन आभूषणों को लेने के लिए तैयार नहीं है, उसे तो फुलखड़ी नाम का आभूषणों चाहिए, जिसे देने को भाभी तैयार नहीं।

ननदिया माँगे फुलझरिया रे।
अपना ननदिया के कंगना गढ़इबो
अरे कंगना गढ़ाके ओह में मोतिया लगाइबो
ननदिया कंगना ना लेबे रे।
अपना ननदिया के तिलरी गढ़इबो
अरे तिलरी गढ़ाके ओह में नग जड़इबो
ननदिया तिलरी ना लेबे रे।
अपना ननदिया के बजुआ गढ़इबो
अरे बजुआ गढ़ाके ओह में झबिया लगइबो
ननदिया झबिया ना लेबे रे।
अपना ननदिया के बजुआ गढ़इबो
अरे पायल गढ़ाके ओह में घुँघरू लगाइबो
ननदिया पायल ना लेबे रे।
ननदिया माँगे फुलझरिया रे।

एक गीत में राजा दशरथ के घर में पुत्रजन्म फिर उनके चलने, खाने-पीने, बाल-लीला करने और पड़ोसियों के यहाँ से उलाहने आने का वर्णन है। अंत में उनके ब्याह की कामना की गई है। लोकमानस ने भगवान् राम को भी साधारण जन के रूप में चित्रित किया है। सामान्य शिशुओं की तरह, राम की बालक्रीड़ाएँ माता कौसल्या को भली लगती हैं—

दसरथ के लाल कब दो[1] अइहें।
पाँवे पैंजनिया[2] कमर करधनिया
अपने गोड़े[3] खेलन कब दो जइहें।
पूड़ी मिठाई अवरू[4] बतासा

1. पता नहीं कब, 2. नुपुर, 3. पाँव से, 4. और।

अपने हाथे माखन कब दो खइहें।
चारों भइया मिलि खेलन जइहें
हमरा घरे ओरहन[1] कब दो अइहें।
माथे मटुकवा[2] हाथे धेनुहिया[3]
जनकपुर बिअहन[4] कब दो जइहें।

सोहर से समानता होते हुए भी खेलौना गीतों की शैली कुछ भिन्न होती है। ये विशेष रूप से आठ या छः मात्रा में गाए जाते हैं।

मुसलिम संस्कार गीतों के अंतर्गत खेलौना गीतों की कोई संज्ञा नहीं है। खेलौना गीतों की विषयवस्तु के अनुरूप जो गीत मिलते हैं, वे जन्मोत्सव संबंधी गीत ही माने जाते हैं। एक गीत में भावज पुत्र होने की खुशी में ननद को वस्त्राभूषण देना चाहती है, पर ननद कुछ नहीं लेती। वह मात्र भतीजे के प्रसन्न रहने की कामना करती है—

अच्छी बुबू[5] कंगना लेंगी, अच्छी बीबी कड़वा[6] लेंगी
मेरे आरजू का है ननदोइया, ओभी जरा देखेगा जी।
नहीं भाभी कंगना लूँगी, नहीं भाभी कड़वा लूँगी
शाद[7] रहे मेरा नन्हा होरिलवा यही बहुत है जी।

और कहीं ननद-भाभी की तकरार है। भाभी कंगन छोड़कर सारे आभूषण देने को तैयार है, पर झगड़ालू ननद कंगन ही लेना चाहती है।

माँगो का टीका ले री ननदिया, ले री झलाही[8]
एक नहीं दूँगी यही कंगना
लूँगी मैं भावज वही कंगना
मुझे कंगने का शौक मेरी भाभी
लूँगी मैं वही कंगना।

छठी पूजन

'छठी' शब्द 'षष्ठी' का अपभ्रंश रूप है। जन्म के छठे दिन होने के कारण इसे षष्ठी या छठी कहते हैं। इसी दिन बच्चे की बुआ उसे काजल लगाती है तथा नेग लेती है। छठी के पहले बच्चे को सौरगृह से बाहर नहीं ले जाया जाता। बच्चे को सौरगृह से बाहर नहीं ले जाया जाता। बच्चे को स्नान कराके नया कपड़ा पहनाया जाता है। इस दिन के लिए पंडित शुभ घड़ी निकालते हैं।

1. उलाहना, 2. मुकुट, 3. धनुष, 4. विवाह करने के लिए, 5. बूआ, 6. हाथ का कड़ा, 7. प्रसन्न, 8. झगड़ालू।

बिहार प्रदेश में कहीं-कहीं ऐसी प्रथा है कि किसी कारणवश जिन लोगों की छठी जन्मोपरांत नहीं हो पाते, उनका छठी पूजन विवाह के अवसर पर किया जाता है और इसीलिए उनके विवाह के अवसर पर सोहर भी गाए जाते हैं। बारात विदा हो जाने के बाद वर के घर रात में 'डोमकछ' नाक का एक नाट्य-नृत्य होता है, जिसमें खाट के पौवे यह काठ के टुकड़े को 'जलुआ' नाम का बच्चा बनाया जाता है और उसके जन्म के उपलक्ष्य में सोहर गाए जाते हैं।

छठी-पूजन के अवसर पर सोहर ही गाए जाते हैं। किंतु कुछ गीतों में छठी पूजने का वर्णन भी आता है। ऐसे ही एक गीत में ननद-भाभी, भाई-बहन, बेटी-बाप और माँ-बेटी का उत्कृष्ट प्रेम वर्णित हुआ है। भाभी अपनी ननद का सम्मान सबसे अधिक करती है तथा उसे बैठने के लिए तैयार नहीं होती। समय पर उसके न आने पर उसे गर्वीली कहकर अपनी खीझ प्रकट करती है, किंतु यह क्रोध भी बड़ा अपनत्व भरा है। इसी बीच ननद-ननदोई आ जाते हैं और प्रसन्नतापूर्वक विधि संपन्न होती है तथा बधाई में बहुत सी चीजें उन लोगों को दी जाती हैं—

ढोलिया[1] त बाजे सुन सुन्नर, बजत सोहावन हो
आरे बाजे राजा दसरथ दुअरिया, कोसीलाजी के आँगन हो
मचिअहि बइठल सासु त बहुआ से बोलेली हो
बहुआ चलऽ गजओबरी[2] लिपावऽ त छठिया[3] धरावहु[4] हो
का सासु ओबरी लिपाई त छठिया घराबहु हो
सासु अस[5] गजगरभी[6] ननदिया सुनि नाहि आवेली हो
किया[7] बहु भेजलू तू नउआ त किया भेजलू बाभन हो
बहुआ किया तुहू भेजलू कवन लाल गरभ तुहुँ उघटेलू[8] हो
नाहिं हम भेजलों सासु नउआ त नाहि रे बाभन हो
सासु सबसे दुलरुआ भतीजवा त उहे फिरि[9] आवेला हो
दुअरहि घोड़वा हिहिनइल[10] ननदोइया हमरो अइलन हो
आहो खिरकिन डँड़िया[11] झलकले[12] ननद मोरी अइलिन हो
अब सासु ओबरी लिपाइब छठिया धराइब हो
सासु अब हम पूजबों बरहिया[13] ननद मोरी अइलिन हो
एक ओर बइबेली जिठनियाँ दोसर ओर गोतिनियाँ नू हो

---

1. ढोल, 2. घर के भीतर का भाग, ओबरी, अवर, अपरवक, 3. पुत्रजन्म के छठे दिन होने वाली विधि, 4. रखाओ, 5. ऐसी, 6. गर्वीली, 7. क्या, 8. बार-बार ताना देना, उत्कथन, उद्घाटन, 9. लौटकर, 10. हिनहिनया, 11. पालकी, 12. दिखाई दी, 13. पुत्रजन्म के बारहवें दिन की विधि।

आरे बीचवा में बइठेली जिठनिया दोसर ओर गोतिनियाँ नू हो
सोने के खड़उँआ कवनलाल बाबा से अरज करे हो
बाबा हमरे दुलरुआ बहनोइया बधइया किछु चाहेला हो
देइ घालऽ[1] चढ़न के घोड़वा पहिरन के जोड़वा नू हो
बाबा देइ घालऽ साठी मोहरवा विहँसि घरे जइहन हो।

छठी-पूजन के समय मनमानी माँगने का ननद का दावा कितना बड़ा है। भाभी उसे साठ रुपया देना चाहती है, पर ननद माँगती है, लाख रुपये और उदार भाभी पुत्रजन्म की खुशी में लाख रुपए भी लुटा देने को प्रस्तुत हो जाती है—

छठिया पूजेला ननदी ठाढ़ अँगनमा
हमरा के भउजो तू का देवऽना।
छठी पुजइया[2] ननदो साठ रुपइया
हमरो से ननदो झट ले लेहु ना।
साठ रुपया भउजी धर दऽ पउतिया[3]
लाख रुपइया त पुजइया लेबो ना।
जब त ननदिया होरिला लेके चललन
लाख रुपइया झट फैंकि देल ना।

न्योछन या न्योछावर

छोटे बालक को देखने और प्यार करने से बहुधा उसे अपने ही प्रियजनों की नजर लग जाती है। ऐसे में राई, नमक या मिर्च से औंछकर उसकी नजर उतारी जाती है। रामजन्म के अवसर पर आरती करके न्योछावर करने तथा गीत गाने का वर्णन है—

करि आरति नेवछावरि करहीं। बार-बार सिसु चरनन्हिं परहीं॥
मागध सूत बंदिगन गायक। पावन गुन गावहिं रघुनायक॥

बच्चे की रक्षा के लिए राई, नमक उसके सिर पर से घुमाकर बाहर फेंक दिया जाता है अथवा आग में डाल दिया जाता है और कहा जाता है कि ऐसा करने से बालक कुदृष्टि के दुष्परिणामों से सुरक्षित रहता है। इस विषय से संबंधित एक गीत इस प्रकार है—

आज होरिलवा के देखन चलूँ
आज होरिलवा के चूमन चलूँ

---

1. दे दो, 2. पूजने के लिए, 3. ढक्कनदार सींक की डलिया,

मोर होरिलवा हइ[1] पुनियाँ[2] के चनवा[3]
अपन होरिलवा के खेलावन चलूँ
राई नोन[4] लेके निहुँछन[5] चलूँ
अपन-अपन नजरी[6] बचा के चलूँ।

आँख अँजाई

बालक के जन्म के छः दिन बाद उसका छठी-पूजन होता है। इस दिन सास देवताओं की पूजा करती है। जेठानी जच्चा के स्नान के लिए पानी गरम कराती है, दाई सौरगृह लीपती है और ननद बच्चे की आँख में काजल लगाती है। इसे ही 'आँख अँजाई' कहते हैं। बहुधा बच्चे की बुआ उसकी एक आँख में काजल लगाकर छोड़ देती है और जब तक बच्चे की माँ बुआ उसकी एक आँख में काजल नहीं लगाती। इस अवसर पर प्रत्येक विधि करनेवाले को नेग मिलता है, किंतु कोई-कोई कंजूस पुरुष अपनी माँ, भाभी या बहन को यह नेग नहीं देना चाहता। इस खुशी के अवसर पर भी उसे धन लुटाना अच्छा नहीं लगता, इसलिए वह सोने का बहाना करता है—

राते भइले नंदलाल सुनत राजा सो गइले।
सासु जे अइली देवता पूजन के
देवता पुजावन[7] नेग[8] माँगे सुनत राजा सो गइले।
गोतनी जे अइली चेड़ुआ[9] चढ़न के
चेड़ुआ चढ़ावन नेग माँगे सुनत राजा सो गइले।
ननदी जे अइली आँख अंजन के
आँख अँजावन नेग माँगे सुनत राजा सो गइले।
दाई जे आइल सौरी[10] लीपन के
मउरी लिपावन नेग माँगे सुनत राजा सो गइले।

किंतु सभी तो एक से नहीं होते। एक गीत में ऐसी भी चर्चा है कि जच्चा की सास, ननद एवं देवर क्रमशः देवता पूजने, आँख आँजने और बाँसुरी बजाने आते हैं और उन सभी को इन विधियों पर नेग देकर प्रसन्न किया जाता है—

बीन बजावे राजा रंगमहल में

---

1. है, 2. पूर्णिमा, 3. चाँद, 4. नमक, 5. औंछने के लिए, 6. नजर. 7. पूजन की विधि संपन्न करना, 8. शुभ अवसर पर दिया जानेवाला पुरस्कार, 9. जच्चा के स्नान के लिए पानी गरम करने के लिए चौड़े मुँह का मिट्टी का बना पात्र, 10. प्रसूतिगृह,

सासु जो आई राजा देवता मनन[1] का
उनको पियरिया[2] दे डालो हो
अलबेला राजा मानत नाहीं।
ननदी जो आई राजा अँखिया आँजन को
उनको चुनरिया दे डालोहो
अलबेला राजा मानत नाहीं।
देवर जो आए राजा बंसिया[3] बजन को
उनको मुनरिया[4] दे डालो हो
अलबेला राजा मानत नाहीं।

'आँख अँजाई' के अवसर पर बुआ थाली में चावल रखकर उसमें नाम लिख देती है। प्राय: बच्चे का नाम वही रह जाता है। बच्चे का नामकरण संस्कार इसी समय को जाता है।

उत्तर प्रदेश के रायबरेली जनपद में इस अवसर पर जो गीत गाए जाते हैं, उन्हें 'काजल' कहते हैं। बच्चे की बुआ अपने पीहर आती है—भतीजे की आँख में काजल लगाने के लिए—

बुआ तौ बसईं सजन घर आवई बिरन[5] घर।
कजरा परि लइ आवइँ तौ नयन सँवारइ॥
बड़ी-बड़ी अँखिया ललन की कजर भल सोहइ।
देत सुघरि यक नारि अँगुरिया न डोलइ॥

बधाई

पुत्रजन्म के उपलक्ष्य में माता को बधाई तो दी ही जाती है, नवजात शिशु को जो आशीर्वाद दिया जाता है, वही बधावा कहलाता है। कुछ गीतों में बधावे या बधाई बजने का उल्लेख है। पुत्र के पिता अन्न, धन लुटाते हैं। तुलसीदासकृत रामचरितमानस में राम, लखन, भरत, शत्रुघ्न के जन्म पर घर-घर बधावे बजने का वर्णन है—

गृह-गृह बाज बधाव सुभ, प्रगटे सुषमाकंद।
हरषवंत सब जँह तँह, नगर नारि नर वृंद॥

बधाई से संबंधित लोकगीतों में विशेष रूप से राम, कृष्ण का उल्लेख आता है—

1. देवता पूजने के लिए, 2. पियरी, पीली साड़ी, 3. वंशी, 4. अँगूठी, 5. भाई।

बधैया बाजे आँगने में
राम, लखन, शत्रुघ्न भरतजी
इक संग झूलें पालने में।

एक गीत में बधावा लेकर पुत्रजन्म में सम्मिलित होने का वर्णन है। नगर के लोग बधाई देने के लिए उमड़ रहे हैं। कृष्णजन्म के बाद नंदजी धन लुटा रहे हैं। तेलिन तेल, तमोलिन पान और मालिन मालाएँ लेकर पहुँच रही हैं। उधर कृष्ण चंदन के पालने में सोए रेशम की डोर से झुलाए जा रहे हैं। सुर, नर, मुनि गान कर रहे हैं।

एक ओर इन गीतों में बधावा देने का वर्णन है तो दूसरी ओर बधावा माँगने का वर्णन भी है। पुत्रोत्पत्ति के अवसर पर ननद अपनी भाभी से बधावा लेने आती है—

बधइया लेबो भउजिया रे
अँगूठी मुनिरया हम नाहीं लेबो
जड़ाऊदार कंगना भउजिया रे।

पुत्रजन्म के अवसर पर जच्चा के लिए सोंठ-जीरे की व्यवस्था है, लेकिन उसकी ननद भतीजा होने की खुशी में विभिन्न विधियाँ करके भाभी से बधवा माँगती है। इस समय ननद और भाभी के बीच हास-परिहास भी चलता है। ननद मनचाही वस्तु चाहती है, भाभी देना नहीं चाहती। उदार ननद रंग में भंग करना चाहती। वह भतीजे की प्राप्ति को ही बड़ी उपलब्धि मानती है और भाई तथा भतीजे के दीर्घायु होने की कामना करती है—

बाजे-बाजे बधावा ननद अँगना।
कत्थक गावे पुतरिया[1] नचावे
छोटकी ननदिया नाचे अँगना।
समझि के नाचू छोटकी ननदिया
तोहरो भइया बसे सहर पटना।
तुहुँ मोरे भइया, बसे पटना
उहँवो से ले अइहऽ जोड़ा कंगना।
एतना वचन जब भउजी सुनली।
भउजी झलाही[2] रूसे[3] अँगना।

---

1. पुतली, 2. झल्लाने वाली, 3. रूठती है।

भाई मोरा जियो भतीजवा बाढ़ो[1]
जिन्ह रे पुरवले[2] हमार मनकमना।
बाजे-बाजे बधावा ननद अँगना।

राम-जन्म के वर्णन-प्रसंग में नाचने-गानेवाले अपनी कला का प्रदर्शन करके बधावा माँगते हुए पाए जाते हैं—

राजा दसरथ के बेटा भइले
अजोधा में हो गइले सोर रे
राम जनम सुनि अइली भँटिनिया[3]
माँगेली राम बधइया रे।

भोजपुर में इस अवसर पर पँवड़िया नाच होता है। पँवड़िया लोग बच्चे को बधाई देते और बधावा माँगते हैं।

हरियाणा में पुत्र-जन्म के बाद बधावे गाए जाते हैं। एक गीत में बाजे बजने तथा भात का उल्लेख है—

म्हारे आँगण बाज्जा बाजियो जी म्हारा राज
मैं तैं नित उठ लिप्पां आंगणों
बधावा म्हे सुणयो जी म्हारा राज
म्हें तो नित उठ रांधां खीचड़ो जी
किण मोस्मर ओ साएबा जिंदवा का भात

डुग्गर क्षेत्र में पुत्र-जन्म के समय गाए जानेवाले मंगल गीतों को 'बधावा' अथवा 'बिहाई' कहते हैं—

जी जिस ध्याड़े मेरा हरिअर जन्मेआं
सोइयों ध्याड़ा भागे मरे आऐं
जी जन्मेआ जाया, बाला गुद्दड़ पलेटेया
कुटछड़ मिलेया दाइयाँ माइया ऐं।

असीस

बस्ती जनपद में शिशु-जन्म के समय 'असीस' नाम का गीत गाया जाता है। यों इस अवसर पर प्राय: सभी प्रदेशों में बच्चे को आशीर्वाद देने और उसका मंगल मनाने की प्रथा है। 'असीस' नाम से गाया जानेवाला एक गीत इस प्रकार है—

---

1. बढ़े, 2. पूर्ति की, 3. नाचने वाली।

बाजत आवै सतरंगिया तौ बरहौ बाजन
नाचत आवै ननदिया तौ बीरन के अँगना।
बाबा दिहे गोलवा भैंसिया तौ कंचन दूध भरी
मोरी मैया दिहे लहर पटोर तौ फूलन कै अंगिया
भइया दिहिन हाँसुल घोड़वा तो प्रभुजी का चढ़न कहँ
हमरी भउजी तौ हाथे के कंगनवा तौ सोनेन कै गजरा
मोरे भइया के भए नंदलाल हुआँ पाएँ कुलि एतना
कोठियामाँ बाढ़े करइलिया तौ अमवा घउदवा
भइया जुग-जुग जिएँ तोरा लाल
जहाँ पायन कुलि एतना

बधाए (बुंदेलखंड)

बधाई गीतों को ही बुंदेलखंड में 'बधाए' की संज्ञा दी जाती हैं। वहाँ जन्म समय के समस्त उत्सवों तथा रीति-रिवाजों के समय अधिकांशतः बधाए ही गाए जाते हैं। बधावा शब्द आनंदवाचक है। 'बधाई' नामक एक नृत्य भी उस अवसर पर स्त्रियाँ नाचती हैं। लोग नृत्य के समय आनंदवश रुपए न्योछावर करते हैं। बच्चे की बुआ की ओर से उसके जन्म के दसवें दिन जो वस्त्राभूषण आते हैं, उसे 'बधावा लाना' कहते हैं।

बधाए गीतों में पुत्रजन्म के आनंद की झलक तो रहती ही है, साथ ही ननद-भाभी का हास-परिहास या सास-ननद और बहू का झगड़ा भी इन गीतों में चित्रित रहता है। बुंदेलखंड में इस अवसर पर प्रचलित एक लोकगीत का भाव इस प्रकार है—एक खवासन बंदनवार ले जा रही थी। रास्ते में किसी ने पूछा, यह बंदनवारा कहाँ लिए जा रही हो? वह कहती है—क्या तुमने नहीं सुना? अयोध्या के बूढ़े महाराज के नाती और महाराज दशरथ के पुत्र हुआ है। रघुवंश में नई ज्योति जली है, जिससे रघुकुल प्रकाशित हो उठा है। पुत्रजन्म से रानी कौसल्या की कोख तृप्त हुई है और सखियों का हृदय शीतल हुआ है। पुत्रजन्म की खुशी में जो दान दिया गया है, उससे सब सखियाँ आनंदित हो उठी हैं। यह बंदनवारा वहीं राजमहल को लिए जाती हूँ—

जो[1] बंदनवारो कहाँ लँय[2] जाती, जो बंदनवारो
नगर अयोध्या में सुत भए सजनी
राजा महीपति के नाती।
राजा दशरथ के पुत्र भए हैं
रघुकुल जोत उजयार दई बाती[3]
रानी कौशिल्या की कूँख जुड़ानी
सब सखियों की शीतल भई छाती।
नगर अयोध्या में दान भए हैं
लै-लै दान मगन भई सखियाँ।

जन्मोत्सव संबंधी नहवाहन

शिशु के जन्म के बाद छठी-पूजन के पूर्व बच्चे को स्नान करके नया कपड़ा पहनाया जाता है। इस अवसर पर बधाई के साथ-साथ गाए जानेवाले गीतों में बच्चे को नहलाने का भी वर्णन आता है। एक गीत में बताया गया है कि मैं सोने के हँसुए से कृष्ण की नाल काटूँगी। सोने की चौकी बनाकर उसी पर बिठाकर कृष्ण को नहलाऊँगी। पीले वस्त्रों से उनके अंग पोंछकर उन्हें पीले ही वस्त्र पहनाऊँगी और इस तरह नहलाने के बाद पाँवों में पैंजनी पहनाऊँगी—

गोकुल में बाजे बधैया त अउरो बधैया बाजे हे
ललना जनमल सिरी नंदलाल त नंदघर सोहर हे।
सोने के हँसुआ बनायम[4] गोपाल नार छीलम[5] हे
ललना सोने के चौकिया बनायम किसुन नेहलायम हे।
पीयरे[6] बस्तर[7] अंग पोछम[8] पीतांबर[9] पहेरायम[10] हे
ललना पइरवा[11] में पइजनी[12] पहेरायम गोपाल नेहलायम हे।

मुसलिम संस्कार गीतों के अंतर्गत नहवावन का एक गीत इस प्रकार है—बच्चे की माँ नारंगी और तरह-तरह के आभूषण पहनकर, गोद में बालक को लेकर पति के बगल में बैठी शोभा देती है—

नारंगी दामन वाली जच्चा गोद में बच्चा लो।

---

1. यह, 2. लेकर, 3. ज्योति जला दी, 4. बनाऊँगी, 5. छीलूँगी, 6. पीले, 7. वस्त्र, 8. पोंछूँगी, 9. पीताम्बर, 10. पहनाऊँगी, 11. पाँव, 12. पैंजनी।

माँग जच्चा के टीका सोभे, मोतिया लहरा ले रे जच्चा।
हजरिया[1] बैठा पास में हँस-हँस के बीड़ा ले।

राजस्थान का पुत्र जन्मोत्सव

राजस्थान में पुत्रजन्म का बड़ा उत्सव होता है। बच्चे पैदा होने के लगभग एक महीने बाद जो स्नान कराया जाता है, वह 'नहान' के नाम से प्रसिद्ध है। इस दिन लोगों को निमंत्रित कर खिलाया-पिलाया जाता है। जच्चा को कुएँ पर ले जाकर जलवा पुजाई जाती है। स्त्रियों का झुंड साथ में गीत गाते हुए जाता है और गीत गाते हुए जाता है और गीत गाते हुए ही लौटता है।

प्यारी लागै कुलबहू ओ ललना
घोर जिठाणी पाणी[2] नीसरी[3] ओ ललना
ललाजी कर सोला सिंगार।

यह 'जच्चा पीपली' कहलाती है। 'नहान' दिन के ये गीत जच्चा और बच्चा दोनों से संबंधित रहते हैं। पुत्र-जन्म की प्रसन्नता से रतजगा होता है तथा रात भर गीत गाए जाते हैं। पुत्र-जन्मोत्सव से संबंधित ये गीत जच्चा के गीत या 'होलर गीत' कहलाते हैं। इनमें नवजात शिशु के तथा जच्चा के वस्त्र, पुत्रजन्म की प्रसन्नता, गर्भ की पीड़ा आदि का चित्रण होता है। पुत्रजन्म के अवसर पर बिरादरी और मित्रों के यहाँ गेहूँ और चने की घुँघनी बाँटी जाती है। इस अवसर पर गाए जानेवाले गीत इस प्रकार हैं—

रंगमहल बिच जच्चा होलर[4] जायो
ये पीलारी मौज ये।

× × ×

दिल्ली सहर को सायब पीलो[5] मँगाओ जी
तो हाथ पचीसी गज तीसी गाढ़ा मारूजी पीली मँगाद्यो जी।
पीलो तो आढ़ म्हारी जच्चा पाटै पर बैठी जी
तो देवर जिठाण्या भोत[6] सरायो[7] गाढ़ा मारू जी।

दस्टौन

यह संस्कार बुंदेलखंड में पुत्रजन्म के दसवें दिन किया जाता है, इसी कारण इसे दस + टौन कहा जाता है। इसमें सोहर, बधाए और कोहरी नाम के लोकगीत गाए जाते हैं। इस अवसर पर पर जच्चा की ननद बधावे के रूप में पलना, चंगेर या

1. हजारी दूल्हा, 2. पानी के लिए, 3. निकली, 4. बच्चा, 5. पीला वस्त्र, 6. बहुत, 7. सराहा।

थाली लाती है। भाभी इस बात के लिए सतर्क रहती है कि कहीं उसका पति अपनी बहन को कोई मूल्यवान उपहार न दे दे। इस अवसर पर महिलाएँ गीत गातीं और नाचती हैं। इसी समय घर के द्वार पर चित्रित साँथिये को पूजने के बाद आँगन में प्रतीकात्मक रूप में बने कुएँ का पूजन जच्चा करती है। फिर घर के बाहर किसी कुएँ का पूजन होता है। 'दस्टौन' के अवसर पर बुंदेलखंड में निम्न गीत जाता है—

अबै[1] मैरैं को सुनरा कैं जै है
सहज मैरैं, को सुनरा कैं जै है
ए हो राजा बिरन[2] घर पुत्र भए हैं।
हमने सुनी आदी रात
ए हो, भोर भए पियरीं भई पाटीं
नउआ[3] को दूब ले आऔ।
ए हो, ल्याओ कुची[4], खोलौ कोऊ तारौ[5]
काड़ौ[6] मुहर पचासी
ए हो पाँच मुहर के छूँटा[7] पौंचियाँ[8]
सोरा[9] कौ खंगुआरौ[10]
ए हो तुम जुग जियौ मेरे भइया अमुक जू
भौजी कौ चिर एबात[11]
ए हो, जुग-जुग जियौ मेरे गोद के झडुलवा[12]
राखे फुआ के मान।

कुआँ-पूजन (बुंदेलखंड)

बुंदेलखंड में बालक के जन्म के लगभग एक महीने बाद कुआँ-पूजन की विधि होती है। जो बाहर काम करनेवाली महिलाएँ अधिक समय तक सौरगृह में नहीं रह सकतीं, उसके यहाँ विधि प्रायः दस-बारह दिनों के अंदर संपन्न कर दी जाती है। वैसे आम तौर पर कुआँपूजन के दिन से ही प्रसूता घर से बाहर निकल सकती है। कुआँपूजन के लिए पास-पड़ोस में न्योता दिया जाता है। पाँच या सात कन्याएँ तथा सुहागिन स्त्रियाँ कलश लेकर जच्चा के साथ पानी भरने जाती हैं। कुएँ पर पहुँचकर प्रसूता गोबर से कुएँ की जगत पर लीपती है। यदि कन्या हुई तो पाँच जगह और पुत्र हुआ तो सात जगह गोलाकार गोबर लीपती है। उन पर चौक पूरती है तथा हल्दी, गुड़, चावल से पूजा करती है। अपने वक्ष से पाँच-सात बूँद दूध वह कुएँ में निचोड़कर कहती है कि

1. इस समय, 2. भाई, 3. नाई, 4. कुंजी, 5. ताला, 6. निकालो, 7. करधनी, 8. पहुँची, हाथ का गहना, 9. सोलह, 10. गले का आभूषण, 11. सुहाग, 12. नवजात शिशु।

इन्हें तुम अपनी तरह भरा-पूरा रखना। इसके बाद वह कुएँ से पानी निकालती है और अपना तथा कन्याओं का कलश भरती है। स्त्रियाँ गीत गाती हुई बाजे-गाजे के साथ घर लौटती हैं, घर आते ही स्त्रियाँ गीत में कहती हैं—कोई बखरी में हो तो हमारी गर उतार लो—

ऊपर बदल घुमड़ायँ गोरी धन पनिया खों[1] निकरीं
जाय जो कैयो[2] उन राजा ससुर में
अँगना में कुइयाँ खुदाव।
तुम्हारी बहू पनिया खों निकरी।
जाय जो कैयो उन राजा जेठा में
चंदन पाटें डराव।
जाय जो कैयो उन राजा देवर में
रेशम की डोरी डराव।
जाय जो कैयो उन राजा पिया में
सोने को घड़ा बनवाव
तुम्हारी धन पनिया खों निकरी।

हरियाणा में पुत्रजन्म के प्राय: दसवें दिन कुआँपूजन आयोजित होता है। इस अवसर पर गाए जानेवाले गीत को 'पीला गीत' कहते हैं। जच्चा पीले वस्त्र पहनती है, संभवत: इसी कारण इन गीतों को 'पीला गीत' की संज्ञा दी गई।

पीला तौ ओढ़ म्हारी जच्चा रखकर खाली जी
सारा सहर सराही पति प्यारा जी
पीला रँगा दयो जी।

झूला गीत (बुंदेलखंड)

कुआँ-पूजन के बाद झूला डालने की प्रथा बुंदेलखंड में है। बच्चे को पहली बार झूले में सुलाया जाता है। दस्टौन के दिन से बच्चे को सूप में सुलाया जाता था। बुआ झूला झुलाने का नेग लेकर बच्चे को पहले झूला झुलाती है, बाद में दूसरी स्त्रियाँ झूला झुलाती हैं। झूले के गीत बड़े कर्णप्रिय होते हैं। एक गीत में ऐसा भाव है कि रघुवर के पालने को झुलाने के लिए नगर-नगरियाँ जुट आती हैं। व्रज की नारियाँ कान्हा को झूला झुलाने आती हैं। कोई उलाहना देती है कि कान्हा को झूला झुलाने आती हैं। कोई उलाहना देती है कि कान्हा ने मेरी मटकी का दही जूठा कर दिया है। इस पर माता कहती है—तू पागल तो नहीं हो गई, मेरा लाड़ला तो पालने

1. के लिए, 2. कहना।

में झूल रहा है—

झुला दे रघुवर के पालने री
झुलाव मोरे हरि के पालने री।
कै मोरी आली सबरे बिरज की सखियाँ
घेर लए हरि के पालने री।
कै मोरी आली कोरी मटकिया को दहि
जुठार गव तोरो श्यामलो री।
कै मोरी आली तू गुजरी मदमाती
पलन भोरो झूले लाड़लो रे।

कृष्ण पालने में पड़े-पड़े रोते हैं। शायद किसी गुजरिया की नजर उन्हें लग गई है। यशोदा मैया राई और नमक से उनकी नजर उतारती हैं और कहती हैं, जो मेरे लाल का पालना झुलाएगा उसे मैं जड़ाऊँ कंगन दूँगी।

झुला दे मैया श्याम परे पलना
काहू गुजरिया की नजर लगी है
सो रोउत हैं ललना
राई नोन उतारो जसोदा खुशी भए ललना
जो मोरे ललना खों पलना झुला हे
देहों जड़ाऊ कंगना।

कोई बालक चम्पा-चमेली की कलियों वाली टोपी पहले झूला झूल रहा है। इस भाव का एक गीत—

झूल भैया झूल तोरी टोपी फूल।
काहू गुजरिया की नजर लगी है
सो रोउत हैं ललना।
राई नोन उतारो जसोदा खुशी भए ललना
जो मोरे ललना खों पलना झुला हे
देहों जड़ाऊ कंगना।

बरही

'बारह' संख्या से ही 'बरही' शब्द की उत्पत्ति हुई है। पुत्र-जन्म के बारह दिन बाद छठी महोत्सव की तरह ही यह संस्कार होता है। इसमें भी बच्चे को नहला-धुलाकर नए कपड़े पहना दिए जाते हैं। पंडित इस संस्कार के लिए शुभ-मुहूर्त और सुदिन निकालते हैं। इसमें वे सारी विधियाँ संपन्न की जाती हैं, जो छठी के वक्त होती हैं। बारहवीं तिथि को इस विधि के संपन्न किए जाने के कारण

इसका संक्षिप्त शब्द 'बरही' हो गया। इस दिन बच्चे के जीवन में विघ्न-बाधा की शांति के लिए भी पूजा होती है। कहीं-कहीं ऐसी प्रथा है कि इस अवसर पर बच्चे की माँ अपने भाई की लाई साड़ी ही पहनती है। एक गीत में ऐसा भाव है कि एक बहन मनमुटाव के कारण अपने भाई को बरही उत्सव में नहीं बुलाती, किंतु बरही के दिन भाई के न आने पर वह उदास हो जाती है और भाई के आए बिना बरही पूजन को तैयार नहीं होती। बाद में निमंत्रण पाकर भाई बहुत से वस्त्र-आभूषण लेकर आता है और बहन की वंशवृद्धि की कामना करता है—

आज मोरा बहुआ के होरिला[1] भइले नेवना भेजायब हे
ललना अरबन[2] नेवतिह भँवरा परबन[3] सासुजी के नइहर हो
ए भँवरा एक जनि नेवतिहऽ बीरन भइया
जेहि से रूसल बाड़े हो।
अरबन आवेले परबन, सासुजी के नइहर हो
ए ललना एक नहिं आवेले बीरन भइया
जाहि से रूसल बाड़े हो।
पूरल[4] चउका[5] छितरावेली[6] कलम ढरकावेली[7] हो
ललना अब नाहिं पूजब बरहिया[8]
भइया नहि आवेले हो।
जब मोरा अइहें बीरन भइया
तब हम पूजब बरहिया नू हो
ए भँवरा फेरसे[9] नेवतऽ बीरन भइया
जाहि से रूसन बाड़े हो।
आगे-आगे आबेले सारभार[10] पियरी दहादय[11] हो
ललना पीछे-पीछे आवेले बीरन भइया
जाहि से रूसन बाड़े हो।

फैजाबाद जनपद में गाया जानेवाला एक बरही गीत इस प्रकार है—

काहे गुनमाती हथिनिया तौ काहे महाउत
काहे गुनमाते कवन रामा तौ भइया न मनावैं
खूने से माती हथिनिया हउद से महाउत
नतिया देखे माते कवन रामा, भइया न मनावैं

1. पुत्र, 2. संबंधी (बनाए गए), 3. परिजन, 4. पूरा हुआ, 5. चौक, 6. बिखेर दिया, 7. ढुलका दिया, 8. बरही—पुत्रजन्म के बारहवें दिन की विधि, 9. फिर से, 10. बहँगी के दोनों पल्लों पर मिठाई, वस्त्र आदि 11. चमकने वाली।

चिठिया पठायो कवने रामा दिहिन कवने रामा
भइया आजु मोरे नाती के बरहिया तीनहु जने आयउ
जुतवा[1] कै खिलिया[2] खियाने[3] कवन रामा, भइया का मनावत
अँचरा धुमिल[4] भए दुलहिन रानी, गोतिनी के गोड़ धरत

पुत्रजन्म के बाद तरह-तरह के उत्सव होते ही रहते हैं, जिन्हें तरह-तरह के नाम दिए जाते हैं, जैसे जन्म के छठें दिन छठी उत्सव, सातवें दिन सतौला, बारहवें दिन बरही, बीसवें दिन बिसौरा और अशुभ नक्षत्रों में उत्पन्न होने के कारण सतइसा पूजा आदि।

सतइसा

'सतइसा' शब्द की उत्पत्ति सत्ताईस संख्या से है। सतइसा दूषित नक्षत्र माना जाता है। जो बच्चा इस नक्षत्र में जन्म लेता है, उसका पिता सत्ताईस दिन तक बच्चे को नहीं देखता। इसमें सत्ताईस कंडे की लकड़ी, सत्ताईस रंग के कपड़ों की झंडी सत्ताईस तरह की लकड़ी से हवन किया जाता है। इसमें सत्ताईस तरह की लकड़ी से हवन किया जाता है। सत्ताईस जगह से मिट्‌टी लाई जाती हैं। सत्ताईस कुएँ के पानी से पूजा करके कटोरे में सरसों का तेल रखकर बच्चे की परछाईं पिता को दिखलाई जाती है। इस समय प्राय: वे ही गीत गाए जाते हैं, जो छठी-पूजन के समय गाए जाते हैं, क्योंकि सतइसा नक्षत्र का जन्मोत्सव सत्ताईसवें दिन ही होता है। इस अवसर पर गाए जानेवाले एक गीत का भाव है कि बच्चे की माँ के घर से गजमोती की झालर लगी पीली साड़ी और सिंधोरा (सिंदूरदान) आता है। ये दोनों ही सौभाग्यसूचक वस्तुएँ हैं—

कहँवा से आवेला पियरिया[5] पियरिया लागे गजमोती हो
ललना कहँवा से आवेला सिन्होरवा[6], सिन्होरवा भर सेंदुर हो
नइहर से आवेला पियरिया, पियरिया लागे गजमोती हो
ललना ससुरा से आवेला सिन्होरवा, सिन्होरवा भर सेंदुर
कहँवा मैं धरबो[7] पियरिया, पियरिया लागल गजमोती हो
ललना कहँवा मैं धरबो सिन्होरवा, सिन्होरवा भर सेंदुर हो
कोठी कान्हा[8] धरबो पियरिया, पियरिया लागल गजमोती हो
ललना झाँपि झोरा[9] धरबो सिन्होरवा, सिन्होरवा भर सेंदुर हो

---

1. जूता, 2. तल्ली, 3. घिस गई, 4. धूमिल, मैला, 5. पीली साड़ी, 6. सिंदूरदानी, 7. रखूँगी, 8. अन्न रखने की कोठी के अंदर, 9. ढक्कनदार पिटारी।

नामकरण

यों तो बच्चे के जन्म की प्रसन्नता से संसार का हर कोना सराबोर होता है किंतु लोक-संस्कृति में यह खुशी गीतों के माध्यम से प्रकट होती है। गढ़वाल में नामकरण संस्कार एक उत्सव के रूप में मनाया जाता है। चारों तरफ नाच गाने का आयोजन होता है। विधि-विधान से पूजन किया जाता है। नामकरण के अवसर पर मंगल गीत गाए जाते हैं—

तू होलो बेटा देवता को जायो
तू होलो बेटा कुल को उजालो
आज जाया तेरो नाऊँ धरयाले
तू जाया कुल को रखी नाऊँ।

हे पुत्र तुम देवताओं की कृपा से पैदा हुए हो। तुम कुल को उज्ज्वल करोगे। आज तुम्हारा नामकरण हुआ है। तुम कुलदीपक बनकर कुल का यश रखना।

पसनी गीत

बच्चे के नामकरण के बाद उसका मुँह जुठाने की एक विधि होती है, जिसे अन्नप्राशन संस्कार कहते हैं। इसी दिन से बच्चे को अन्न खिलाना आरंभ करते हैं। इस अवसर पर गाया जानेवाला उत्तर प्रदेश का एक गीत है, जिसे 'पसनी गीत' कहते हैं—

को मोरे चउरा बेसाहै औ गउवे दुहावै
को मोरे खिरिया बनावै लालन के पसनिया
बाबा मोरे चउरा बेसाहै औ गउवे दुहावै
आजी रानी खिरिया बनावै तौ जंघा बइठावै
अपने नाती का खिरिया चिखावैं, लालन के पसनिया।

'पसनी' शब्द वस्तुतः 'प्राशन' का ही अपभ्रंश रूप है। अन्नप्राशन में गाली गाए जाने की भी प्रथा है। हर्ष के जन्मोत्सव पर बाणभट्ट ने वारवनिताओं के अश्लील रासक पदों के गानों का उल्लेख किया है। सूरदास ने अन्नप्राशन में गाली दिए जाने का वर्णन किया है—

युवति महरि को गारी गायन।

मुंडन

मुंडन संस्कार में बच्चे के बाल मुँड़वा दिए जाते हैं। इसी 'मूँड़ना' क्रिया से 'मुंडन' शब्द बना है, जिसे आम बोलचाल में 'मूँड़न' भी कहते हैं। जन्मे हुए बच्चे के जन्म के बाल अवश्य उतारे जाते हैं, कयोंकि उन केशों को अशुद्ध माना जाता है।

मुंडन एक वर्ष, सवा वर्ष, ढाई वर्ष आदि विषम वर्षों में ही होता है। जन्म के बाल किसी देवस्थान में जाकर उतारे जाते हैं। बुआ बच्चे के बाल अपने आँचल में लेती है, जिसके लिए उसे बच्चे की माँ नेग देती है। ये बाल किसी देवस्थान में या गंगा को भेंट कर दिए जाते हैं। मुंडन के पूर्व बालक के बाल नहीं काटे जाते। इस समय जो गीत गाए जाते हैं, उनमें बच्चे के बालों का मुंडन करने की इच्छा, माता-पिता द्वारा इस अवसर पर ब्राह्मणों, भाइयों, नाते-रिश्तेदारों को प्रसन्न करके संकल्प की अभिव्यक्ति पाई जाती है। ननद-भौजाई के मान-मनौवल का वर्णन एक मोदमयी भावना के साथ इन गीतों में पाया जाता है। इस अवसर पर बच्चे के जो बाल काटे जाते हैं, उन्हें उसकी बुआ अपने आँचल में लेती हैं। इस विधि को भोजपुर प्रदेश में 'लापर लेना' कहते हैं।

संस्कृत में मुंडन संस्कार को 'चूड़ाकर्म' कहते हैं। गोस्वामी तुलसीदास में महर्षि वसिष्ठ द्वारा राम के चूड़ा कर्म किए जाने का वर्णन रामचरितमानस के बालकांड में किया है—

चूड़ाकरन कीन्ह गुरु जाइँ।
विप्रन्ह पुनि दछिना बहु पाई॥

कालिदास ने इसका उल्लेख 'गोदान विधि' के नाम से किया है।

मुंडन संस्कार के समय वेदपाठ के लिए ब्राह्मण को, मंडप छाने के लिए संबंधियों को, गीत गाने के लिए गोतिनियों को कलश के लिए कुम्हार को, मुंडन के लिए नाई को, पीढ़े के लिए बढ़ई को और लापर लेने के लिए बुआ को बुलाया जाता है—

अहे बाम्हन के पड़ले हँकार[1] बरुअवा[2] के मूँड़न हे
बाम्हन अइले बेद भनन[3] हे।
अहे गोतिया के पड़ले हँकार, बरुअवा के मूँड़न हे
गोतिया अइले माड़ो छावन[4] हे।
अहे गोतिनी के पड़ले हँकार, बरुअवा के मूँड़न हे
गोतिनी अइले कलमा लिहले हे।
अहे कुम्हरा के पड़ले हँकार, बरुअवा के मूँड़न हे
कुम्हरा अइले छुरवा[5] लिहले हे।
अहे हजमा के पड़ले हँकार, बरुअवा के मूँड़न हे
हजमा अइले छुरवा[6] लिहले हे।
अहे बढ़ही[7] के पड़ले हँकार, बरुअवा के मूँड़न हे

1. पुकार, 2. कुँवारा पुत्र या ब्रह्मचारी, 3. वेदोच्चारण, 4. मंडप छाना, 5. उस्तुरा, 6. बढ़ई, 7. पीढ़ा।

बढ़ही अइले पिढ़वा लिहले हे।
अहे फुआ[1] के पड़ले हँकार, बरुअवा के मूँड़न हे
फुआ अइले अँचरा पसरले हे।

इस अवसर पर निमंत्रित लोगों को खिलाने के लिए चावल छँटवाने और दाल आदि दलवाने का भी वर्णन आता है। किसी-किसी गीत में पुत्र अपने पिता से मुंडन कराने का आश्वासन देता है।

मुंडन कराते समय बच्चे को नए वस्त्र पहनाकर उसके ललाट पर तिलक लगाया जाता है। लड़के की बुआ तालाब में स्नान करके देवताओं से प्रार्थना करती है कि मेरे भतीजे का मुंडन है, उस समय वर्षा न हो और यह यज्ञ सकुशल समाप्त हो जाए। मुंडन के समय बालक 'लापर लेने' के लिए बुआ को बुलाता है। मुंडन में बुआ कोई कीमती साड़ी नहीं, मात्र पीले रंग में रँगी हुई साड़ी चाहती है—

जनि देव लावऽ झरिया बादर[2], जनि देव बरिसहु हे।
आजु हम जइबो कवन भइया के आँगन कवन बरुआ के मूँडन हे।
चउकाहिं[3] बइठल कवन बरुआ, फुआ-फुआ करेले हे।
कहाँ गइली किए भइली कवन फुआ, लपरी परीछहु हे।
नाहि बाबू पहिरब रातूल, नाहिं दखिन सारी हे
पिअगी बस्तर[4] हम पहिरब, लपरी परीछव हे।

कोई ब्रह्मचारी मुंडन संस्कार के लिए घर जाता है और मुंडन कराकर माँ से भिक्षा में द्रव्यादि ग्रहण करना चाहता है। भिक्षाटन की यह परिपाटी वैदिक आचार का स्मरण कराती है—

भीखी[5] देहु भीखी देहु कवन आमाँ[6], आमाँ कवन आमाँ हे
हम कासी के बरुआ[7], हम बनारस के बरुआ हे
जहूँ हम जनितों जे कवन बरुआ होइहें भिछुक[8] हे
गंगाहि हर[9] जोतवइतहुँ[10] सोनवा उपजइतिहुँ हे
रुपवा[11] उपजइतिहुँ हे
सोने के थारी गढ़वइतिहुँ
सोना भीखी दिहितहुँ[12] हे
रुपवा भीखी दिहितहुँ हे।

---

1. बुआ, 2. बादल की झड़ी, 3. चौक पर, 4. वस्त्र, 5. भिक्षा, 6. माँ, 7. ब्रह्मचारी, 8. भिक्षुक, 9. हल, 10. जोतवाती, 11. चाँदी, 12. देती।

बुंदेलखंड में चूढ़ाकरण को मुंडन तथा अन्नप्राशन को पासनी कहते हैं। इन दोनों संस्कारों के लिए वैसे कोई नियत समय नहीं है, किंतु ये साधारणत: एक वर्ष के भीतर कर दिए जाते हैं। भोजपुर प्रदेश में अन्नप्राशन को 'मुँहजूठी' भी कहते हैं, क्योंकि इसी दिन बच्चे के मुँह में पहली बार अन्न दिया जाता है। बुंदेलखंड में ऐसी प्रथा है कि एक वर्ष के बीच यदि बच्चा मामा के घर रहा तो मामा ही पासनी यानी अन्नप्राशन कराता है। इस अवसर पर पास-पड़ोस तथा कुटुंब के लोगों को निमंत्रित कर भोजन कराया जाता है। वे बच्चे को रुपए कोई उपहार देते हैं।

बुंदेलखंड में भी प्राय: किसी विशेष देवी-देवता के स्थान पर जाकर मुंडन कराया जाता है। इस समय सोहर, बधाए भी गाए जाते हैं, किंतु कुछ खास तरह के गीत भी होते हैं—

झालर[1] जबई[2] मुड़ाय हों
जब आजुल घर होंय
झालर मोरी पाहुनी[3]
झालर जौ को है खेत,
झालर मोरी पाहुनी
ये झालर के कारने[4]
मैंने सहे हैं कष्ट अनेक
ये झालर के कारने
तजे हैं अम्मा इमलिया बेर।
ये झालर के कारने
मैंने सहे हैं बोल कुबोल
झालर मोरी पाहुनी।

गढ़वाल में चूड़ाकर्म बड़े उत्साह से मनाया जाता है। गणेश-पूजा के बाद नवग्रहों का पूजन किया जाता है। पूजन के समय माँ की गोद में ही पुत्र को बिठाया जाता है। नाई जब लड़के का मुंडन करने के लिए तैयार होता है तो मंगलगीत गाने वाली सुहागिनें माँ की ओर से नाई से प्रार्थना करती हैं कि देखो, बच्चे को कष्ट न हो इस बात का ध्यान रखना—

नाई रे नाई तू मेरो धर्म को भाई
मेरा लाड़ा पीड़ा न लाई पीड़ा न लाई

1. बिना मुंडन के बालक के केशों को 'झालर' कहते हैं और झालर वाले लड़के को 'झडूला' कहते हैं, 2. तभी, 3. अतिथि, 4. कारण।

त्वै द्यूलो नाई मैं कानो कुंडल शाल दुशाला
त्वै द्यूलो नाई मैं जरिद कपीड़े रेशमी पगड़ी
मेरा लाड़ा तू पीड़ा न लाई नाई रे नाई

—नाई भाई, मेरे धर्म के भाई! ध्यान रखना, मेरे लाड़ले को पीड़ा न हो। यदि तुम मुंडन करते समय मेरे पुत्र को पीड़ा नहीं पहुँचाओगे तो मैं तुम्हें सोने के कुंडल, शाल-दुशाला, जरी के कपड़े और रेशमी पगड़ी भेट में दूँगी। मेरे नाई भैया, मेरे बच्चे को कष्ट न पहुँचाना।

अवध प्रदेश में मुंडन प्राय: विषम वर्ष में अर्थात् पहले, तीसरे या पाँचवें वर्ष में होता है और इस अवसर पर माता को कुछ बातों का निषेध होता है। मुंडन के गीत इस प्रकार गाए जाते हैं—

लालन के मूँडन जान्या पिया
सासू जी आई देवता मनन को
बबुआ के गोदी माँ लेके मुँड़ावन को
वनकाँ पियरी मँगाया पिया
बबुआ के मूँड़न जान्या पिया।
ननदी ज आई लटिया रोपन को
अँचरा म बबुआ कै लटिया रोपन को
वनकाँ कंगना गढ़ाया पिया
नाऊ ज आए मूँड़नि करन को
बबुआ की मूँड़न क नेग मँगन को
बनकाँ मोहरिया दियाया पिया।

× × ×

सभवहिं बैठा राजा दसरथ कौसल्या रानी अरज करैं
हो मोरे राजा, राम कै लफरी मुँड़ावौ
मैं देखि सुख पावौ
हँकहु नगरा के नउआ बेगेहि चढ़ि आवहु
नउआ हाली बेगै पंडित बोलावा सुदिन विचारैं।

कनछेदन

कर्ण + छेदन। अवध प्रदेश में प्राय: छ: वर्ष की आयु में बच्चे का कनछेदन

कराया जाता है। जैसा कि नाम से विदित है—इस संस्कार में बेटे या बेटी के कान छेदे जाते हैं। इस अवसर पर यह गीत गाया जाता है—

बाबा पिरीते फलाने रामा गढ़ावै सोने सुइया-सुइया
छेदावौ नाती छेदना मोरे राम
आजीति पिरीती दुलहिनि देई
लुटावै सोने ढकवा-ढकवा
छेदावौ नाती कनवा मोरे लाल।

इस अवसर पर माता के लिए माँसाहार वर्जित होता है, यह निषेध भी गीतों के माध्यम से प्रकट होता है, जिसे औरतें बच्चे की माता को सुना-सुनाकर गाती हैं—

जो पूता होत्यौ बारे औ गभुआरे
लाल पियर नहिं पहिनै तो माया तुम्हारि
कोलिया छेंड़ियाँ न झाँकें तो माया तुम्हारि
मांसु मछरिया न खाए तो माया तुम्हारि
रतुली पलंगिया न सोवै तो माया तुम्हारि।

वैसे आजकल इन निषेधों का पालन प्रायः नहीं किया जाता। उत्तर प्रदेश में इन गीतों को 'छेदन गीत' कहते हैं—

को मोरे जाँघा बैठा रइतौ छेदन करावइ
को मोरे खरचइ दाम, लालन कर छेदनु
बाबा मोरे सुजिया गढ़ावइ, तउ मोतिया पुहावइ
आजी रानी टकवा उतारइँ, सोनरवा का देवइँ।

जनेऊ या यज्ञोपवीत

जनेऊ यज्ञोपवीत का अपभ्रंश है। यज्ञ + उपवीत (उप + वे + क्त)=द्विजों द्वारा पहना जानेवाला उपवीत, जो बाएँ कंधे से ऊपर और दाहिनी भुजा के नीचे पहना जाता है। जनेऊ या यज्ञोपवीत हिंदू जाति के प्रथम तीन वर्ण धरण करते हैं। यज्ञोपवीत धारण करने का प्रसंग कालिदास के रघुवंश, कुमारसंभव[1] और मनुस्मृति[2] में भी आया है। रघुवंश में तो उपवीत को पिता के अंश का सूचक बताया गया है।[3]

---

1. कुमारसंभव 6/6, 2. मनुस्मृति 2/44, 64,4/36 3. पित्र्यवंशमुपवीतलक्षणं—रघुवंश 11/6।

यज्ञोपवीत का पर्यायवाचक एक और शब्द है। उपनयन (उप + नी + ल्युट्), जिसका अर्थ है—सामीप्य प्राप्त करना। मनु ने ब्राह्मणों के लिए उपनयन का विधान किया है—

आसमावर्तनात्कुर्यात् कृतोपनयनो द्विजः। *(मनुस्मृति 2/108, 173)*

ब्रह्मचर्य, विद्या, शौर्य और तेज की प्राप्ति के लिए प्राचीन काल में यज्ञोपवीत पहना जाता था। गृह्यसूत्रों के अनुसार बाएँ कंधे पर पहनने से यज्ञोपवीत तथा दाहिने कंधे पर पहनने से यज्ञोपवीत तथा दाहिने कंधे पर पहनने से प्राचरनावीत कहलाता था। पहले कपास के सूत के अभाव में वस्त्र और कुश की रस्सी का भी यज्ञोपवीत के स्थान पर प्रयोग होता था। आश्वलायन गृह्यसूत्र से पता चलता है कि जन्म या गर्भ के दिन के आठवें वर्ष में ब्राह्मण का, ग्यारहवें वर्ष में क्षत्रिय का और बारहवें वर्ष में वैश्य का यज्ञोपवीत होना चाहिए।

कहा जाता है कि ब्राह्मण का वसंत में, क्षत्रिय का ग्रीष्म में और वैश्य का शरद ऋतु में यज्ञोपवीत होता है। यज्ञोपवीत के एक दिन पहले ब्रह्मचारी व्रत करता है। उन व्रतों में ब्राह्मण के लड़के एक या अधिक बार दूध पीते हैं। क्षत्रिय लड़के जौ को मोटा दलकर गुड़ के साथ पतली कढ़ी यानी लपसी बनाकर पीते हैं और वैश्य के लड़के दही में श्रीखंड और केसर डालकर पीते हैं। इसके अतिरिक्त वे अन्य कोई पदार्थ नहीं खाते—

पयोव्रतो ब्राह्मणो यवागूव्रतो राजन्य आमिक्षाव्रतो वैश्यः। *(शतपथ ब्राह्मण)*

यज्ञोपवीत शिष्ट वर्ग का एक महत्त्वपूर्ण अवसर है। मुंडन और जनेऊ दोनों ही सामान्य संस्कार हैं, किंतु मुण्डन के समय टोने-टोटके की भावना लगी रहती है, क्योंकि वहाँ बालों का संबंध जन्म से जुड़ा होता है, इसलिए इस अवसर पर एक विशेष प्रकार की मानसिकता रहती है, किंतु जनेऊ के समय जो बाल उतारे जाते हैं, उनमें ऐसी कोई भावना नहीं रहती।

लोकपरंपरा में जनेऊ या उपनयन का उत्सव पाँच दिन पहले ही आरंभ हो जाता है। इसमें विवाह जैसी ही धूमधाम होती है। जनेऊ के पाँच दिन पहले मटकोर होता है, यानी महिलाएँ गाती हुई पाँच डलिया में मिट्टी लाती हैं और अपने घर के कुलदेवता के पास रखती हैं। इसके बाद मानर पूजा जाता है। चमार गले में ढोल लटकाता है। औरतें ढोल में अल्पना, सिंदूर लगाती हैं फिर पाँच-पाँच पान-सुपारी, पाँच जगह पैसा ढोल पर रखती हैं। चमार उसे फिर आँचल में देता है। यह क्रिया पाँच बार होती है पितरों का गाना होता है इसके बाद

मड़वान हरिस (बैल के कंधे पर रखा हुआ जुआ) गाड़ा जाता है। इस दिन रात में 'गोबरजनेऊ' अर्थात् एक अस्थायी जनेऊ पहना दिया जाता है। पाँच लड़के चूड़ा-दही खाते हैं।

जनेऊ के दिन पंडित पूजा करते हैं। बालक के केश काटे जाते हैं। बहन या बुआ पाँच मिठाई, पाँच जोड़ी पूरियों के साथ आँचल में लेती है। नेग में उसे कोई वस्तु दी जाती है। इसी दिन पोखरा खोदवा कर 'हरिस' रखा जाता है, उस पर लड़के को खड़ाकर नहलाया जाता है। इसके बाद सुहागिनें गुड़ से औंछकर, फिर अजवायन और सरसों से औंछकर ढकनी में रखी आग में डालती हैं। इसके बाद ढकनी उलट दी जाती है। लड़का उस पर पैर रखकर पार होता है। इसके बाद लड़का पीले वस्त्र पहनता है। नीचे लँगोटी, उसके ऊपर जोगी के रूप में एक कपड़ा नीचे से लाकर गले में बाँध देते हैं। तब जनेऊ दिया जाता है, मंत्र पढ़े जाते हैं। इसके बाद एक बाँस के डंडे में चावल की कचवनी (कच्चे चावल के लड्डू) बाँध दी जाती है। बरुआ (जनेऊ पाने वाला लड़का) के कंधे पर उसे रखा जाता है। नई खड़ाऊँ पहनाई जाती है। उसे पहनकर लड़का चलता है तो बड़े लोग पूछते हैं—तुम कहाँ जाते हो? लड़का कहता है—काशी। जाने का कारण पूछने पर लड़का कहता है कि वह विद्या पढ़ने जा रहा है। वे लोग उसे लौटने और सारी सुविधाएँ देने के लिए कहते हैं, पर लड़का नहीं मानता। विद्या हेतु काशी जाने के लिए वह माता-पिता सहित तीन लोगों से भिक्षा माँगता है। घर के बड़े-बूढ़े तब उसे पढ़ाने का आश्वासन देकर रोक लेते हैं। फिर खान-पान तथा अन्य आयोजन होते हैं।

बुंदेलखंड में यज्ञोपवीत संस्कार को 'बरुआ' कहते हैं, जो 'बटुक' से बना है। 'बटुक' शब्द बाल ब्रह्मचारी का बोधक है। बालक बह्मचारी बनकर भिक्षा माँगता है। आजो माँ बुआ बहन आदि भीख डालती है। इस समय का एक बुंदेलखंडी गीत इस प्रकार है—

तीन तगा[1] को डोरा री, दमरी[2] को सूत ए भैया
तीन तगा को जनवा[3] री कैसो मजबूत सुन भैया
पैले[4] में विष्णू दूजे बिरमा[5] तीजो सूत शंकर अवधूत सुन भैया
पैले तगा में ओंकार है दूजे में अगन सबूत ए भैया
तीजे तगा में नाग बास है चंद बिराजें चौथे सूत ए भैया

1. धागा, 2. दमड़ी, 3. जनेऊ, 4. पहले, 5. ब्रह्मा।

प्रजापती हैं छठवें सूत ए भैया
पाँचे सूत में पितर बिराजें प्रजापती हैं छठवें सूत ए भैया
सातव तंत अस्थान पवन को सूरज को है आठों सूत ऐ भैया
नवें तंत में विश्वे देवा हीरा कातें कन्या सूत ए भैया।

मैथिली जनेऊ गीतों में माता-पिता की प्रसन्नता, बालक की बुआ का नेग माँगना आदि विधि-विधानों का उल्लेख है। बाल मूँड़ने के लिए नाऊ, कलश के लिए कुम्हार और जनेऊ देने के लिए पंडित को बुलाया जाता है। मैथिली लोकगीतों में जनेऊ के अवसर पर बाँस का मंडप बनाने का उल्लेख आता है। 'लापर परीछने' अर्थात् ब्रह्मचारी बालक के कटे हुए बालों को आँचल में धारण करने की प्रथा मैथिली तथा भोजपुरी गीतों में मिलती है। इस समय पलाशदंड, मृगछाला और मूँज की करधनी धारण करने का वर्णन भी आया है—

कवन देव आँगना में मूँज[1] कवनी देई चोरेली[2] ए
कवन बरुआ भुइयाँ[3] में लोटि जाले[4] जनेउवा के कारन ए।
दसरथ जी के अँगना में मूँज कोसिला रानी चीरेली ए
रामचंदर बरुआ भुइयाँ लोटि जालेन जनेउवा के कारन ए।
झारेले-झूरेले[5] दसरथजी, जाँघे बड़ठावेले ए
बाबू आपन जनेउआ हम देब, जनेउआ जग उत्तम ए।

एक गीत में महारानी कौसल्या अपने पुत्र का उपनयन संस्कार कराने का आग्रह महाराज दशरथ से करती हैं। राजा दशरथ इस अवसर के लिए आवश्यक सामग्री की व्यवस्था करने का आश्वासन देते हैं—

नाया[6] ओसारा[7] नाया खम्हिया[8] जहाँ सूते राजा दसरथ हो
पइसी[9] जगावेली कोसिला गनी सुनीं राजा पंडित हो।
बारह बरिस के लालन भइले, जनेउआ देइ घालहु[10] हो
कहलू त बड़ नीक[11] धनिया बरुआ कुछ माँगेला हो।
चाहि त घीव गुड़ मयदा, दस बाम्हन भोजन हो
पीअर धोती जनेउआ, रुपइया गठबेन्हन[12]

1. एक प्रकार के घास की रस्सी, जिसकी मेखला उपनयन में ब्रह्मचारी धारण करते हैं, 2. चीरती हैं, 3. धरती, 4. लोटते हैं, 5. झाड़ते-पोछते हैं, 6. नया, 7. बरामदा, 8. खंभा, 9. प्रवेश करके, 10. दे दो, 11. अच्छा, 12. गठबंधन।

एक गीत में उपनयन संस्कार में प्रयुक्त होनेवाली सामग्री का उल्लेख है। साहिल जंतु का काँटा, मृगछाला, पलास का झंडा और मूँज की डोरी का उपयोग इसमें होता है और इन चीजों के लिए घनघोर जंगल में जाना पड़ता है—

जेहि देस सिंकियो[1] न डोलय[2] साँप ससरि[3] गेल हे
ललना ओहि देस[4] गयलन दादा रइया[5] अँगुरी धरि कवन बरुआ हे।
पहिले जे मरबो साहिल[6] साहिल काँटा चाहीला हे
ललना तबे हम मरबो मिरिगवा[7], मिरिग छाल चाहीला हे।
ललना तबे हम कटबो[8] परसवा[9], पराम डंटा चाहीला हे।
ललना तबे हम कटबो मुँजिअवा[10], मुँजिअ डोरी चाहीला हे
ललना आज मोरा बाबू के जनेउआ पीला चाहीला हे।

एक गीत में इस बात का उल्लेख है कि विभिन्न जातियों में जनेऊ में अंतर होता है। जाति की श्रेणी के अनुसार जनेऊ की गाँठ पड़ती है और उपनयन के बाद ही लड़का द्विज बनता है। तीन गाँठें देकर भाट को जनेऊ दिया जाता है। पाँच गाँठें क्षत्रिय के जनेऊ में, सात गाँठें, ब्राह्मण को और उपनयन कराने वाले ब्रह्मचारी के जनेऊ में नौ गाँठें दी जाती हैं।

एक मैथिली लोकगीत में यज्ञोपवीत का एक सुंदर चित्र खींचा गया है—

सुरपुर से ऋषि नारद फुल एक लायल हे
आहे दिय गय बाभन हाथ त बेद भनाइय हे।
काँच बाँस केर मारब[11] पान छबाइय हे
बइसु[12] पंडित सब आउ त बेद भनाइब हे
आहे घर-घर फिरहुँ नउनिया[13] त गोतिनि हँकारिय हे
आहे आजु लला के जनेउआ त मंगल गाविय[14] हे।

—सुरपुर से नारद फूल लाए। हे सखी, वह फूल ब्राह्मण को दे दो और वेद का पाठ कराओ। कच्चे बाँस का मंडप बनाकर पान से छवा दो। हे पंडितो, आओ बैठो, वेदपाठ करो। नाउन घर-घर फिरकर संबंधियों को न्योता दे रही है। आज पुत्र का यज्ञोपवीत है, इस अवसर पर मंगलगीत गाओ।

1. सींक भी, 2. डोलती है, 3. रेंगना, 4. गए, 5. राय पदवी वाले, 6. साही, जिसके शरीर में काँटे होते हैं, 7. मृग, हरिण, 8. काटूँगा, 9. पलाश, 10. मूँज, 11. मंडप, 12. बैठो, 13. नाइन, 14. गाओ।

गढ़वाल प्रदेश में चूड़ाकर्म के बाद जनेऊ का संस्कार महत्त्वपूर्ण संस्कार माना जाता है। बहुत पहले ब्राह्मण कुमारियाँ जनेऊ कातती थीं और ब्राह्मण उसमें ग्रंथियाँ लगाता था। जनेऊ के संस्कार के समय गढ़वाल में मंगलगीत गाने वाली महिलाएँ इसी भाव के गीत गाती हैं। जब शिष्य दीक्षा लेने के लिए तैयार हो जाता है तो मंगलगीत गाकर सुहागिनें गुरु से मंत्र देने का आग्रह करती हैं। गुरु शिष्य को आशीर्वाद के साथ गुरुमंत्र देते हैं। इसी भावना का चित्र जनेऊ के गीतों में मिलता है—

दे देवा गुरुजी, गुरुमंत्र, दे देवा गुरुजी गुरुमंत्र
दी याले चेला, दी याले चेला गुरुमंत्र
सुगुरू को चेला छै, गुरुमुखी हलो
गुरुमुखी चेला छै, निरमुखी न होई
अमर रई चेला लाख बरस, जब तलक चंद्र सूर्य
सुगुरु को चेला है, तुम करा चेला कुल को उद्धार।

—हे गुरुदेव, मुझे गुरुमंत्र दीजिए, गुरुमंत्र दीजिए। हे शिष्य, मैंने गुरुमंत्र दे दिया है। शिष्य, तुम सद्गुरु के चेले हो, गुरुमुखी बनना। तुम गुरुमुखी शिष्य हो अतः वेद, विद्या और योग्य गुणों से विमुख न होना। प्रिय शिष्य, जब तक चाँद-सूरज हैं, तुम तब तक रहोगे। अमर रहकर अपने कुल का उद्धार करना।

दीर्घ आयुष्य उपनयन संस्कार का मुख्य उद्देश्य है। दीक्षा-प्राप्ति के बाद शिष्य युवावस्था को प्राप्त हो जाता है और गृहस्थ धर्म का निवाह करने को तैयार हो जाता है। यह मान्यता गढ़वाल प्रदेश की है।

अवध प्रदेश में यज्ञोपवीत के समय गाया जानेवाला एक गीत इस प्रकार है—

मूजिया के खेतवाँ रामचंद्र लोटनी पसारें
राजा दशरथ अँगना मूजि कौसल्या रानी भल चीरे
लपकि झपकि चींरै दुनो हाथै चीरें
रामचंद्र बरुआ भुइयाँ लोटी जायँ जनेउवा के कारन।
राजा दशरथ झारिन-झूरिन जंघ बैठाइन
देवै बेटा सोने कै जनेऊ, जनेऊ बड़ा उत्तिम।

एक कुामऊँनी उपनयन गीत देखें—

रौलिया पौंलिया मिली बोई है कपास बटू बोयी है कपास
भाई-भतीजा मिली काती है कपास बटू काती है कपास
ब्राह्मण पुरोहित ले पुरी है जनेऊ बटू पुरी है जनेऊ
आठ गुणी जनेऊ बटू, नौ गुणी जनेऊ बटू।

ऐसा करी बाला बटू रची है जनेऊ बटू, रची है जनेऊ।

इस अवसर पर गाए जानेवाले गीतों की लय, ध्वनि, टेक और छवि अन्य गीतों की अपेक्षा भिन्न होती है। छंद, भाषा, उपमान, उपमेय में एक सहजता होती है।

घिउढारी (जनेऊ)

घिउ + ढारी अर्थात् घी ढालने के अर्थ में ही 'घिउढारी' शब्द बना है। जनेऊ के दिन पहले घिउढारी अर्थात् पितरों को न्योता जाता है। दीवाल में पाँच गोबर की पिड़िया लगाते हैं। कुलदेवता के पास बाँस में आम के पल्लव देवतागृह के दरवाजे के दोनों ओर लगाते हैं तथा गोबर की पिड़िया दीवाल पर लगाकर पूजा करते हैं। घी लेकर आम के पल्लव से पाँचों पिड़िया पर थोड़ा-थोड़ा दिया जाता है। इस अवसर पर जो गीत गाए जाते हैं, उनमें पति-पत्नी का गठबंधन करे मंडप में बैठकर पुत्र का यज्ञोपवीत कराने का वर्णन है। वेदी पर घी डाला जाता है, जिससे स्वर्ग में पितर लोग प्रसन्न होकर वंश में वृद्धि का आशीर्वाद देते हैं—

हरियर[1] लेमुआ[2] हे हरियर जोवा[3] केरा[4] खेत
एक अचरज हम सुनलूँ दुलरइते बाबू के मड़वा[5] जनेउ
मड़वहिं बैठन दुलरइते बाबू गेंठजोड़ि[6] दुलरइते सुहवे[7] हे
वेदिअहिं घीउ हे ढारिये गेल मगरो[8] भेइ गेल इजोर[9]
सरग अनंद भेल पितर लोग, अबे बंस बाढ़ल मोर।

विवाह गीत

विवाह गीत वर और कन्या दोनों पक्षों में समान रूप से गाए जाते हैं। वरपक्ष के गीतों में उल्लास और कन्यापक्ष के गीतों में करुणा होती है। भोजपुरी प्रदेश में कन्यापक्ष में विवाह की विधि से संबद्ध लगभग चौबीस प्रकार के तथा वरपक्ष में मुख्य रूप से लगभग पंद्रह प्रकार के गीत सुनने को मिलते हैं। वज्र में विवाह के अवसर पर चौबीस प्रकार के गीत गाए जाते हैं। वैसे छोटी-छोटी विधियों को मिलाकर इन गीतों की संख्या अधिक भी हो जाती है। मिथिला में विवाह के गीतो को लग्न गीत कहते हैं। इस समय 'सम्मरि' या 'समदाउनि' गीत भी गाए जाते हैं। राजस्थानी विवाह गीतों को 'बनड़े' के नाम से जाना जाता है, जिसका अर्थ 'दुल्हा' होता है। अवधी में वर-कन्या के फेरों पर सप्तपदी गीत गाए जाते हैं। पाँवों से चलकर सात

---

1. हरा, 2. नींबू, 3. जौ, 4. का, 5. मंडप, 6. गठबंधन, पति-पत्नी की चादर के छोर में धान, दूब, हल्दी बाँधना, 7. सुहागिन, 8. सभी जगह, 9. उजाला।

बार फेरे लेने के कारण ही इस अवसर पर गाए जानेवाले गीतों को 'सप्तपदी' की संज्ञा दी गई है।

'वि' उपसर्ग पूर्वक 'वह्' धातु में 'घञ्' प्रत्यय लगाकर (वि+वह्+घञ्=विवाह) विवाह शब्द बनता है, जिसका अर्थ है—वहन करना अथवा भार उठाना। इस संस्कार में वर को अपनी पत्नी के भरण-पोषण, मान-सम्मान का भार उठाना पड़ता हैं। संभवतः इसीलिए इसे विवाह की संज्ञा दी गई है। इस संस्कार में चूँकि कन्या का हाथ वर के हाथों में दिया जाता है, इसलिए इसे 'पाणिग्रहण संस्कार' भी कहते हैं।

विवाह के पहले लड़के-लड़की की जन्मपत्री के आधार पर उनके नक्षत्रों के मिलान के लिए गणना बैठने पर ही विवाह की बातचीत चलती है। इस अवसर के विशेष गीत नहीं मिलते, किंतु कुछ गीतों में इस विधि का उल्लेख मिलता है।

वैवाहिक संबंध का प्रस्ताव को निश्चयात्मक रूप देने के लिए कन्यापक्ष की ओर से लड़के को हाथ में रुपए पान, सुपारी, हल्दी, दूब आदि माँगलिक द्रव्य दिए जाते हैं। यही 'छेंका' पा 'रोका' नाम की विवाह गीतों के राग सगुन तथा तिलक के गीतों की तरह होते हैं, किंतु विवाह गीतों के राग सगुन तथा तिलक के गीतों के राग से भिन्न होते हैं।

अवध प्रदेश में पाए जानेवाले विवाह गीतों में कहीं तो विवाह समारोह हेतु निमंत्रण देने के लिए कृष्ण भ्रमर से प्रार्थना की गई है—

अरे-अरे काले भँवरवा करिया तोरी जातिया[1]
भौंरा मोरे घर परल बियाह नेवत दै आवहु
अरगन नेवत्यों मैं परगन सातौ ननियाउर
भौंरा एक जिनि नेवत्या बीरन भैया कि जेनसे मैं रूठलि।

किसी गीत में सुग्गे से विनती की गई है कि वह बेटी के लिए वर ढूँढ़ लाए—

सावन सुगना मैं घिउ गुर पालैउँ, चैन चना केरी दाल
अब सुगना तूँ भयउ सजोगवा[2], बेटी कै बर हेरि लाउ रे
जेहि घर ए सुगना संपति देख्या, चरनी वन्हा बैल गाय रे
जेहि घर ए सुगना संपति देख्या, बेटी क रचेउ बियाह रे।

एक विवाह-गीत में किसी अन्य घर में होनेवाले विवाह का स्वप्न देखने का चित्र है। बेटी सपने में माँ से पूछती है—माँ, किसके द्वार पर बाजे बज रहे हैं और किसका विवाह है? माँ कहती है—बेटी, बाबा के द्वार पर बाजे बज रहे हैं और

1. जाति, 2. मयाना।

तुम्हारे ही विवाह है। अजीब सपना है, बेटी स्वयं नहीं जानती कि उसी का विवाह हो रहा है—

सोवत रहिउँ मैं मइया के कोरवाँ[1], देख्यों सपन अजगूत[2]
केहि के दुआरे मइया बाजन बाजै, केकै रचा है बियाह
बाबा दुआरे बेटी बाजन बाजै, तुम्हरइ रचा है बियाह।

कुमायूँ प्रदेश के विवाह गीत में ऐसा वर्णन पाया जाता है कि बेटी के घर के लोग पंडितों और उपस्थित सज्जनों से प्रार्थना करते हैं कि उनकी बेटी बड़े दुलार से पली है, इसलिए उसे कोई दुःख न दे—

अरे-अरे लोगो पंडित लोगो सज्जन लोगो
मेरि धीया दुःख झन दिया
दस धारी मैंले दूध पेवायो
दस गठरि मैंले कपड़ सिलाया
दस तुबा मैंले तेल चुँवायो
मेरि धीया दुःख झन दिया।

विवाह संस्कार के अवसर पर बुंदेलखंड में गीतों के माध्यम से देवी-देवताओं का स्मरण और आवाहन किया जाता है। विवाह के दिनों में वायु के प्रकोप से कोई विघ्न न हो, इस हेतु हनुमानजी को मनाया जाता है। यदि उसी समय आँधी चली तो स्त्रियाँ निम्न गीत गाकर विघ्न को दूर करती हैं—

पवन के हनुमत हैं रखवारे
बिहिर के हनुमत हैं रखवारे
आँधी-बिहिर जे बंद करत हैं
लज्जा के राखनहारे।

माँझी जाति के आदिवासियों से विवाह के अवसर पर इस प्रकार के गीत गाए जाते हैं—

कउनो अइलिन हाथी चढ़ि के
कउनो अइलिन घोड़ा
रनियाँ त अइलिन डोलिया समतुल हो
ससुरै अइलिन हाथी चढ़ी
भसुर अइलिन घोड़ा
पियवा अइलिन डोलिया फनाई के हो।

कुरमाली गीतों में विवाह गीत या बिहागीत बड़े मधुर होते हैं। इन गीतों में

---

1. गोद, 2. अचंभे वाला।

कन्या के माता-पिता की चिंता भी दिखाई पड़ती है—

जेठ बैसाख मासे गरमेकर रोदा गो
सूखी गेलो अहरी पोखर
अहरी जे सूखी गेल, पोखरी जे सूखी गेल
एवे बेटी रोहतो कुमार।

—अर्थात् जेठ-बैशाख की धूप से तालाब-पोखर का पानी सूख जाएगा और बेटी कुँआरी रह जाएगी।

गढ़वाल में किसी भी शुभ कार्य के प्रारंभ करने के पूर्व देवताओं का स्मरण, जागरण कर आशीर्वाद प्राप्त करना आवश्यक समझा जाता है। इसीलिए विवाह संस्कार से पूर्व कूर्मदेवता, धरतीमाता, भूमिपाल, क्षेत्रपाल और पंचदेवों (गणेश, सूय, शिव, देवी और विष्णु) से विवाह जैसे शुभ कार्य के लिए माँगलगीत गाकर प्रार्थना की जाती है। माँगलगीत गाकर कौवे को हरे वृक्ष पर बैठकर सगुन बोलने हेतु आमंत्रित किया जाता है। तोते को आमंत्रित किया जाता है कि वह आकर संदेशवाहक का कार्य करे और इस शुभ-विवाह के अवसर पर वह ब्रह्मा-सावित्री, विष्णु-लक्ष्मी, शिव-पार्वती, राम-सीता और श्रीगणेश के साथ सिद्धि-बुद्धि देवियों को भी बुलाकर ले आए। यदि वह ऐसा करेगा तो उसकी चोंच को सोने से मढ़ दिया जाएगा। विवाह में सम्मिलित होने के लिए देवता और मनुष्यों के अतिरिक्त हल्दी की बाड़ियों, धान की क्यारियों और कामधेनु को भी सम्मानपूर्वक आमंत्रित किया जाता है।

मंगलस्नान यहाँ विवाह की प्रमुख क्रियाओं में माना जाता है। लग्न के अनुसार वर अथवा कन्या का मंगलस्नान अपने-अपने घरों पर कराया जाता है। वर-कन्या को देवी-देवता के रूप में पूजा जाता है। संपूर्ण गढ़वाल में वर को शिव के रूप में और कन्या का रूप और भी निखर जाता है। पार्वती के माध्यम से कन्या के रूप की व्यंजना एक गीत में की गई है—

—वधु वेश में पार्वती कैसी दिखेंगी? वह पर्वतश्रेणी पर उगे पूर्ण चंद्रमा की तरह दिखाई देंगी। वे दीपक की जोत के समान उजली हैं। उनके टखने दूब की डाली की तरह हैं। ओंठ बुरांस के फूलों जैसे लाल हैं। दाँत अनार के दाने हैं। आँखें कमल की पंखुड़ी हैं और केश सावन की घटा जैसे।

कन्या के लिए विचार-विमर्श (बुंदेलखंड)

कन्या के लिए वर का चुनाव करने में तरह-तरह के विचार-विमर्श के बीच लड़की की माँ कहती है—मेरी बनरी बड़ी लाड़ली है, उसे ऐसे घर में देना जहाँ वह राज करे—

मोरी लाड़ी बरनी आजुल जी सों अरज करे
मोरी ऐसे घरै दिया महाराज जहाँ बेटी राज करैं।
जहाँ बभ्भन तपत रसोई कहर दोई पानी भरे
मोरी झूलों की झूलनहारी कटोरन दूध पिएँ।
मोरी रुपयों की परखनहारी मुहरों के मोल करैं।
मोरी छज्जे की पौढ़नहारी झरोखन वाय ढुरैं।

सगुन

सगुन के अंतर्गत देवताओं के गीत गाकर उनसे आशीर्वाद लिया जाता है। सगुन 'शकुन' शब्द का ही अपभ्रंश है। यह विवाह का प्रारंभिक कृत्य है। शुभ-मुहूर्त में कन्या-पक्ष वाले वर को वस्त्राभूषण और द्रव्यादि देकर विवाह-संबंध को दृढ़ बनाते हैं। वरपक्ष की ओर से भी कन्या लिए सगुन का सामान बाँस की रंग-बिरंगी टोकरियों में आता है। इन सामानों में कन्या के लिए वस्त्र-आभूषण के अलावा तिल चावल और डंठल युक्त पान भेजे जाते हैं। दोनों पक्ष में सगुन होने के बाद ही मंगलकार्य और गीत आरंभ होते हैं।

सगुन के अवसर पर गाए जानेवाले गीतों में आँगन में खुदवाए हुए कुएँ से निकली मिट्टी से गृहदेवता के स्थान को लीपकर पवित्र करने, मधुर गीत गाकर गृहदेवता को जगाने और उन्हें वंश-वृद्धि की सूचना देने का वर्णन आता है—

अँगना में कुइयाँ खनावल[1] पीयर[2] माटी हो
आहो गाई रे जगावहु सब देवता लोग
रउरा[3] घरे अंस भइले हो।

तिल, चावल और पान आदि चीजों का सगुन मिल चुका है। दूल्हा ससुराल जाने के लिए उतावला है, क्योंकि लगन के साथ-साथ सगुन भी शुभ है। नदी में आई भयंकर बाढ़ से वह भयभीत हो जाता है। वह सुपली-मउनी खेलती हुई अपनी छोटी बहन से अनुरोध करता है कि वह नदी की पूजा करके भाई-भाभी की रक्षा करती है—

पहिला सगुनमा तिल चाउर हे, तब कय डटोरबो[4] पान हे
देहुगन[5] दुलरइते बाबा के हाथ, सगुनमा भल हम पयलूँ हे।
लगनियाँ भेलइ उताहुल[6] सगुनमा भल हम पयलूँ हे।
कानी-कानी[7] चिठिया लिखथिन दुलरइते बाबू
अहे भाँसर[8] नदिया अइलइ[9] तूफान हे
सुपती[10] खेलइते तूहें दुलरइते बहिनो हे बहिनो

1. खुदवाया, 2. पीली, 3. आपके, 4. डंठल वाला, 5. दे आओ, 6. उतावला, 7. रो-रोकर, 8. भँवर, 9. आया, 10. सुपली।

भाँमर नदिया देहौं न मनाई हे
पुजबो मैं भाँवर नदिया सेनुरे पिठार[1]
अहे भइया भउजी उतरे देहु पार हे।

एक गीत में ऐसा भी उल्लेख है कि प्यारी पुत्री के विवाह के लिए वरपक्ष से सगुन आ गया है। लड़की के पिता ने अभी कोई तैयारी नहीं की है। वह अपनी दुलारी बेटी के बिछोह से दु:खी है। काम में उसका जी नहीं लगता। सगुन आने पर विवाह की तैयारी करना उसकी लाचारी है। वह कहते हैं—यदि मैं जानता कि मेरी बेटी चली जाएगी तो मैं उसे छिपाकर रखता। कन्या समझदार और सयानी है। वह कहती है—मुझे और कितने दिन रखेंगे—

अहो सगुनि[2] अहो सगुनि बियाह[3]
मैं तो जनइति[4] गे सगुनी होयतो बियाह
अरे काँचे बाँसे डलवा गे सगुनी रखती बिनाय[5]
अरे आपन बेटा दुलरइता दुल्हा रखती चुमाय[6]
मैं तो जनइति गे सगुनी होयतो बियाह
अरे अपन बेटी दुलरइतिन बेटी रखती छिपाय
रखे के त रखलऽ जी बाबा, लड़िका से बारी।[7]
अरे अब कते[8] रखबऽ जी बाबा सुबुधि सेयानि।[9]

सगुन के गीत बहुत चटकीले नहीं होते। उनमें क्रम से आरोही और अवरोही खंड आता है। फिर एक दीर्घ विलंबित अवरोह के साथ उसका अंत होता है।

कर्मगीत

कुमायूँ प्रदेश में विवाह के अवसर पर गाया जानेवाला एक गीत 'कर्मगीत' कहलाता है। इसमें सगुन का वर्णन एवं मंगलकामना के भाव चित्रित हैं—

शकुना दे काज ए अतिनीका शकुना बोल
दाईणी संखै शबदै, दैणी तीर भरियो कलेश
अतिनीको सो रंगीलो पाटल अंचली
कमल को फूल
सोई फूल मोलवांत
गणेश रामीचंद्र लछिमन
जीवा जनम आद्या अमरू होई सोई पाटू पैरी रैन

1. चावल के आटे का पीठा, 2. शुभ-मुहूर्त, 3. ब्याह का शकुन, 4. जानती, 5. बिनवा कर, 6. चुमावन की विधि, 7. युवावस्था, 8. कितना, 9. बुद्धि वाली सयानी कन्या।

सिद्धि बुद्धि सीमा देही बहू राणी
आईवांती पुत्रवांती होई।

—सगुन दो, अच्छा काज है, सगुन बोली, दाहिनी ओर शंख का शब्द हो और कलश भरा हुआ हो। बहुत सुदंर कमल का फूल आँचल से बँधा हो, उसी फूल को लाओ। गणेश, राम, लक्ष्मण, सिद्धि-बुद्धि सीता अहिवाती हो, पुत्रवती हो।

साँझ पड़ी संजवाली पाया चली ऐना
आस-पास मोत्यूँ हार बीच चलिन गंगा
रामीचंद्र घर, लछीमन घर, साँझ की दीयो जगायो
सुहागिली सीता देही बहुराणी
जनम अवांती पुत्र कल्याणी ए
अगर चंदन को दीयड़ा कापुर सारी बाती
जागहो दियड़ा सुलछीणी रात्रि ए
दियड़ा तैन जांग हो शगरी रात्री ए
जाग हो दियड़ा ईनू घरी रात्री ए।

—साँझ पड़ गई है। पाँव से चलकर आ रही है साँझ। आस-पास मोती के हार हैं। बीच में गंगा बह रही है। राम, लक्ष्मण के घर साँझ का दीप जलाया। सुहागिन सीता जन्म-जन्म तक सुहागिन और पुत्र कल्याणी हो। अगर, चंदन का दीपक और कपूर की बाती दे दीपक, तू जगमगा, सुलक्षणों वाली रात है। दीपक सारी रात जलना इनके घर में।

विवाह का देवता गीत : विनायक (राजस्थान)

किसी भी शुभकार्य या उत्सव में गणेशजी की स्तुति की जाती है। विवाह में भी गजानन का गीत गाकर कार्य का आरंभ होता है। राजस्थान में इस गीत का विशेष महत्त्व है—

चालो हो गजानन जोगीड़ारे चालाँ
लगन्याँ लिखाई बेगा आवाँ हो गजानन
कोटा री गादी पे नोबत बाजे
नोबत बाजे इंदरगढ़ गाजे
जरण-जरण झालर बाजे हो गजानन।

—चलो हे गजानन, हम जोगी के यहाँ चलें। लगन लिखाकर हे गजानन! जल्दी आओ। कोटे की गद्दी पर नौबत बजती है और इंदगढ़ गरजता है, हिलता है, ध्वनित होता है। झन-झन कर झालर बजती है।

बुंदेलखंड में विवाह-संस्कार हेतु सभी देवताओं को मनाकर लाया जाता है। इस अवसर पर गाया जानेवाला एक गीत इस प्रकार हैं—

अटरिया छाय रही फुलवन से
मँहक रही लोंगन[1] से
सबरेई[2] देउता[3] आए मिसिल[4] में
गनेस जू बाबा काए नई[5] आए
सबरेई देउता आए मिसिल में
महादेव बाबा काए नई आए
बजरंग बाबा काए नई आए
माता-मैया काए नई आई

मइया गीत

जैसा कि स्पष्ट है—'मइया' शब्द 'माता' का ही अपभ्रंश रूप है। विवाह संस्कार के मध्य सगुन के बाद मैया के गीत गाए जाते हैं। विवाह में इस तरह के गीतों की प्रथा प्राय: भोजपुर क्षेत्र में ही मिलती है। यह गीत तिलक के पहले गाया जाता है। एक गीत में शीतल माता को पानी पिलाकर लड़के की माँ अपनी होने वाली बहू के लिए उनसे आशीर्वाद की कामना करती है—

निमिया[6] के डारी मइया लावेली[7] हिंडोलवा कि झूली-झूली
मइया मोरी गावेली गीत कि झूलि झूलि।
झूलत-झूलत मइया लगली पियास कि चलि भइली
मलहोरिया[8] अवास[9] कि चलि भइली।
सूतल बाड़ू कि जागल ए मालिन बूँद एकऽ
मोहि के पनिया पियाऊ[10] कि बूँद एकऽ
कइसे मैं पनिया पियाऊँ, ए सीतलि मइया, मोरा गोदे
मइया बलका[11] तोहार कि मोरा गोदे।
बलका सुताऊ मालिन सोने के खटोलवा कि बूँद एकऽ
मोहि के पनिया पियाऊ कि बूँद एकऽ
एक हाथे लेली मालिन झँझरा[12] तमरुहा[13] कि दूजे हाथे
ए गेड़ुअवा[14] जुड़ पानी कि दूजे हाथे।
पनिया पियहु पाटे[15] बइठीं[16] ए सीतलि मइया बोलीं ना

---

1. लौंग, 2. सभी, 3. देवता, 4. क्रम, 5. क्यों नहीं, 6. नीम, 7. लगाती है, 8. मालिन, 9. निवास, 10. पिलाओ, 11. बालक, पुत्र, 12. झारी—लंबी टोंटी वाला पानी का बरतन, 13. ताँबे का घड़ा, ताम्रक=तमरुहा, 14. पानी रखने का पात्र, 15. पीढ़ा, 16. बैठिए।

ए नगरिया जयजयकार मइया बोलीं ना।
जइसन[1] मालिन मोहि जुड़ववलू[2] कि मालिन ओइसन[3]
तोर पतोहिया[4] जुड़ासु कि मालिन ओइसन।

तिलक

तिलक की विधि के बाद ही वैवाहिक कार्य का शुभारंभ होता है। कन्यापक्ष वाले शुभतिथि को लड़के के घर जाकर उसे तिलक चढ़ाते हैं तथा विधिपूर्वक रुपए तथा उपहार आदि देते हैं। सत्यनारायण भगवान् की पूजा के बाद तिलक चढ़ाया जाता है। लड़के को तैयार करके चौकी पर बिठाया जाता है। अल्पना सजाई जाती है। लड़की का भाई लड़के को तिलक चढ़ाता है। इस विधि को तिलक लगन या चढ़ौना भी कहते हैं। तिलक के समय या उसके बाद लगनपत्री लिखी जाती है और धान व हलदी बँटती है। लग्नपत्नी में वैवाहिक कार्यक्रम तथा अन्यान्य विधि के मुहूर्त लिखे रहते हैं।

वरपक्ष की ओर विवाह संस्कार के अंतर्गत तिलक एक बड़ा समारोह माना जाता है। इसमें सभी सगे-संबंधी, मित्र-बंधुओं को बुलाया जाता है और खिलाया-पिलाया जाता है।

तिलक के गीतों की धुनें भिन्न प्रकार ही होती हैं। अधिकतर तिलक के गीत मध्य सुरों से आरंभ होकर मंद गति से ऊपर-नीचे उतरते हैं और अवरोह में ही समाप्त होते हैं।

तिलक के गीतों में हलका-फुलका हास-परिहास भी कहीं-कहीं मिलता है। तिलक चढ़ाते के गीतों में हल्का-फुल्का हास-परिहास भी कहीं-कहीं मिलता है। दूल्हे को ठग लेने की चर्चा इन गीतों में है। यह वरपक्ष की स्त्रियों का कन्यापक्ष के लोगों के लिए मधुर उपालंभ ही है—

सभवा[5] बइठले रउरा[6] बाबू हो कवन बाबू
कहँवा से अइले पंडितवा चउका[7] सभ घेरि लेले।
दमड़ी दोकड़ा[8] के पान कसइली[9]
बाबू लछ[10] रुपइया के दुल्हा बरामन्ह भँड़ुआ ठगि लेले।

किसी गीत में विधिपूर्वक तिलक समारोह संपन्न होने और वर-वधू दोनों के पिता के उल्लसित होने का उल्लेख है। आँगन में श्रीराम का तिलक है। बाजे बज रहे हैं। नट-नटी नाच रहे हैं। गोबर से चौक लीना गया है और गजमोती से चौक पूरा

---

1. जैसा, 2. तृप्त किया, 3. वैसा, 4. बेटे की पत्नी, 5. सभा में, 6. आप, 7. शुभ संस्कार करने का स्थान, जहाँ मिट्टी या गोबर से लीपकर अल्पना बनाई जाती है, 8. दो कौड़ी, 9. सुपारी, 10. लाख।

गया है। राजा जनक श्रीराम को तिलक चढ़ाकर उन्हें आशीष देते हैं। राजा दशरथ सीता जैसी पुत्रवधू के पाने की कल्पना से ही प्रसन्न हो रहे हैं—

आजु मोरा राम के तिलक, आँगन सोभेला ए
रिमझिम बाजन बाजेला नट-नटिन नाचेला ए।
गाइ[1] के गोबर चउका लीपले गजमोती चउका पुराइ ए
आई बइठे रामलला जी मने-मने[2] मुसकात ए।
तिलक देले जनक राजा मने-मने हुलसत ए
जुगे-जुगे जीअसु[3] रामलला जी अइसन आसीस देहु ए।
सब पंडित लोग मंतर उचारें जनकजी तिलक चढ़ाई ए
राजा अजोधेया के बइठे सिंहासन, सोभा बरनी न जाई ए।
बिरधा[4] उमरिया में पुतर[5] हम पइलीं उनकर होला[6] बिआह ए
सिया अइसन दुलहिन घर मोरा अइहें भुभुते[7] अजोधेया के राज ए।

तिलक में चढ़ाए गए सामानों को देखकर लोगों को चकित होते देख लड़के का पिता लड़की के पिता से कहता है कि मेरे छोटे आँगन को देखकर आप अन्यथा न सोचें। घर की भीतरी संपन्नता कुछ और ही है—

गाई के गोबर आँगन लीपीले, गजमोती चउका पुराइ ए।
रंग-बिरंग के खम्ह[8] गड़ाइले, मानिक दीप बराइ[9] ए।
सोने के थारी में भरल असरफी, ऊपर से मोहर बिछाइ ए।
तिलक देवेले बेटी के बाबा, मुरुछि[10] के गिरे सभलोग ए।
आँगन छोट देखि भूलऽजनि समधी, आँगन तूल समतूल[11] ए।
आँगन के ठाकुर हउवे[12] कवन बाबू, भीतर भवन अनूप[13] ए।

लग्न गीत

मिथिला का विवाह समारोह बड़ा मनोरंजक होता है। विवाह में वररक्षा अर्थात् सगाई से लेकर चतुर्थी कर्म, अर्थात् चौधारी, कंकण छूटने के दिन तक अनेक विधि-व्यवहार होते हैं। विवाह तय होने पर और वर से बात पक्की होने पर कन्या के कुटुंबी या उसकी ओर से नाई और ब्राह्मण जाकर वर को तिलक लगाते हैं।

तिलक चढ़ाने के बाद मंडप निर्माण की प्रक्रिया आरंभ होती है। इसमें दिशा निर्धारण का ध्यान रखा जाता है। मंडप के किनारे की भूमि पर बाँस के खूँटे गाड़े जाते

1. गाय, 2. हृदय में, 3. जिएँ, 4. वृद्धि, 5. पुत्र, 6. होता है, 7. उपभोग करने के लिए, 8. खंभे, 9. जलाया, 10. मूर्च्छित होकर, 11. अन्योन्याश्रित, 12. है, 13. अनुपम।

हैं और इन्हें फूल-पत्तों से सजाया जाता है। मंडप-निर्माण के बाद कुंड और वेदी का निर्माण किया जाता है। वेदी पर एक मंडल बनाकर बीच में अष्टदल कमल बनाते हैं। उसी पर अपने प्रधान इष्टदेव को पूजते हैं। जिस स्थान पर कलश स्थापन होता है, उसी के समीप वेदी बनाई जाती है, जिस पर हल्दी से स्वस्तिक को आकृति बनाकर फूल, फल और अक्षत-सुपारी से गणेश का आवाहन करते हैं। इस समय जो गीत गाए जाते हैं वे 'वेदी के गीत' नाम से प्रसिद्ध हैं।

इसके वाद वरयात्रा आरंभ होती है। कन्यापक्ष की स्त्रियाँ मंगलगीत गाती हुई दूल्हे को नियंत्रित करती हैं। ये गीत मिथिला में 'शंकर के गीत' नाम से मशहूर हैं। विवाह संस्कार के समय जब दुलहन का भाई वर के गले में चादर डालकर उसे मंडप के चारों ओर घुमाता है, उस समय के गीत 'भाउर के गीत' कहलाते हैं। इस अवसर पर जो भी गीत गाए जाते हैं, वे 'लग्न गीत' कहलाते हैं। इन गीतों में मिथिला की संस्कृति, गाँवों के प्राचीन आदर्श और कन्या के मनोभावों आदि का चित्रण मिलता है। एक गीत इस प्रकार है—

देखु देखु देखु सखिया श्यामल पहुनमा हे
जिनका देखइत सखी मोहि जात मनमा हे।
मिथिला के असही दुसही डारे ने कोई टोनमा हे
ताते सहेलिया मोरी दइ दिउ डिठोनमा हे।
घोरवा चढ़ल आवे छैला अलबेलवा हे
घोरवा गुमान भरे करे फनफनमा हे।

विवाह के पाँच या आठ दिन पहले लड़की को लगन चुमाई जाती है। उसे पीला कपड़ा पहनाकर चावल धान आदि से चुमाया जाता है। इस दिन से गीत आरंभ हो जाते हैं। इस विधि में लड़की की बड़ी बहन उसके बाल झाड़ती है, नेग के रूप में उसे साड़ी दी जाती है।

बिहार के मिथिला क्षेत्र में लगन गीतों की अपनी करुणा है। पीपल के झिलमिल पत्ते चमकते हैं। शीतल हवा बहती है। उसके नीचे किसी बेटी का पिता पलंग पर सुख की नींद सोता है। बेटी पिता के पलंग का पउआ पकड़कर कहती है—बाबा, जिसकी कन्या कुँआरी है, वह कैसे निश्चिंत होकर सोता है? यह सुनकर लड़की का पिता घोड़े पर चढ़कर वर ढूँढ़ने निकलता है, किंतु पूरब, पश्चिम, मगध मुँगीर कहीं भी ढूँढ़ने पर करने को तैयार नहीं होती। वह जहर खाकर प्राण देने को तैयार है—

पिपरक[1] पात झलामिल हे, वहि गेल सीतल बतास[2]
ताहि तर कोन बाबा पलंगा ओछाओल[3]
बाबा का आइल सुख नींद हे।
चलइल–चलइत अइली बेटी कोन बेटी
खटिया के पउआ धयल[4] ठाढ़ि हे।
जाहि घर आहे बाबा धिया[5] हे कुमारि
से हो कइसे सुतथि[6] निचिंत[7] हे।
अतना वचन सब सुनतन कोन बाबा
घोड़ा चढ़ि भेला असवार[8] हे।
पूरुब खोजल बेटी पच्छिम खोजल
खोजल में मगह[9] मुँगेर हे।
तोहरा जुगुति[10] बेटी वर नहिं भेंटल
खोजि अइलौं तपसीं[11] भिखार[12] हे।
निरधन तपसिया हमें न बिआहब
मरि जइबौं जहर चबाय हे।

एक गीत में कोयल की कूक के द्वारा लगन की डुगडुगी पीटने का उल्लेख किया गया है। यह गीत वसंत ऋतु में होनेवाले विवाह से संबंधित है। इस गीत में विवाह का शुभ–मुहूर्त निकलवाने की बात कही गई है—

अमवा के डाढ़[13] चढ़ि बोलेले कोइलिया
लगन[14] लगन डिड़ियाय[15] हे।
एहो नगरिया माई हे कोई नहीं जागथिन[16]
लगन न माँगथिन[17] लिखाई जी
एहो नगरिया माई हे जागथिन कवन बाबू
हमें लेबइ लगन लिखाइ हे।
घर से बाहर भेलन दुलरइता[18] दुलहा
आजु बाबू लगन लिखाहु जी।
अइसन लगन लिखिहऽ जी बाबू
ओहे लगन होइतो[19] बिआह जी।

---

1. पीपल, 2. हवा, 3. बिछाया, 4. पकड़ कर, 5. बेटी, 6. सोता है, 7. निश्चिंत, 8. सवार होना, 9. मगध, 10. तुम्हारे लिए, 11. तपस्वी, 12. भिखारी, 13. डाल, 14. शुभ–मुहूर्त, 15. रट लगाना, 16. जागते हैं, 17. माँगते हैं, 18. दुलारा, 19. होगा।

बुंदेलखंड में लगन के गीतों को 'लगुन गीत' कहते हैं। वहाँ कन्यापक्ष से लड़के वाले के घर लगुन आती है। लगुन पढ़ने की तैयारी की जाती है। दोनों पक्ष के लोग आँगन में बैठते हैं। लड़के को तैयार करके पाटे पर बिठा दिया जाता है। स्त्रियाँ उत्साह से गाती हैं—

सों आजु मोरे राम जू खों लगुन चढ़त है
लगुन चढ़त है आनंद बढ़त है।
कानन कुंडल मोरे राम जू खों सोहे
सो गालन बिच मुतियन लर रुकरत[1] है
कंकनचूरा मोरे राम जू खों सोहे
सो हातन[2] बिच गजरा दरसत[3] है।
राम जू के दरसन खों जियरा ललचत है
आजु मोरे राम जू खों लगुन चढ़त है।

लगुन चढ़ चुकी है। लगुन में आई चीजों को देखकर स्त्रियाँ गाती हैं—

बना[4] की ससुरारों से आए सैरों[5] के जोड़ा री
बाँधो-बाँधो रे हजारी दूल्हा क्या छब[6] लागो री
बना की ससुरारों से आए चंदन के मूठ[7]
मारो-मारो रे हजारी दूल्हा क्या छब लागो री।

चउका

बारात के एक दिन पहले हल्दी-कलश होता है और चौक पूरा जाता है। इस समय गाए जानेवाले गीतों की विषय-वस्तु पारिवारिक पृष्ठभूमि पर ही आधारित है। कहीं चौक पूरने के बाद बहन द्वारा भाई की प्रतीक्षा होती है तो कहीं भाई के घर बहन के आने पर भाभी मन-ही-मन अप्रसन्न होती है। एक गीत में उस फुलवारी की रक्षा का वर्णन मिलता है, जिसमें दूल्हे के माथे पर चढ़ने वाली मौर के पौधे उगे हुए हैं तथा गले में पहनाई जानेवाली माला में लगनेवाले चंपा फूलों के पौधे लगे हैं। मौर और माला पहनकर जब दूल्हा-दुलहन के साथ चौके पर बैठता है तो कन्यापक्ष के लोग उन्हें घेर लेते हैं। दूल्हा-दुलहन से उन लोगों का परिचय पूछता है—

---

1. लटकना, 2. बन्ना, 3. साफा, 4. छवि, 5. छड़ी, 6. मेंड़-खेत की ऊँची हदबंदी, 7. नीचे-नीचे।

आरी के हेंठे-हेंठे लगि गेल फुलवारी,
कान्हर[1] बछरू चरावल हे।
फेरू-फेरू[2] अहो कान्हर अपनो बछरूआ
चरि जएतन[3] घनी फुलवारी हे।
येली[4] चरि जइहें बेली[5] चरि जइहें
चंपा ममोरले[6] डाढ़ हे।
काहे से गाँथव[7] हो कान्हर फल के मउरिया
काहे से गाँथव कान्हर चंपाकली हरवा।
दुल्हा-दुलहिन चौका चलि बइठल
बाम्हन बेद उचारल हे।
हँसि-हँसि पूछल दुल्हा कवन दुल्हा
कउने हथुन[8] बाबू तोहार हे।
कउने हथुन अम्मा तोहार हे
जिनके डँरवा[9] में पिआरी धोतिया सोभे
ओहे हथि बाबूजी हमार हे।
जेकर हथवा में सोने के कंगना सोभे
ओहि हथि अम्मा हमार हे।

एक गीत में लड़की मायके से आने वाली पियरी के भार और अपने भाई की प्रतीक्षा कर रही है। दासी घर के बाहर रास्ता देखती है और लौटकर कहती है—न संदेश का दौरा है, न पियरी का भार और न ही कोई घोड़े पर सवार। लगता है आपका मायका निर्धन है। आहत वधू अपनी सास और देवर से दासी की शिकायत कराती है। देवर सांत्वना देता हुआ कहता है—भाभी, मैं बाजार जाकर सभी आवश्यक सामग्री ले आऊँगा। तुम अपने मायके को भूल जाओ। किंतु कोई स्त्री अपने मायके को न तो भूल पाती है, न ही उसे नीचा देखना चाहती है—

मचिअनि[10] बइठली भउजी, भउजी सीता भउजी ए
भउजी हेरेली[11] नइहरवा केरा बाट, कतेक दले भइया आवेले ए।
अँगना बहारत सेलखी[12] चेरिया[13] त चेरिया नू

---

1. कृष्ण, 2. वापस करो, 3. चर जाएगा, 4. इलायची, 5. बेला, 6. मरोड़ना, 7. गूँथूँगी, 8. हैं, 9. कमर, 10. मचिया पर, 11. देखती है, 12. सखी, 13. दासी।

चेरिया हेरऽ तू नइहरवा केरा बाट कतेक दले भइया आवेले ए।
नाहिं देखों दउरवा[1] चंगेलवा[2], नहिं देखों पियरी के भरवा[3] ए
सीता नहिं देखों घोड़े असवार, नइहरवा तोहरे निरधन ए
मचिया बइठली रउरा सासु त सासु बढ़इतिन[4] हे
सासु देखहु ना चेरिया गुमान[5] नइहरवा मोरे उघटेली[6] ए।
पसवो[7] खेलत तुहुँ देवरा त देवरा लछमन ए
देवरा देखहुना चेरिया गुमान नइहरवा मोरे उघटेली ए।
जनि रोउ जनि झखु सीता भउजी त भउजी सीता भउजी ए।
भउजी जइबों मैं हाजीपुर हाट, चुनरिया लेइ आइब नइहरवा बिसरावहु[8] ए।

चुमावन

हलदी-कलश के दिन लड़की को चौक पर बिठाकर तेल, चावल, दूब और धान से चुमाया जाता है। यह विधि वर और कन्या दोनों पक्षों की ओर होती है। स्त्रियाँ वर या कन्या के पैर, घुटने, भुजा और सिर से हथा की चुटकी में दधि, अक्षत आदि लेकर छुलाती हैं और उनके माथे पर रख देती हैं, इसे चुमावन कहा जाता है। चुमावन आशीर्वादात्मक विधि है। नाते-रिश्ते में जो स्त्रियाँ दूल्हे से हँसी-ठिठोली करनेवाली होती हैं, वे चुमाते समय दूल्हे के शरीर के उन स्थानों में अँगुली गड़ा-गड़ा कर चुमाती हैं और हल्दी, दही लपेट देती हैं। रिश्ते में बड़ी औरतें ही चुमावन की विधि संपन्न करती हैं।

एक गीत में दूल्हे को चुमाने के वर्णन के साथ देवताओं से उसके मंगलमय भविष्य की प्रार्थना की गई है—

चूम-चूम चुमावेली अम्माँ सोहागिन
चुमावस रे बबुआ धीरे-धीरे
मनावस हो देवता धीरे-धीरे
बजावस हो बिछिया घनघोरे।

किसी-किसी गीत में दूल्हे-दूल्हन को चुमाने के समय दोनों के चिरंजीवी होने की कामना की गई है—

---

1. बाँस की टोकरी, 2. सींक की डलिया, 3. भार, 4. श्रेष्ठ, 5. घमंड, 6. ताना देती है, 7. चौसर, 8. भूल जाओ।

गिरि परबत केरा चनन रइया[1]
गाछ[2] हरी-हरी दूब
जत चुमइहऽ ततऽ दीहऽ असीस
जियसु बर कनिया[3] लाख बरीस।

एक गीत में साठी धान के चावल और हरी-हरी दूब से दूल्हे की माँ आदि के द्वारा चुमाने और आशीष देने का उल्लेख है—

सठिया[4] के चउरा[5] लहालही[6] दूब सिवसंकर हे
चुमवहि[7] चललिन[8] अम्माँ सोहागिन सिवसंकर हे
जेहि चुमावत से देत असीस सिवसंकर हे
जिअसु[9] कवन दुलहा लाख बरीस सिवसंकर हे।

किसी-किसी गीत में विवाह के समय राम को चुमाने का उल्लेख है—

चनन काटिए काटि[10] पिढ़वा[11] बनयबइ सिवसंकर हे
से पिढ़वा रामजी बइठइबइ सुनहु सिवसंकर हे
सोना के पइलवा[12] में सेनुरा धरयइब सिवसंकर हे
सीता के मंगिया भरइबई सुनहु सिसंकर हे
सोना के थरियवा[13] में अछत धरयबइ सिवसंकर
सेहु अछत रामजी चुमयबइ सुनहु सिवसंकर हे
चुमावे चलली सासु मनाइन[14] सुनहु सिवसंकर हे
चुमि-चुमि देल असीस सुनहु सिवसंकर हे
जुग-जुग जियथिन[15] रामचंदर सुनहु सिवसंकर हे
होइहो अजोधेया के राजा सुनहु सिवसंकर हे।

चुमावन की विधि संपन्न करने के साथ माँ-बाप या अन्य संबंधी द्वारा उपहार देने का भी उल्लेख आता है—

अम्माँ चुमावेली अनधन लुटावेली

---

1. राई, 2. वृक्ष, 3. दुलहन, 4. साठी धान, जो साठ दिनों में पककर अश्विन में तैयार हो जाता है और उसकी बाली फूटकर बाहर नहीं निकलती है। उसके दाने गाभा के भीतर ही पक जाते हैं, 5. चावल, 6. अत्यंत हरा, 7. चुमावन की विधि करने, 8. चलीं, 9. जिएँ, 10. काट-काट कर, 11. पीढ़ा, 12. नापने का एक बरतन—यहाँ इसे सिंधोरा अर्थ में लिया जा सकता है, 13. थाली, 14. पार्वती की माँ—मैना यहाँ सास के अर्थ में, 15. जिएँ।

बाबा लुटावे हीरा लाल देखो री सखी, सिय रघुवर को
होत चुमावन आज देखो री सखी, सिय रघुवर को।

माता कौसल्या अँजुरी भर-भर कर मोती लुटाती हैं। न्योछावर लेने के लिए भाट-भाटिन, नाई-नाइन खड़े हैं। कौसल्या सबको मनचाहा धन देने का आश्वासन देती हैं।

श्रीराम-सीता की इस शोभा पर वे अयोध्या का राज ही लुटाने को प्रस्तुत हैं :

अयोध्या में श्रीराम के विवाह की धूमधाम है। सुंदर स्वरूप वाली कई सखियाँ हाथ में सोने का थाल लिए राम को चुमाने चलती हैं। माता कौसल्या के साथ कैकेई और सुमित्रा का हृदय भी अत्यंत उल्लास एवं उत्साह से भरा है।

संझापराती

विवाह के घर में संध्या समय दीपक जलाते हैं। घर की औरतें कुलदेवता के द्वार पर बैठकर उनका भजन गाती हैं तथा सबेरे उठकर झाड़ू पड़ने से पहले पराती गाती हैं।

'संझा' शब्द संध्या का एवं 'पराती' शब्द प्राती या प्रभाती का अपभ्रंश रूप है। इस गीत में संध्या समय एवं प्रातः समय एक-एक विधि संपन्न होती है, इसीलिए इसका नाम संझापराती है।

विवाह-संस्कार संपन्न होने के तीन-चार दिन पहले से स्त्रियाँ ब्राह्ममुहूर्त और संध्या समय, जिसमें गृहदेवता स्थापित रहते हैं, उस घर के आगे खड़ी होकर देवता की आराधना में इस गीत को गाती हैं—

संझा बोलथी[1] माई के किनखा[2] घर हम जाइब
के लेत संझा मनाई हे।
दुलरइते[3] बाबू घर हमें जाइब
दुलरइते देइ[4] लेत संझा मनाई हे।

एक अन्य गीत में संध्या समय जलनेवाले दीपक का उल्लेख है—

संझा बोलत माई हे किनकर घरे जाग[5]

---

1. बोलती है, 2. किनके, 3. दुलारे, 4. देवी, 5. यज्ञ।

कथि केर[1] घियवा[2] कथि केर बात[3]
कथि केर दियवा जरइ सारी रात
सोने केर दियवा कपासे केर बात
सोरही गइया[4] के घियवा जरइ सारी रात।

किसी-किसी गीत में ब्रह्मा, विष्णु और महेश के विवाह-संस्कार के अवसर पर आने, अपनी ही ज्योति से उन लोगों के प्रकाशित होने तथा सुवास से सुवासित होने, दुलहे को तीनों देवताओं को नमन् करने के लिए कहने, देवताओं से दूल्हे-दुलहन के लिए शुभाशीष की याचना करने, देवताओं द्वारा दूल्हे के दीर्घजीवी होने तथा दुलहन के सौभाग्यवती होने का आशीष देने का उल्लेख है—

देव चनन बिरीछ[5] तर[6] ठाढ़, त चमचम झमकेला[7] ए
देव बरम्हा बिसुन महेस तीनों से मिली तुहुँ नवहुँ[8] ए
सब देवतन मिली देहु ना असीस
कवन दुलहा जुगे-जुगे जीअसु ए
जुगे-जुगे जीअसु कवन दुलहा
सोहगवा कवन देइ के ए।

एक गीत में दूल्हे को अपने घर सादर आमंत्रित करने तथा उनका यथोचित् स्वागत-सत्कार करने का उल्लेख है। कहीं नदी के उस पार से दूल्हा नाव की माँग करता हुआ पाया जाता है। उसे जवाब मिलता है कि यहाँ न नाव है, न नाविक, तैरकर आ जाओ। दूल्हा तैरकर नदी पार करता है और सोचता है कि मेरी होने वाली दुल्हन के कारण मेरे वस्त्र, चंदन, पैरों का महावर और आभूषण भींग गए हैं।

किसी गीत में उल्लेख है—बहुत सबेरे सौभाग्यवती कन्या निकलती है। ओस से उसकी लाल चादर भींगती है। उसके नयनों का काजल और माँग का मोती भी भींगता है। उसके साथ सेवा-टहल करने के लिए दाई है, जो हाथी को खाने के लिए तिल, चावल और घोड़े को दूब देती है। राही-बटोही और परिहारिनें पूछती हैं कि किसने उसे सुंदर वस्त्र पहनाए, आँखों में काजल और माथे पर सिंदूर दिया ? वह कहती है—मैं अमुक लाल के मंडप में गई थी, वहीं मुझे आँखों का काजल, सिर का सिंदूर और वस्त्र मिले—

बड़ा रे पराते सुहइ[9] निकलेली ओसिए[10] भींजेला लालली चादर हे
भींजेला नयन भरि काजर, मोतियन भरल लिलार[11] लोकनिया[12] जाले भूखल हे।

---

1. किस चीज का, 2. घी, 3. बाती, 4. सुरभि गाय, 5. वृक्ष, 6. तले, नीचे, 7. प्रकाशित होता है, 8. नमन करो, 9. सौभाग्यवती कन्या, 10. ओस से, 11. माथा, 12. लोकनी—कन्या की विदाई के समय सेवा के लिए साथ जानेवाली सेविका।

किएँ खिअइबू तुहूँ हथिया तऽ घोड़वा के भीजन हे
हथिया के देबो तिल चाउर सखी रे घोड़वा के लहालही दूब हे।
पूछेली अटवनि-बटवनि[1] कुइयाँ पनिहारिन हे
केहि पहिरावल चीर नयन भरि काजर सिरहिं भरि सेनुर हे।
गइलों-में-गइलों कवन लाल के माड़ो[2] हे
सखी रे ऊँहे पहिरावल नयन भरि काजर सिरहिं भरि सेनुर हे।

किसी-किसी गीत में कस्तूरी से सुवासित और अमृत का जामन डालकर जमाए दही को दूल्हे को खिलाने का उल्लेख हुआ है, जिससे दूल्हा अमर होगा और दुलहन सौभाग्यवती। नैहर-ससुराल के साथ-साथ कहीं-कहीं बरतन के साथ दही और घी को मंत्रबल से बाँधने का उल्लेख है ताकि किसी की कुदृष्टि न लगे—

बाँधहु दहिया दहेड़िया[3]
अवरू घिवहि[4] के गागर हे
बाँधहु ननदी के नइहर
कवन देइ के सासुर[5] हे।

पितरनेवतन

'पितर' शब्द 'पितृ' का अपभ्रंश है। 'नेवतन' निमंत्रण का ही अपभ्रंश रूप है, जिसका अर्थ है—निमंत्रण देना, न्योता देना, बुलाना। विवाह-संस्कार की इस विधि में बारात के दिन बहुत सबेरे चुपचाप दरवाजे से मिट्टी कोड़ी जाती है। वह मिट्टी देवता के पास रखी जाती है। फिर अरबा चावल धोकर देवता के पास सिल रखी जाती है। उस पर सभी देवताओं के नाम से चावल रखा जाता है। अग्नि, साँप, बिच्छु आदि सभी जीव-जंतु के नाम के चावल को धीरे-धीरे पीसती हैं। पिसे हुए चावल को एक मिट्टी के बरतन में उठाकर बंद कर दिया जाता है। औरतों को फिर कचवनी (कच्चे चावलों की गोली) और चले की दाल आँचल में दी जाती है।

इस यज्ञ में कहीं-कहीं पान-सुपारी भेजकर देवताओं और कुलदेवताओं को निमंत्रित करने की भी प्रथा है—

पाँचहि पनवा[6] के कोंपड़[7] सरगे[8] जे बाड़े[9]
बरहम[10] बाबा उनहुँ के नेवतब[11] हे
उनहिं सरीखे कवन देइ, उनहुँ के नेवतब हे।

पति द्वारा पितरों की पूजा करते समय पत्नी द्वारा पितरों को प्रसन्न करने के

---

1. राही-बटोही, 2. मंडप, 3. दही रखने का मिट्टी का पात्र, 4. घी, 5. ससुराल, 6. पान, 7. कोंपल, 8. स्वर्ग में, 9. है, 10. ब्रह्म, 11. निमंत्रित करूँगी।

लिए पूजन कार्य में सहयोग करने का उल्लेख भी एक गीत में है, जिससे पितरों की कृपा से उसका यज्ञ सानंद संपन्न होगा—

चलले कवन राम गया[1], गया पिड़ा[2] पारब[3] हे
पाछे लागल चलेली कवन देइ हमहुँ चलब रउरा संग हे।
हमहिं सानब[4] रउरा पारब पीतर[5] आनंद होइहें हे
मड़वाहि गड़ुआ[6] ढरकिहें[7] पीतर आनंद होइहें हे।

एक गीत में हजाम को सोने की सुपारी देकर चारों धाम से देवताओं को न्योतने का उल्लेख है। गया से गदाधर भगवान् को, वीर हनुमान् को, गंगा मैया को, श्री जगन्नाथ को, धरती से शेषनाग को न्योतने के लिए कहा गया है। इस निमंत्रण को पाकर सभी देवता यज्ञ में सम्मिलित होने के लिए आते भी हैं।

लेहु हजमा[8] सुबर कसैरिया[9] नेवतियो[10] लखऽ चारों धाम हे
गया से नेवतिहऽ गजाधर[11] नेवतिहऽ
नेवतिहऽ वीर हनुमान हे।
गंगा में नेवतिहऽ गंगा मैया नेवतिहऽ
नेवतिहऽ सिरी जगरनाथ[12] हे
धरती से नेवतिहऽ सेसरनाथ[13] हे
गया से अयलन[14] गजाधर अयलन
अयलन सिरी जगरनाथ हे
गंगा से गंगा मैया अयलन
अयलन वीर हनुमान हे
धरती से अयलन सेसरनाथ हे।

उत्तर प्रदेश का एक पितर निमंत्रण गीत इस प्रकार है—

पुरिखा बाबा, तुमहूँ नेवाते बहु बसरी ले आयौ।

मातृकापूजन, बाबूपूजन (बुंदेलखंड)

बुंदेलखंड में विवाह को महायज्ञ की संज्ञा दी जाती है इसीलिए इष्टदेव, कुलदेव, ग्रामदेवों की पूजा करके उन्हें निमंत्रण दिया जाता है, क्योंकि उनकी

---

1. बिहार प्रदेश में गया नामक प्रसिद्ध तीर्थस्थान, जहाँ पितरों के लिए पिंडदान होता है, 2. पितरों को दिया जानेवाला पिंड, 3. बनाऊँगा, 4.सानूँगी, 5. मृत पूर्वज, 6. टोंटीदार लोटा, 7. ढलक जाएगा, 8. हजाम, 9. सोने की सुपारी, 10. निमंत्रण देना, 11. गदाधर भगवान्, 12. श्री जगन्नाथ, 13. शेषनाथ, 14. आए।

सहायता के बिना यह मंगलकार्य संपन्न नहीं हो सकता। देवताओं को निमंत्रण देने के बाद भूले-बिसरे कहकर सबको आमंत्रित किया जाता है—

सरग नसेनी पाट की, जे चढ़ नेवतो, देय
तुम मोरे नेवते गनेस देव, तुम मोरे आइयो
तुम मोरे नेवते महादेव-पारवती तुम मोरे आइयो
तुम मोरे नेवते पवन सुत तुम मोरे आइयो।

बाबूपूजा के समय स्त्रियाँ तीन दिन और दो रात के लिए (बारात आने से उसकी विदाई के समय तक) हवा, पानी, आँधी, साँप, बिच्छू और घर के लोगों की जबान को कीलित करने के लिए एक प्रक्रिया करती हैं, जिसे 'बाबू मूँदना' कहते हैं। एक मिट्टी के दीये में जेठे-बड़ों के बाल, मक्खी, मकड़ी का जाला आदि अनेक चीजें रखकर और बेसन से बींधकर चूल्हे के बाहरी ओर चिपका देता हैं—

तीन दिना दोइ रात बरन नोनो मूँदियो
मूँदो-मूँदो जिठनिया की जीभ, बरन ऐसो मूँदियो
मकरी माछी मूँदियो पमरेतन (गृहस्वामिनी) की जीभ
बिच्छू किच्छू मूँदियो मूँदो जेठे बड़ों की जीभ
आँधी बैहर (हवा) मूँदियो, मूँदो कुटुम भरे की जीभ।

देवता गीत

देवता गीतों में देवताओं की आराधना कर अनुकूल होने के लिए उनसे अनुरोध किया जाता है—

हाथे के खरउँआ[1] कवन देव, सिव के मनावेले ए
हम पर होखीं[2] ना देयाल[3] त धजवा[4] चढ़ाइबि ए।
हाथ के भँगिया लेले कवल देव, सिव के मनावेले ए
हम पर होखीं ना सहाय, धतुरवा चढ़ाइबि ए।
हाथ के सिन्होरवा लेले कवन देइ गउरा[5] के मनावेली ए
हम पर होखीं ना देयाल, त सेनुरा चढ़ाइबि ए।

एक गीत में भक्त के घर देवता के आने का उल्लेख है। साथ ही यह भी संकेत किया गया है कि विवाह के समारोह में स्थापित कलश का दीपक रात भर जलता रहे।

1. खड़ाऊँ, 2. होइए, 3. दयालु, 4. ध्वजा, 5. पार्वती।

उसमें शुद्ध कपास की बाती लगाई जाए और अच्छी गाय का घी डाला जाए—

सोते[1] हो घोड़वा गोसाईं सातो असवार[2]
अगिलहिं[3] घोड़वा देवा सुरुज असवार।
घोड़वा चढ़ल देव करथी[4] पुछार[5]
कउने अवासे[6] बसे भगत हमार।
ऊँची कुटीअवा[7] देवा पुरुबे दुआर
बाजे मंजीरवा गोसाई उठे झनकार।
कथि केर दियवा देवा कथि केर बात[8]
केथि केर घिया[9] जरइ सारी रात।
सोने केर दियवा देवा कपासे केर बात
सोरही[10] के घिया देवा जरइ सारी रात।
जरि गेलो घिया मलिन भेलो बात
खेलहुँ न पइलऽ देवा चउ पहर रात।

जलो और जलाल गीत (राजस्थान)

राजस्थान में प्रचलित यह विवाह का गीत है। जिस समय वधूपक्ष के घर की स्त्रियाँ कुम्हार का चाक पूजने के लिए जाती हैं, तब यह गीत गाती हैं। जब वर की बारात का डेरा देखने जाती हैं, तब भी स्त्रियाँ इस गीत को गाती हैं। इसकी धुन या गायकी लंबी है तथा लय धीमी है। जलो और जलाल के ये गीत प्रायः जैसलमेर और जोधपुर में भी प्रसिद्ध हैं—

जला रे, मूँ तो राज रा डेरा निरखण आई रे
प्राण प्यारी रा जला, मीठा बोली रा जला रे
जला रे देखी आपरी डेरा री चतराइ रे प्राण प्यारी
जला रे आमलियाँ पाकी ने हींइवारी रितु आई रे
मिरगानेणी रा जला, सीता लंकी रा जला रे।

—हे स्वामी, मैं आपका निवास-स्थान देखने के लिए आई हूँ। प्राणप्यारी और मधुबैनी के आप स्वामी हैं। मैंने आपके डेरे का चातुर्य देखा। आम पकने को आ गए हैं। सीता लंकी के आप स्वामी हैं।

---

1. सात, 2. सवार, 3. आगे का, 4. करते हैं, 5. पूछताछ, 6. आवास ग्राम, 7. कुटिया, 8. बाती, 9. घी, 10. ।

परणेत (राजस्थान)

'परणेत' शब्द 'परिण्य' से बना है, जिसका अर्थ विवाह है। राजस्थान में विवाह के गीत सबसे अधिक हैं। वहाँ प्रत्येक नेगचार पर गीत गाए जाते हैं। भिन्न-भिन्न स्वरों एवं रागों में ये गीत बँधे हैं। परणेत के गीतों में विदाई के गीत हृदय को छू लेने वाले होते हैं। बधावा के गीत भी इन्हीं में आते हैं। विवाह के गीतों के विभिन्न विषय होते हैं। विवाह के एक महीने पहले से ही गीत शुरू हो जाते हैं। इनमें प्रधान बनड़ा-बनड़ी के गीत होते हैं। विवाह के अवसर पर राज भर जागकर गीत गाने को प्रथा भी राजस्थान में है, इसे 'राजगीत' कहते हैं। इस अवसर पर गाए जानेवाले गीतों को 'बधावा' भी कहते हैं, जो मेवाड़ की ओर अधिक प्रचलित हैं। स्त्रियाँ बेटी को उसके पति के घर छोड़कर आती हैं, उस समय यह गीत गाया जाता है—

हेली रंगरो बधावो मारे नत नवो ए
हलो ए मलो ए हेली बागाँ में चालाँ।
बागाँ में जाय हेली काईं कराला
आपी आछी-आछी कलियाँ चूँटा ए।
कलियाँ चूँटी ने हेली काई कराँला
आपी आछा-आछा गजरा गूँथा ए।
सेजा में जाय हेली काई कराँला
आपी आछो-आछो वंश बधावा ए।

—हे सखी, आनंद का बधावा हमारे लिए सदा ही नया है। प्रसन्नता से सखी, हम बागों में चलें। बागों में जाकर क्या करेंगे? हम अच्छी-अच्छी कलियाँ तोड़ेंगे। कलियाँ तोड़कर हम क्या करेंगे? हम अच्छे-अच्छे गजरे गूँथेंगे। गजरा गुँथाकर सहेली क्या करोगी? हम पति की सेज पर जाएँगे। सेजों पर जाकर सहेली क्या करोगी? हम अच्छा-अच्छा वंश बढ़ाएँगे।

बारात आगमन की प्रतीक्षा (बुंदेलखंड)

कन्यापक्ष के लोग बारात आने की प्रतीक्षा करते हैं, किंतु बारात की भीड़ देखकर पिता हताश हो जाता है कि इतने लोगों का स्वागात-सत्कार वह कैसे कर सकेगा? पुत्री उन्हें धीरज बँधाती है—

ऊँचो सो चौंरा रैया माँझमझोटें ईंगुर ढोरे हैं बान।
जा चढ़ देखें लड़गहरी के बाबुल मोरें केतक आवे बरात।

इक लख हथिया सवा लख घोड़े पैदल को आर ने पार।
इतनो जो देखो राजा बाबुल डराने अब मोरी धिया रही कुँवारि।
काहे खों बाबुल थर-थर काँपो काय खों जहर बिष खाए
अपने ससुर सों विनती करहों आधे से दैहों भगाए
ऊजरे हो ऊजरे रैया लोग बराती मैले मे देखनहार।
देखनहारे पलट घर जैहें जे छैला बरात।

उबटन (विवाह के पूर्व)

'उबटन' शब्द संस्कृत के 'उद्वर्तन' का अपभ्रंश है। इसे उब्बटन, अवटन या अपटन भी कहते हैं। यह विधि विवाह-संस्कार से पूर्व तथा बाद में भी होती है। वर और कन्या के शरीर की सफाई और सौंदर्य के निखार के लिए विवाह-संस्कार प्रारंभ होने से पहले घर की सधवा स्त्रियाँ गीत गाकर उबटन लगाती हैं। जौ या गेहूँ के आटे, हल्दी, सरसों तेल, चिरौंजी तथा अन्य सुगंधित द्रव्यों को पीसकर उबटन बनाया जाता है। नाइन इन द्रव्यों को पीसती है, उसे इसके लिए कुछ दिया जाता है। बारात आने के दिन लड़की को दिन में प्राय: पाँच बार हल्दी (उबटन) लगाई जाती है। इस अवसर पर यज्ञोपवीत की तरह मातृपूजा और घिउढारी होती है।

उबटन लगाने के लिए वर या कन्यापक्ष की ओर दुलारा बेटा या बेटी बैठते हैं। हाथों में सुंदर कंगन पहने माँ, चाची, बुआ या भी उन्हें लगाती हैं—

ऊ जे[1] जव[2] रे गोहुम[3] के रे ओबटन
राई सरसों के तेल अउरो[4] फुलेल
से बेटा बइठल ओबटन, दुलरइता बइठल ओबटन
लगवलऽ[5] मइयो[6] सोहागिन
हाथ कंगन डोलाए, नयना घुमाए
से बेटी बइठल ओबटन, दुलरइती बइठल ओबटन
लगवलऽ चाची सोहागिन हाथ कंगन डोलाए, नयना घुमाए।

हरियाणा में नाइन कन्या उबटन मलती है और नाई लड़के को। इस समय हास-परिहास का वातावरण होता है—

काहे कटोरी में बैटणा, काहे कटोरी में तेल
ऐत लाड्डो बैठ्या बैटणा (उबटन)

---

1. वह, 2. जौ, 3. गेहूँ, 4. और, 5. लगाती है, 6. माता।

सोन्ने कटोरी में बैटणा, रूपा कटोरी में तेल
ऐत लाड्डो बैठ्या बैटणा
आ मेरी दादी देख ले।

मंडप

बारात आने पर द्वारपूजा होती है। लड़के के यहाँ से सुहाग का पानी आता है, उसी से लड़की मंडप में स्नान करती है। इस अवसर पर पोखरा आदि खोदने की भी प्रथा है।

इस विधि से पूर्व मंडप छवाया जाता है। मंगलगीत गाए जाते हैं। मंडप की विधि में पधारने के लिए विभिन्न देवताओं को भी निमंत्रित किया जाता है—

काई-काई[1] नेवति पठाओ जनकपुर माड़व[2] ए
गया में नेवतबि गया गजाधर परयाग[3] बेनीमाधव ए
ए कासी नेवतबों बिसुनाथ[4], जनकपुर माड़व ए।
गया से अइलन्हि[5] गया गजाधर
परयाग से अइले बेनीमाधव ए।
ए कासी से अइले बिसुनाथ, जनकपुर माड़व ए।

कहीं मंडप छाने की तैयारी हो रही है। उसी समय बहन आती है। भाई अपनी पत्नी को कहता है कि बहन का स्वागत-सत्कार करना। भाभी अपनी ननद से मंगलगीत गाने का अनुरोध करती है। ननद गाने के लिए पुरस्कार चाहती है, जिसे भाभी देना नहीं चाहती। ननद रूठकर वापस जाती है। उसका पति प्रसन्न होकर कहता है कि मैं तुम्हें मनचाही वस्तु दूँगा, तुम मायके का मोह त्याग दो। इस पर ननद का अभिमान फिर जाग उठता है और वह कहती है कि मैं मायके को कैसे भूल सकती हूँ?

आँगन लीपीला दहादही[6] माँड़व छाइला[7] ए
ताहि चढ़ि भइया निरेखे बहिनि चलि आवसु[8] ए
बहिनी आवत भइया देखेले महल भीतराई[9] गइले ए
आवतारी[10] बाबा के दुलरुई[11] गरब[12] जनि बोलहु ए
आवहु ए ननद आवहु मोरी चधुराइनि[13] ए

1. किस-किस को, 2. मंडप, 3. प्रयाग, 4. विश्वनाथ, 5. आए 6. चमकद, 7. छवाया, 8. आती हैं, 9. भीतर की ओर, 10. आती है, 11. दुलारी, 12. गर्व, 13. चौधरानी, गाँव के मालिक की पत्नी।

बइठहु बाबा चउपरिया[1] मंगल एक गावहु ए
गाइबि ए भउजी गाइबि गाइ के सुनाइबि ए
का देबू हमरा के दान लहसि[2] घरवा जाइबि ए
गावहु ए ननद गावहु के सुनावहु ए
जे तोरा हिरदा[3] में समाय[4] सेहू[5] रे कछु माँगहु ए
हमरा के लाली चुनरिया बलकवा[6] के हाँसुल[7] ए
परभु जी[8] के चढ़न के घोड़वा लहसि घरवा जाइबि ए
कहाँ पइबो लाली चुनरिया, बलकवा के हाँसुल ए
कहाँ पइबो चढ़न के घोड़वा नउजि[9] रउरा गाइबि ए
रोअइत जाला[10] ननदिया बिलखइत[11] भगिनवा[12] न ए
हँसइत जाला ननदोइया भले रे दरप[13] तूरलसि[14] ए
चुप रहु ए धनि[15] चुप रहु मोरी चधुराइनि ए
हम जइबो राजा के नोकरिया दरब[16] लेइ आइबि ए
तोहरा के लाली चुनरिया, बलकवा के हाँसुल ए
अपना के चढ़न के घोड़वा नइहर तू बिसारहु[17] ए
आगि लगइबो चुनरिया, बलकवा के हाँसुल ए
आगि लागे चढ़न के घोड़वा, नइहर ना बिसारबि ए।

मंडप के एक गीत में पिता-पुत्री का संवाद है। बेटी जन्म लेती है पिता के घर, किंतु उसका संबंध एक पराए घर में हो जाता है। पुत्री पिता से शिकायत भरे स्वर में पूछती है कि दूब जहाँ जन्म लेती है, वहीं उसकी टहनी क्यों नहीं फैलती? पिता ने उसका विवाह श्याम वर्ण के लड़के से कर दिया है, इसलिए बेटी असंतुष्ट है और विवश भी। पिता अपनी पुत्री को समझाता है और कृष्ण वर्ण जामात की तुलना अयोध्या के राम से करता है।

मंडप के गीतों से ऐसा पता चलता है कि मंडप की निगरानी पिता के जिम्मे और द्वार पर अतिथियों का स्वागत कन्या के भाई के जिम्मे होता है। इसलिए अच्छे मंडप के लिए पिता की और द्वार पर अच्छे स्वागत-प्रबंध के लिए भाई की प्रशंसा होती है। किंतु दूल्हे की प्रशंसा उसके लजीलेपन पर ही होती है—

---

1. चौपाल, 2. प्रसन्न होकर, 3. हृदय, 4. प्रवेश करे, 5. वही, 6. बच्चा, 7. हँसुली, गले का आभूषण, 8. पति, 9. भले नहीं, 10. रोती जाती है, 11. बिलखता है, 12. बहन का बेटा, 13. अभिमान, 14. तोड़ दिया, 15. पत्नी, 16. धन, 17. भूल जाओ।

ऊँची ए मड़वा छवइहऽ[1] दुलरइते[2] बाबा
ऊँची होतो[3] नाम तोहार हे।
झारी[4] गलइचा[5] बिछइह[6] दुलरइते भइया,
ऊँची होतो नाम तोहार हे।
धरती में नजर खिरइह[7] दुलरइते बर
देखतो नगरी के लोग हे।

मटकोर

विवाह के पाँच दिन पहले मटकोर होता है। मटकोर मिट्टीकोड़ का रूप है जिसका सीधा शाब्दिक अर्थ है—माटी कोड़ना। माटी कोड़कर आने के बाद रात में पाँच मूसल से पाँच औरतें एक ओखली में धान रखकर हिलाती हैं। इसके बाद ननद-भाभी या कोई दो औरतें उसे कूटती हैं। इसी ओखल से पाँच दाना चावल निकाल कर शादी के दिन मड़वे में भात बनता है और पाँच कुमारी लड़कियाँ दही-चीनी के साथ खाती हैं। लड़की के पास उसे घुमाकर कुँवरथ अर्थात् उसका कुँवारापन उतारा जाता है।

इसी दिन से विवाह के अन्य कार्य आरंभ होते हैं। मटकोर की विधि को संपन्न करने के लिए घर, गाँव और संबंधियों की निमंत्रिता स्त्रियाँ घर के पास की नदी, जलाशय, कुएँ या खेत में जाती हैं और वहाँ से मिट्टी कोड़कर लाती हैं। उसी मिट्टी के ऊपर कलश रखा जाता है तथा उसमें और मिट्टी मिलाकर लग्न का चूल्हा बनाया जाता है, जिसे बिअहुती चूल्हा कहते हैं। इसी लग्न के चूल्हे पर लावा भूना जाता है और उसी लावे से विवाह के समय लाजाहवन होता है। गीत गाने वाली स्त्रियाँ गीतों में ही मिट्टी कोड़ने वाली को गाली देकर आनंद मनाती हैं—

माटी कोड़े गेली[8] हम आज मटिखनमा[9]
इयार[10] मोरा पड़लन हाय जेहलखनमा[11]
पियवा के कमइया[12] हम कछु न जानही
इयार के कमइया नकबेसर[13] हुई[14] हे ननदो
ओही नकबेसर धरि इयार के छोड़इबो[15]।

---

1. छवाना, आच्छादित कराना, 2. प्यार, 3. पत्नी, 4. होगा, 5. झाड़कर, 6. गलीचा, कालीन, 7. गड़ाना, नीची नजर करना, 8. गई, 9. मिट्टी वाली खान या गढ़ा, 10. प्रेमी, 11. जेलखाना 12. कमाई, 13. नाक में पहने जानेवाले आभूषण, 14. है, 15. छुड़ाऊँगी।

मटकोर के एक गीत में कोयल को कन्या के प्रतीक के रूप में वर्णित किया गया है, जो देवविशेष के दरवाजे पर उल्लसित होकर जा रही है—

कवन बने रहलू[1] ए कोइलरि[2] कवना बने जालू[3]
केकरा दुआरिया ए कोइलरि बिरदाबने[4] जालू
नंदन बने रहलू हो कोइलरि बिरदाबने[5] जालू
कवन देव दुअरिया हो कोइलरि उछहल जालू।

किसी गीत में मटकोर की मिट्टी सर्वप्रथम गृहदेवता के स्थान पर तथा उसके पश्चात् कलश के निकट रखने का उल्लेख है, तो कहीं कुदाल लेकर पाँच सखियों के द्वारा मिट्टी कोड़ने जाने का वर्णन है—

कहँवा के पीअर[6] माटी कहँवा के कोदार[7] ए सखी
कहँवा के पाँचों सखी माटी कोड़े जाम[8] ए सखी
जनकपुर के पीअर माटी अजोधेया के कोदार ए सखी
जनकपुर के पाँचों सखी माटी कोड़े जाम ए सखी।

एक गीत में उस सँकरी गली का जिक्र है, जिसमें पाँव भी रखने की जगह नहीं है, मिट्टी का गढ़ा कहाँ से मिले? उस पर कहीं बाहर का आदमी मरता है तो कहीं कोतवाल धमकाता है।

बँसरोपी

बारात के दनि दरवाजे पर दो कच्चे बाँस रोपे जाते हैं। 'बँसरोपी' का शाब्दिक अर्थ है—बाँस रोपना। बँसरोपी के गीतों में पिता, माता तथा कन्या द्वारा विभिन्न वैवाहिक विधियाँ संपन्न किए जाने का उल्लेख रहता है—

हरिअर सुगवा माई हे, हरिअर तोरा रे बाग
किए-किए[9] देखेले रे सुगवा, कवन रइया[10] के माड़व
बँसवा रोपइते माई हे कवन रइया के देखलौं
घीव ढरकवइत माई हे, कवन रइया के देखलौं
गेंठिया जोर ले भाई हे कवन रहया के देखलौं

---

1. थी, 2. कोयल, 3. जाती हो, 4. उत्साह के साथ, 5. वृंदावन में, 6. पीली, 7. कुदाल, 8. जाती हो, 9. क्या-क्या, 10. राजा।

अँगुरी लगली[1] माई हे, कवन बेटी के देखलौं।

मानरपुजाई

'मादल' से मानर और 'पूजा' से पुजाई शब्द की उत्पत्ति हुई है, जिसका अर्थ है—ढोल पूजना। यह विधि मटकोर के दिन होती है। लड़के वालों के यहाँ यह विधि तिलक के दिन भी होती है। चमार गले में ढोल लेता है। औरते उस ढोल में अल्पना और सिंदूर लगाकर पाँच पान, पाँच सुपारी और पैसा ढोल पर रखती हैं। चमार उसे फिर आँचल में दे देता है। यह क्रिया पाँच बार होती है। इस अवसर पर मृत पुरखों के और बाद में परिवार के जीवित व्यक्तियों के नाम ले-लेकर गीत गाए जाते हैं। दरवाजे पर मानर पूजते समय इस गीत को गाकर स्त्रियाँ मंगलकामना करती हैं—

कवन बाबा दुअरवा बाजन[2] एक बाजे हे
बाजी रहेला[3] छव मास ए
बाजू नरायन वासुदेव ए।

कोई-कोई गीत मानर पूजने वाली का तथा उसके पति का नाम ले-लेकर गाया जाता है। पति अपने स्वजनों तथा कुटुंबियों को इकट्ठा करने और पत्नी मानर पूजने की विधि संपन्न करने में व्यस्त है—

ए कवन बाबू के पउँआ[4] पीरइले[5]
त सजन बटोरत[6] ए
ए कवन देई के मोतीसारी[7] ढुरी गइले[8]
मनरा[9] परिछइत[10] ए

उत्तर प्रदेश में इस गीत को 'ढोलक पूजन' का गीत कहते हैं

ढोलकिया कब हमरे दहु अउबू?
बियाहे अउबै, गउने[11] अउबै
होरिलवा[12] होरिला भए पै अउबै।

हरदी चढ़ाई

विवाह में हल्दी चढ़ाना एक विधि है, जो मड़वा के रोज यानी बारात के एक दिन पूर्व हरी-हरी दूबों के गुच्छों के सहारे दूल्हे या दुलहन पर चढ़ाई जाती है। बड़ी आयुवाले ही हल्दी चढ़ाते हैं, जिसका तात्पर्य माँगलिक आशीर्वाद है—

---

1. गाँठ, 2. बाजा, 3. बजता रहा, 4. पाँव, 5. दर्द होने लगा, 6. इकट्ठा करना, 7. मोतियों की लर वाली साड़ी, 8. खिसक गई, 9. मानर ढोल, 10. परिछन की विधि करते हुए, 11. गौने में, 12. लड़का।

सोना के ढकनी[1] में हरदी परोसन
उपरे लहालही[2] दूब हो
सिरवा[3] हरदी चढ़ावे
पहिले चढ़ावे बराम्हन अप्पन[4]
तब सकल परिवार हो
सिरवा हरदी चढ़ावे।

किसी गीत में दूल्हे के अत्यंत सुकुमार होने का उल्लेख है। वह हल्दी और तेल की गंध को नहीं सह सकता—

कोइरिन[5]-कोइरिन तुहूँ मोरे रानी
कहँवा के हरदी सुबसवो[6] न जानी
तेलिन-तेलिन तुहूँ मोरे रानी
कहँवा के तेलवा सुबसवो न जानी
हमरा कवन बाबू बड़ सुकुवाँर[7]
सहलो न जाला हरदिया[8] के झाँक[9]
हमरा कवन बाबू बड़ सुकुवाँर
महलो न जाला तेलवा के झाँक।

एक अन्य गीत में सभी परिवार के द्वारा हल्दी चढ़ाने का वर्णन है—

हरियर पट केरा[10] जाजिम[11] झारी[12] बिछावहु हे
आयल कुल परिवार हरदी चढ़ावहु हे
हरदी चढ़ावथि[13] दुलरइता दादा संघ[14] दुलरइतो दादी हे,
ताहि पाछे कुल परिवार से हरदी चढ़ावथि हे।

रामचंद्र के विवाह में वैदिक मंत्रों से हल्दी बुकवाने, कुलदेवता पर चढ़ाने और गुरु वसिष्ठ द्वारा दशरथ से कुल की रीति के अनुसार विधि संपन्न कराने का उल्लेख एक गीत में है—

हरदी चढ़ेला रघुनाथ कुँवर के, सोभा बरनी न जाई ए माई
गाय के गोबर अँगना लिपाई, गजमोती चउका पुराई ए माई
वेद ही मंतर से हरदी बुकाई, कुलदेवता पर चढ़ाई ए माई
गुरु बसिष्ठ राजा दसरथजी के, कुल की रीत सिखाई ए माई।

---

1. मिट्टी का बरतन, 2. हरी-हरी, 3. सिर पर, 4. अपना 5. कोइरी जाति की प, 6. सुवास सुगंध, 7. सुकुमार, 8. हल्दी, 9. उत्कट गंध, 10. हरे वस्त्र की, 11. पर बिछाई जानेवाली चादर, 12. झाड़कर, 13. चढ़ाते हैं 14. साथ में।

बुंदेलखंड में बारात के पहले वर और कन्या को तेल, हल्दी व चंदन चढ़ाने का दस्तूर होता है। चौक पूरकर पटली पर वर या कन्या को बिठाया जाता है। बहिन, भाभी तथा अन्य स्त्रियाँ तेल, हल्दी चढ़ाती हैं। एक कटोरे में तिल के तेल में हलदी मिलाकर दूब डाल देते हैं। फिर वर या वधू के पाँव, घुटने, कंधे और माथे पर तेल छुलाया जाता है। इस समय गीत चलते रहते हैं—

सो आज मोरे राम जू खों तेल चढ़त है
फुलेल चढ़त है।
सोने कटोरा मे तेल भरायो
हरदी मिलाकै कैसो झलकत है
कुँवारिन ने मिल तेलो चढ़ायो
सो नारिन मंगल गीत कहत हैं।

कलसा

'कलसा' शब्द 'कलश' का अपभ्रंश है। बारात के एक दिन पहले कुम्हार कलश सजाकर लाता है। औरतें कुम्हार के लिए गाली गाती हैं। कुम्हार उस घड़े को लड़के या लड़की की माँ के आँचल में आशीर्वाद के साथ देता है, बदले में उसे वस्त्र दिए जाते हैं। मटकोर के दिन की मिट्टी इस दिन रात में मंडप में कलश के नीचे रखी जाती है और पाँच विवाहित पुरुष उस कलश को भरते हैं। आम के पल्लव और एक ढकनी जौ या चावल कलश के ऊपर रखे जाते हैं। उसके ऊपर चौमुख दीप जलता है।

कलसा के गीतों में मंडपाच्छादन, कलश-स्थापन तथा दीपज्वलन की विधि का वर्णन होता है। इन विधियों से पितर लोग स्वर्ग में आनंदित होते हैं कि उनके वंश को वृद्धि होगी—

कहँमाहिं[1] किसुनजी जनम लेलन, कहँमाहिं बाजत बधावा[2]
सुनहु जदुनंदन हे
मथुराहिं किसुनजी जनम लेलन, गोखुला में बाजत बधावा
सुनहु जदुनंदन हे
कयराहिं[3] काटी-कुटी[4] खम्हवा[5] गड़ावल, छोटे-मोटे मड़वा बनावल
खरही[6] काटी-कुटी मँड़वा छवयबइ[7] मड़वा में कलसा धरइबइ[8]
ओकरा[9] में भरबई[10] गंगापानी, ओकरा में धरबई[11] कसइलिया[12]

---

1. कहाँ पर, 2. बधाई, 3. केले को, 4. काट-छाँट कर, 5. खंभा, 6. खर, एक प्रकार की घास, 7. छवाऊँगी, 8. रखवाऊँगी, 9. उसमें, 10. भरूँगी, 11. रखूँगी, 12. सुपारी।

ओकरा में धरबई पलबिया[1] ओकरा में धरबई पनफूलवा[2]
बारबइ[3] हम मानिक दियरा[4] झलमल करतई[5] दियरा
मँड़वहिं रखबई[6] हरदिया पूजबई हम गउरी गनेसवा[7]
उपरे[8] अनंद पितर लोग अब बंस बाढ़ल मोर
मँड़वहिं हो गेल इँजोर[9] सुनहु जदुनंदन[10] हे।

राजा जनक के यहाँ मंडप में कलश रखा है। कोई सवाल करते हैं—कलश में कितना भार है और इस भार को कौन लेगा? ऋषि जनक कहते हैं कि मैं इसको थाम लूँगा, इसमें गंगाजल भरूँगा, पान-सुपारी देकर इस पर मैं दीपक जलाऊँगा—

कय गुने[11] कलसा हे कय गुन
बोल हे कलसवा हे के[12]
छव गुने कलसा हे नव गुन
बोलथि[13] जनइया[14] रिखी[15] हम
गंगाजल पानी देबो, पुंगीफल[16]
चउमक बराय देबो सगनी
धन[17] अनपुरना[18] देइ,[19] धन रत्न भाग[20]
कलसा धराइ गेल जनइया रिखी के

उत्तर प्रदेश में मंडप में बैठने के समय जो गीत गाए जाते हैं उन्हें 'कलस गोंठने' का गीत कहते हैं। एक गीत इस प्रकार है—

आधे ताले हंस बइठैं, आधे हंसिलि
ये हो तबहूँ न ताल सुहावन तौ एक रे
आधे मड़ये गोत बइठैं आधे माँ गेलिन
ए हो तबहूँ न माड़व सुहावन तो एक रे ननद
आवउ न ननद गोसाईं मड़उना

घिउढारी (विवाह)

यह विधि बारात के दिन दोनों ओर होती है। घिउढारी की तथा सप्तमातृकाओं की पूजा करके नए पीढ़े पर सात सिंदूर की वर या वधू के माता-पिता द्वारा मंत्रपूर्वक घृतधारा गिराई जाती है। यह पास कुलदेवता के घर बाहर और मंडप में गिराई जाती है। इसें 'वसोर्धारा' भी कहते हैं। 'घिउढारी' शब्द ही 'घृत ढारने' का ।

1. पल्लव, 2. पान और फूल, 3. जलाऊँगी, 4. मणिक दीप, 5. करेगा, 6. रखूँगी, 7. गौरी व गणेश, 8. स्वर्ग में 9. प्रकाश, 10. श्रीकृष्ण, 11. कितने गुना, 12. कौन, 13. बोलते हैं, 14. जनक, 15. ऋषि, 16. सुपारी, 17. धन्य, 18. अन्नपूर्णा, 19. देवी, 20. भाग्य।

पुत्र या पुत्री के विवाह में घिउढारी वाली विधि माता-पिता करते हैं। उस समय लड़के या लड़की का मामा अपनी बहन के पहनने के लिए वस्त्र लाता है। उसी वस्त्र को पहन कर लड़की की माँ अपने पति के साथ घिउढारी की विधि संपन्न करती है।

एक गीत में उल्लेख है कि मंडप सजा है। पूजा की तैयारी हो रही है। लोग इकट्ठे हो गए हैं, पर अभी तक लड़के का मामा नहीं आया। लड़के की माँ कहती है—पति के साथ पीढ़े पर बैठना है, गोतिया-भाई इकट्ठे हैं, पर मेरे भैया नहीं आए। में कैसे पियरी पहनूँ और पैर रँगाऊँ? यह मंडप मेरे लिए बीहड़ बन-सा लगता है। मेरी घृतधार जरा भी नही शोभती। तभी उसका भाई ढेरों सामान लेकर आता है और आनंद के साथ घिउढारी की विधि संपन्न होती है—

अगे-अगे[1] चेरिया[2] कवन चेरिया गे
चेरिया अँगना बहारि जग देखूँ भइया नहिं आयल हे
केकरा संग बइठम[3] चनन-पीड़वा[4]
केकरा से सोभे मोर माँड़ो[5] भइया नहिं आयल हे
सामी[6] संगे बइठम चनन पीढ़वा
गोतिया से सोभे मोर माँड़ो भइया नहिं आयल हे
कइसे पेहरब[7] इयरी पियरिया[8] से कइसे रंगाइब गोड़[9]
मोरा लेखे[10] माँड़ो हे बिजुबन[11] बिनु भइया ना सोभे घिउढार[12]
चमकि के बोलहइ[13] जे चेरिया
झमकइते[14] आवे तोरा भाई रखूँ कोठी कान्हें[15] अँजवार[16]
दुअरहिं घोड़े हिंहियायल[17] डोला[18] धमसायल[19] हे
आगे-आगे आवथिन[20] दुलरइता भइया संग भउजी मोर हे
डँड़िया[21] ही आवल पोखर कान्हें[22] देखूँ चेरी भइय केर मान[23]
भइया मोरा लखिया हजरिया[24]
लवलन[25] इयरी पियरिया भउजी सिर सेनुर हे
चउका चनन[26] हम बइठम इयरी पियरी पेन्हि के हे
अब हमर माँड़ो राजगाजल[27] होवे पिघढार विधि हे
बेदे-बेदे[28] भेल घिडढार सुमंगल गावल हे।

1. अरी, 2. दसी, 3. बैठूँगी, 4. चंदन के पीढ़े पर, 5. मंडप, 6. पति, 7. पहनूँगी, 8. लाल-पीली चुनरी, 9. पाँव, 10. मेरे लिए, 11. बीहड़ वन, 12. घृतधारा, 13. बोलती है, 14. इठलाते हुए, 15 कोठी का ऊपरी भाग, 16. खाली करके, 17. हिनहिनाया, 18. पालकी, 19. एकाएक आना या धूमधाम से आना, 20. आते हैं, 21. पालकी, 22. पोखर के किनारे, 23. शान, 24. लखपति-सहस्रपति, 25. लाए, 26. चौका-चंदन, 27. राजसी शोभ, 28. प्रत्येक वेदी पर।

घिउढारी के अन्य गीतों में स्त्रियों का अपने नैहर के प्रति प्रेम झलकता है। एक गीत में ऐसा भाव है कि जिस तरह मंडप कलश के बिना, कलश पूर्णपात्र के बिना, मंडप भाई-बंधु के बिना, चौका-चंदन पति के बिना, दान पुत्र के बिना और लाल-पीला कपड़ा लड़की के बिना नहीं शोभा देता, उसी तरह विवाह में पीला कपड़ा नैहर से आए बिना घिउढारी शोभा नहीं होती।

पैरपूजी

पदवंदन या पदपूजन का ही अपभ्रंश रूप है पैरपूजी विवाह-संस्कार में गुरुजनों के चरणों की वंदना की जाती है। उस अवसर पर इस विषय का गीत गाया जाता है—

चउका चढ़ि बइठलन कवन साही,
राजा रघुनंदन हरि
पूजहऽ पंडितजी के पाओं[1]
सुनहु रघुनंदन हरि
पाओं पुजइते सिर नेवले[2], राजा रघुनंदन हरि
देहऽ पंडितजी हमरो असीस सुनहु, राजा रघुनंदन हरि
दुधवे नहइहऽ बाबू पुतवे पझइहऽ[3], राजा रघुनंदन हरि।

इमली घोंटाई

बारात के दिन लड़की सोहाग के पानी से नहाकर चौके पर बैठती है। लड़की आगे बैठती है, उसकी माँ पीछे बैठती है। बारात से लड़की का मौर मँगाकर माँ को पहनाया जाता है। लड़की के मामा लड़की और उसकी माँ के लिए वस्त्र-आभूषण आदि लाते हैं। लड़की की माँ बाएँ हाथ से लड़की की आँखें बंद करती है और नाई लड़की और उसकी माँ का नाखून काटकर पैर रँगता है तथा कानी अँगुली का नाखून काटकर आम के पत्ते में लपेट लेता है। उसे लाल या पीले सूत से मजबूती से बाँधते हैं, उसे लड़की के हाथ में बाँधा जाता है, जिसे कंगन कहते हैं और यही कंगन चौथारी के दिन माँ को पहनाया जाता है, जो सवा महीने तक पहनने के बाद बाँस की कोठी (बँसवारी) में डाल दिया जाता है। इस दिन खीर-पूड़ी बनती है। मामा पाँच बार घूमकर भगिनी के मुँह में आम के पल्लव की नोंक देता है, लड़की उसे दाँत से काटकर गिराती है और माँ उसे अंजलि में लेती है।

'इमली घोंटाई' की यह विधि घिउढारी के बाद होती है। लड़की का मामा अपनी बहन को इमली घोंटाकर इस विधि को संपन्न करता है और कुछ उपहार भी देता है। इस विधि को संपन्न करते हुए कहीं-कहीं लड़की की माँ रोती है यह

---

1. पाँव, 2. नवाते हैं, 3. पूतों फलो, पुत्रों से परिपूर्ण हो।

सोचकर कि आज से उसकी संतान पराई हो गई।

'इमली घोंटाई' के गीतों की विषयवस्तु प्राय: घिउढारी आदि के गीतों की तरह ही होती है। कोई बहन मायके की पियारी पहनकर ही विधि करना चाहती है। समय पर उसका भाई आवश्यक सामग्री के साथ आता है, जहाँ उसका अच्छा स्वागत होता है। वह देर से आने के लिए क्षमा-प्रार्थना करते हुए बहन से मन का क्रोध शांत करने के लिए कहता है तथा अपनी लाई हुई चुनरी पहनने का अनुरोध करता है।

'इमली घोंटाई' की विधि के लिए लड़की की माँ अपने नैहर तथा ससुराल के सभी स्वजनों को बुलाती है। समय पर भाई के न आने से वह विकल हो उठती है। वाचल दासी कह उठती है कि तुम्हारा मायका गरीब है, इसीलिए कोई नहीं आया। दासी के द्वारा इस अपमान की बात वह सास और देवर से कहती है। देवर भी उसे आवश्यक सामग्री लाने का आश्वासन दे मायके को भूल जाने के लिए कहता है। पर क्या कोई स्त्री अपने मायके को भूल सकती है? इस अवसर पर गाया जानेवाले एक गीत एस प्रकार है—

आरे-आरे चेरिया लँडड़िया[1] त सुनहु वचन मोरा ए
चेरिया, देखि आऊ भइया के बाट, बीरन भइया नाहिं अइले ए
दुअरहिं घोड़ा हेहेनइले पयर[2] घहरइलनि[3] ए
आरे सीता आइ गइले भइया तोहार, इमली घोंटइहनि[4] ए
आरे-आरे बहिनी कवन बहिनी चउक[5] बिलमाऊ[6] ए
नाहिं रुपइया नाहि रे धेनु गइया
मँड़वा लजइले[7] कवन भइया, भइया तुहुँ आवहु ए
अरपी[8] से आऊ दरपी[9] से आऊ बहिनी
कवन देइ के इमनी घोंटाऊ ए।

आम-महुआ विवाह

यह प्रथा विशेष रूप से कायस्थों में होती है। बगीचे में जाकर आम और महुआ की पूजा की जाती है। आम और महुए के विवाह की विधि भी संपन्न की जाती है। इस अवसर पर गाए जानेवाले गीत में आम के वृक्ष की पूजा करने का उल्लेख होता है तथा आम्र वृक्ष से हरिस की माँग की जाती है। हरिस हल का वह लट्ठा है, जिसके एक छोर पर फाल वाली लकड़ी तथा दूसरे छोर पर जुआ रहता है। हरिस विवाह-संस्कार में मंडप पर गाड़ा जाता है। आम के पल्लव से होम करने का भी उल्लेख

1. दासी, 2. पाँव, 3. दु:ख गए, 4. इमली घोंटेंगे, एक विशेष विधि, 5. चौक, 6. पुराओ, 7. लज्जित हुए, 8. अभिमान, 9. दर्पी।

इन गीतों में होता है। उस होम का धुआँ आकाश तक जाकर पितरों को आनंदित कर देगा और वे सभी अपनी वंशवृद्धि की सूचना से उल्लसित हो उठेंगे—

राजा दुअरिया रे अमवे[1] के गछिया
काहे तोरा अमवा रे पउरेला[2] डढ़िया[3]
हाथे सिन्होरवा पहिरो पटोरवा[4]
आरे चलली कवन देई अमवा मनावे
सुनऽ सुनऽ अमवा हो हमरी बचनिया[5]
आज हम अइलीं ललनजी के चोरिया[6]
काल[7] हम अइबो हो सजन[8] बटोरी
राति[9] तोरा अमवा रे हरिसी गढ़इबो
पल्लो[10] तोरा अमवा रे हुमिया[11] करइबो
हुमिया के धुइयाँ[12] लागेला अकसवा
से धुइयाँ देखि पीतर[13] हो जइहें निहाल[14]।

किसी-किसी गीत में गृहकार्य में कुशल विवाहयोग्य कन्या का भी उल्लेख होता है।

शिव-विवाह

विवाह के अवसर पर शिव-विवाह के गीत भी गाए जाते हैं। इन गीतों में शिव और पार्वती के आपस के वाद-विवाद या शिव की बारात आदि का वर्णन रहता है। कहीं शिवजी के लिए पार्वती की तपस्या का वर्णन है, कहीं शिव-पार्वती के सारी रात जुआ खेलने की चर्चा है, कहीं दक्ष के यज्ञ में अपमानित हुई सती की वजह से शिव द्वारा यज्ञध्वंस की चर्चा है तो कहीं शिव के साथ पार्वती के छाया की तरह लगे रहने का वर्णन है। कहीं पार्वती शिवजी के नशे की खिल्ली उड़ाती हैं तो शंकरजी उनके नैहर का ताना देते हैं। जब गौरी अपने पिता के लाड़-प्यार की चर्चा करती हैं तो महादेव कहते हैं कि पिता के घर का लाड़-प्यार या सुख-सुविधा मात्र चार दिनों की है। किसी-किसी गीत में पार्वती की अनुमति से शिवजी के दूसरे विवाह का भी उल्लेख है—

मचिया बइठल तुहूँ बारू[15] ए गउरा देइ
सुनऽ गउरा बचन हमार हे
आरे बीटिया[16] एक हम देखल बिरिछ तर
कहतू तो करतीं बिआह हे।

---

1. आम का, 2. दूर-दूर तक फैली है, 3. डाली, 4. रेशमी वस्त्र, 5. वचन, 6. चोरी से, 7. कल, 8. स्वजन, कुटुंबी, 9. रात को, 10. पल्लव, पत्ता, 11. होम, 12. धुआँ, 13. पितर, 14. आनंदित, 15. हो, 16. कन्या।

केकर अंगवट[1] केकर चंगवट[2]
केकर अइसन लामी[3] केस हे
आहे केकर अइसन धनि अँगवा के पातर
काहे कइनी दोसर बिआह हे
इयरी पियरी पेन्हि निकलेली गउरा देइ
सवतिन परीछि[4] घर लावहुँ हे
लुगवा[5] उठाइ जब देखली गउरा देइ
आरे ई त हई बहिना हमार हे
बहिनी के देखि गौरी रोए धोए लगली
ठोके लगली आपन कपार[6] रे
किया तोरा बहिनी हो बरो[7] नाहीं जुरले[8]
काहे भइलू सवतिन हमार हे
तोहरो लड़िकवा खेलइबो हो बहिनी
आहे करबो रसोइया जेवनार हे
अइसन असीस तुहूँ दीहऽ ए गउरा देइ
सिव संग भुगतब[9] राज हे
मंगिया के जूर[10] तुहूँ होइहऽ ए बहिनी
कोखिया के होइहऽ बिहून[11] हे
साढ़[12] का कोना बइठी कढ़िह गोबर
सिवजी का सेज जनि जइहऽ हे।

बारात में विचित्र बारातियों और शिवजी की विचित्र वेशभूषा देखकर लोग डरते हैं। पार्वती की माँ ऐसा दामाद देखकर रोने लगती हैं। विवाह की विधियाँ संपन्न होने पर जब शिवजी कोहबर में जाते हैं तो सलहज दरवाजा छेंककर उनसे पुरस्कार चाहती है। शिवजी उससे परिहास करते हुए कहते हैं कि मैं आपको आभूषण तो दूँगा ही, साथ ही आपकी ननद की उपेक्षा करके आपका दास बना रहूँगा—

भइले बिआह चलले सिव कोहबर
सरहजि छेकेली दुआर ए
हमरा के जोग नेग दीहीं[13] सिव ठाकुर
तब रउरा ढारी[14] न पाँव ए
तोहरा के देबो सरहजि दूनू कान तरिवन[15]

---

1. अंगवस्त्र, अँगिया, 2. अंगवट के साथ प्रयुक्त होने वाला शब्द, 3. लंबे, 4. परिछन करके, 5. साड़ी, 6. सिर, 7. वर, 8. जुटा, मिला, 9. भोगूँगी, 10. जूड़ा, सौभाग्यवती, 11. विहीन, 12. गोशाला, 13. दीजिए, 14. रखिए, 15. आभूषण।

गले गजमुकता के हार ए
रउरा ननदी जी के हम नाहिं होइबो
होइओ मैं दास तोहार ए।

कहीं शंकरजी का चमत्कार इस रूप में दिखता है कि पार्वती को घर में अन्न का दाना भी नहीं मिलता, लेकिन शंकरजी के कहने पर जब वे जाकर देखती हैं तो चावलों से कोठी भरी मिलती है। पर पार्वती का भी चमत्कार कम नहीं है। शिव-पार्वती दोनों गंगा-स्नान के लिए जाते हैं। रास्ते में पानी बरसता है, जिससे शिवजी तो भींगते हैं, पर पार्वती नहीं भींगतीं। शिवाजी इसका रहस्य जानना चाहते हैं तो पार्वती बताती हैं कि उन्होंने अपनी सास और ननद की हर इच्छा पूरी की, उनका आदर-जतन किया, इसलिए उन्हें ऐसी शक्ति मिली। किसी-किसी गीत में शिवजी पार्वती के चरित्र पर शंका करते हुए पाए जाते हैं। पार्वती बहुत प्रकार से शपथ खाकर अपना विश्वास दिलाना चाहती हैं, किंतु शिवजी नहीं मानते तो अंत में वे पृथ्वी से फटने का अनुरोध करती हैं और धरती में समा जाती हैं। यह प्रसंग सीता के पाताल प्रवेश से साम्य रखता है—

सिवजी जे चलले हो उतरी बनीजिया[1]
गउरा मंदिलवा धइले ठाढ़ हो
बारह बरीस पर सिवजी लवटलनि
गउरा से माँगेलन विचार हो
जब रे गउरा देइ सुरुज गोड़ लगली
सुरुज छपित[2] होड़ जाइ हो,
जब रे गउरा देइ सुरुज गोड़ लगली
गंगा में परि गइले रेत हो
जब रे गउरा देइ सरप हाथे लिहली
सरप बइठेले फेटा[3] मारि हो
इहो कीरियवा[4] गउरा हम ना पतियाइब[5]
बाम्हन चरनिया छुइ आइ हो
जबरे गउरा देइ बाम्हन चरन छुअली
बाम्हन गिरले मुरछाइ[6] हो
फाटहु धरती हो हमहुँ समाइबि
अब ना देखबि संसार हो

1. उत्तर दिशा की ओर, 2. ओझल, 3. कुंडली मारकर, 4. शपथ, 5. विश्वास करूँगा, 6. मूर्च्छित होकर।

अब ना देखबि पापी मुँह हो।

कहीं शिवजी गौरी पर अपनी भाँग की झोली की चोरी लगाते हैं। पार्वती अपनी निर्दोषिता सिद्ध करती हैं। शिवाजी को यह भी संदेश है कि पार्वती अपने नैहर में ससुराल की निंदा करती हैं, पर पार्वती ऐसा न करने का विश्वास दिलाती हैं। तब शंकरजी उन्हें कुछ दिनों के लिए मायके जाने की अनुमति देते हैं।

राम-विवाह

विवाह समारोह के अंतर्गत 'शिव-विवाह' की भाँति 'राम-विवाह' के गीत भी गाए जाते हैं।

सीता के विवाह योग्य होने पर राजा जनक पंडितों को उपयुक्त वर ढूँढ़ने के लिए कहते हैं। इसके लिए धनुष-भंग द्वारा स्वयंवर का आयोजन किया जाता है। आमंत्रित बड़े-बड़े वीर राजा भी जब धनुष नहीं तोड़ सके तो राम ने धनुष के चार टुकड़े कर दिए। पहला टुकड़ा इंद्रलोक में, दूसरा पाताल में, तीसरा गंगाजी के बीच गिरा और चौथा परशुराम के पास पहुँचा। शंकर के धनुष टूटने से क्रोधित होकर राम से युद्ध करने को तत्पर हो गए। यह देखकर सीता चिंतित हो उठीं। वे सूर्य देवता से प्रार्थना करने लगीं कि अगर मेरी प्रतिष्ठा बच गई तो मैं आपको सोने का छत्र चढ़ाऊँगी।

राम-लक्ष्मण को देखकर राजा जनक पूछते हैं कि ये दोनों कुँवर किसके हैं? उन्होंने यह भी कहा कि जो शिव के धनुष के तीन टुकड़े करके सीता से विवाह किया और सबने उनका जय-जयकार किया—

किनका के एहो[1] दूनो कुँवरा दूनो कुँवरा, जनक पूछे मुनिजी से
गाइ के गोबर आँगन लिपावल[2]
गजमोती चउका पुरावन[3]
धनुष देलन ओठंगाई,[4] जनक पूछे मुनिजी से
जे एहो धनुस करत तीन खंड
सीता बियाह घरवा ले जायत हो
उठल सिरी रामचंद्र धनुस उठवला[5]
धनुस कयला[6] तीन खंड, जनक पूछे मुनिजी से
भेलो[7] बियाह चलल राम कोहबर[8]
मुनि सब जय जय बोले
अब सिय होयल[9] बियाह जनक पूछे मुनिजी से।

---

1. ये, 2. लीपा गया, 3. पूरा गया, 4. किसी चीज के सहारे रख दिया, 5. उठाया, 6. किए, 7. हुआ, 8. विवाह के बाद दूल्हे-दुलहन का वह घर जिसमें कुलदेवता की पूजा तथा कुछ अन्य विधियाँ की जाती हैं, 9. हो गया।

'राम-विवाह' के किसी गीत में बारात सजाने, बारात प्रस्थान करने, द्वार-पूजा, परिछावन, विवाह और कोहबर में प्रवेश करते हुए सखियों की ठिठोली का वर्णन किया जाता है। कहीं-कहीं रामकथा से इतर प्रसंग भी मिलते हैं यथा पनिहारिन के रूप में प्यासे राम को सीता का मिलना, उनकी बाँह पकड़ लेना और उन्हें अपनी पत्नी बताना।

सीता के विषय में जनकपुरी के जिस व्यक्ति से पूछा जाता है, वह बताता है कि सीता की ज्योति के समक्ष चाँद और सूर्य की ज्योति भी फीकी है।

एक गीत में राम के विवाह के लिए कौसल्या चिंतित बैठी हैं। राजा दशरथ तब जनकजी के द्वार पहुँचते हैं, जहाँ उनका भव्य स्वागत करने के बाद कुशल-क्षेम पूछी जाती है। कौसल्या रानी की चिंता की बात सुनकर राजा जनक उन्हें आश्वस्त करते हैं कि जेठ-वैशाख की उत्तम लगन में सीता का राम से विवाह हो जाएगा—

मचियहिं बइठल रानि कोसिला रानी,
सुनीं राजा बचन हमार हे
जिया[1] जन मोरा एकहुऊँ न सूझेला,
जाहि घर राम कुँवार हे
एतना बचन जब सुने राजा दसरथ
घोड़ा पीठ भइले असवार हे
झीनि-झीनि कपड़ा बेसाहि[2] राजा दसरथ
चलि भइले रीसीजी[3] के दुआरे
भीतर बानी[4] कि बाहर जनइया रीखी[4]
दुअरा पर दसरथ ठाढ़ हे
एक हाथ लेले रीखी झंझर[5] गड़ुअवा[6]
एक हाथ सिंहासन पाट[7] हे,
सोने के गड़ुअवा गोड़वा[8] धोईं राजा दसरथ
बइठीं सिंहासन पाट, कहीं ना अवध कुसलात हे
कुसल बाडे[9] अवध ए जनइया रीखी
कुसल चाहीले तोहार हे
एक नाहिं कुसल बाड़ी कोसिला रानी
जाहि घर राम कुँवार हे
अगहन दिनवा कुदिनवा राजा दसरथ

1. जीवन, 2. खरीद कर, 3. ऋषिजी, 4. हैं, 5. जनक ऋषि, 6. चौड़े मुख का पानी रखनी का बरतन, 7. टोंटीदार बरतन, 8. पीढ़ा, 9. है।

आवे देहु जेठ बइसाख ए
जेठ बइसखवा के उत्तम लगनिया
सीता बियाहि घर जास[1] हे।

सम्मरि (स्वयंवर)

विवाह के अवसर मिथिलांचल में कहीं-कहीं 'सम्मरि' गीत गाने की प्रथा है, जिसे 'स्वयंवर' का अपभ्रंश कहा जा सकता है। इस गीत में सीता स्वयंवर में धनुष-भंग की प्रतिज्ञा का वर्णन है। लोक-लोक से राजा, महाराज और देवतागण निमंत्रित हैं, किंतु धनुष-भंग का प्रण तो श्रीराम ही पूरा करते हैं, तब सीता का विवाह उनसे होता है और बाजे-गाजे के साथ बारात विदा होती है।

'स्वयंवर' का अर्थ स्वयं वर को ढूँढ़ना है। यह प्राचीन परंम्परा थी, जिसके अनुसार उच्च कुल की कन्याओं को अपनी इच्छानुसार वर चुनने का अधिकार था। इसी कारण इस प्रथा का नाम 'स्वयंवर' पड़ा। मिथिला में गाया जानेवाला स्वयंवर अर्थात् सम्मरि गीत इस प्रकार है—

नगर अयोध्या राज उचित थिक[2], जहँ बसु[3] दशरथनंद यो
राम का जोरी बसथि जनकपुर, छपन कोटि देव दान यो
राजपाट पर रामजी बइसल[4] झटकि चलु बरिआत यो
अठारह छौंहनि[5] बाजन बाजै सवा लाखहि बोल यो
आमक पल्लव कंगन बान्हल ब्रह्मा वेद पढ़ावि यो
भेल विवाह चलल राम कोवर[6] सीता लै अंगुरि धनिब[7] यो
ऋषि मुनि चलला नहाय धनुष तर नीपल[8] हे
अजगुत[9] हम एक देखल, धुनषतर नीपल हे
भल[10] कएलौं[11] आहे सीता भल कएलौं धनुषतर नीपल हे
एहि विधि रहब कुमार जनम कोना बीतता हे
हम नहिं जानल बाबा कि पूजबि भवानिय हे
घुरमि-घुरमि[12] सीता पूजथि कि पूजथि भवानिय हे
खँसल[13] सुगंधित फूल इंद्रलोक मोहित हे
अगिलहिं घोड़ा राजा रामहि पिछलहिं लछुमन हे
फेरि दिअ[14] आहे सीता आरति, फेरि दिअ धूप द्वीप हे
फेरि दिअ सखिया सलेहर[15] जनकपुर नंदिनि

1. जाए, 2. है, 3. रखते हैं, 4. बैठे हैं, 5. अक्षौहिणी, 6. कोहवर, 7. पकड़कर, 8. लीपा हुआ, 9. आश्चर्य, 10. भला, 11. किया, 12. परिक्रम करके, 13. टपका, 14. लौटा दो, 15. सहेलियाँ।

होयब अयोध्या की रानी कि तुरही बजायब हे।

बेटा-विवाह

जैसा कि नाम से स्पष्ट है—बेटे के विवाह के अवसर पर गाए जानेवाले गीत 'बेटा-विवाह' के गीत कहलाते हैं। वस्तुत: इस अवसर के गीत बेटे के तिलक के अवसर से ही गाए जाने लगते हैं। जब कन्यापक्ष के लोग लड़के के यहाँ तिलक चढ़ाने आते हैं तो लड़के के लिए वधूपक्ष से आए सामानों में वरपक्ष की स्त्रियाँ दोष निकालती हैं और कहती हैं कि हमारे पुत्र को ठग लिया गया—

बाबू[1] सिर जोग[2] टोपी त न आयल
बाबू के ठग के ले गेल सुनहु लोग
बाबू के सेंतिए[3] ले गेल सुनहु लोग
रामजी कोमल बर लइका[4] सुनहु लोगे

किसी-किसी गीत में दूल्हे के बल-पौरुष का बखान किया जाता है। इधर वर को अपने पौरुष का अभिमान है तो उधर कन्या भी अपने पिता और भाई की दुलारी है। वह इतनी आसानी से पति का आधिपत्य स्वीकार करने को तैयार नहीं। किसी-किसी गीत में बारात, डाला, दौरा और दूल्हे को सजाने का उल्लेख किया गया है। जिसके जिम्मे जो काम है, उससे उसी काम के लिए कहा जाता है—

सभवा[5] बइठल तोहें दादा, सभे[6] दादा उठिकर
हे साजहु[7] बरियतिया[8] उठकर
मचिया बइठली तोहें दादी, सभे दादी उठिकार
हे साजहु डाला-दउरवा[9] उठिकर
ससुरा से आयती बहिन सभे बहिनी उठिकर
हे आँजहु[10] भइया अँखिया उठिकर
कथि[11] लाय[12] महुँमा[13] उगारब[14] कथि लाय
आँजहु भइया अखियाँ उठिकर
तेल रे उबटन लाय मुँहमा उगारब
कजरवा लाय हे आँजब भइया के अँखिया उठिकर।

कोइ दूल्हा एक कुमारी कन्या को वश में कर लेता है। कन्या पूछती है—बिजली की चमक जैसे तुम्हारे दाँत हैं और कतरे हुए पान की तरह पतले होंठ। इतना सौंदर्य रहने पर भी तुम कुंवारे क्यों रह गए? दूल्हा उत्तर देता है—मेरे परिवार

1. पुत्र, 2. योग्य, 3. मुफ्त, 4. नादान बालक, 5. सभा में, 6. सब, 7. सजाओ, 8. बारात, 9. डाला-दउरा—जिसमें वस्त्र, मिष्ठान रखे जाते हैं, 10. अंचन करो, 11. क्या, 12. लाकर, 13. मुँह, 14. साफ करूँ।

के लोग विभिन्न कार्यों में व्यस्त थे, इसलिए मेरी चिंता नहीं कर सके, किंतु अब मेरा परिवार के लोग विभिन्न कार्यों में व्यस्त थे, इसलिए मेरी चिंता नहीं कर सके, किंतु अब मेरा विवाह होगा।

कहीं मंडप में होम के धुएँ से दूल्हा बेचैन हो उठता है। वह दुलहन से पंखा झलने को कहता है। दुलहन लज्जावश ऐसा करने से इनकार करती है तो दूल्हा दूसरा विवाह करने की धमकी देने लगता है। लाचार दुलहन लोक-लज्जा त्यागकर उसके लिए सर्वस्व त्याग करने को प्रस्तुत होती है।

कहीं दूल्हा विवाह विधि के बीच अपनी दुलहन से उसकी दादी, चाची, माँ, भाभी, आदि की पहचान कराने को कहता है। लजीली दुलहन कहती है—अभी मंडप में मायके और ससुराल के लोग हैं। कोहबर में मैं आपको सब कुछ बताऊँगी। वहाँ जाकर वह बताती है कि कानों में चाँदी के कर्णफूल पहने मेरी दादी, सोने के कर्णफूल पहने चाची, पीले वस्त्रों वाली माँ और लहरा-पटोर पहने मेरी भाभी हैं।

किसी-किसी गीत में दुलहन की लज्जा एवं दूल्हे के अल्हड़पन का वर्णन है। लाल गाय के लाल बछड़े का दूध मस्त होकर कोई युवक पीता है और दूध पीकर हठ करता है कि मेरा कब विवाह होगा? उसे उत्तर मिलता है कि जेठ-बैसाख के महीने में सुघर सोनार से तुम्हारी मौर बनवाई जाएगी। मोती की झालर लगी कीमती और सुंदर मौर पहनकर दूल्हा विवाह की विधि के बीच मौर की लड़ी से कुछ मोती बिखर गए। दूल्हे ने दुलहन से कहा—तुम जरा दीपक दिखा दो ताकि मैं मोतियों को चुन लूँ। दुल्हन ने विनय से कहा—एक तरफ मेरे मायके के लोग हैं, दूसरी ओर ससुराल के लोग, मैं कैसे दीपक दिखाऊँ? अल्हड़ दूल्हा इसे अपनी अवहेलना समझता है और निश्चित अवधि के पहले ही उसे विदा कराकर ले जाने की धमकी देता है—

लालहिं गइया के लाल बछेरवा[1] हो, दुधवा जे पीएला डँफोर[2] ए
माई के गोदिया में दूल्हा कवन दुलहा, दधवा जे पीएला डँफोर ए
दुधवा पीयत बाबू अलुरी[3] बहुत करे, कब हम बिअहन जाइब ए
आवे देहु बाबू रे जेठ बइसखवा बसे देहु सुधर सोनार ए
मोहरा[4] कटाइ[5] बेटा मउरी[6] गढ़ाइबि मोतियन झालर लाइ ए
निहुरन[7] लागेले दुलहा कवन दुलहा झरेला मउरिया के झोंप[8] ए
तनी एक[9] दियरा दिखावऽ मोरी कामिनी बिनबा[10] मउरिया के झोंप ए
कइसे में दियरा दिखाईं ए प्रभुजी बिनब मउरिया के झोंप ए

1. बछड़ा, 2. मस्त होकर, 3. कुछ माँगने के लिए हठ करना, 4. मुहर, 5. भजाकर, 6. मौर, 7. झुकने लगे, 8. झालर, 9. जरा सा, 10. चुनूँगा।

एक ओर बाड़े हो नइहर के लोगवा एक ओर सजन[1] तोहार ए
अइसन बोल जनि बोलिहऽ ए सुहवा[2] मोरा बूते[3] सहलो न जाए ए
होत भिनसार[4] हम डँड़िया-फनाइब[5] देखिहें नइहर सब लोग ए।

पर्याप्त दहेज नहीं मिलने के कारण कोई पिता अपनी बहू को विदा कराकर नहीं लाया। लड़के की माँ पूछती है—क्या दुलहन अंधी है, लँगड़ी है या छोटे कुल की है? किस अवगुण से तुम उसे छोड़ आए हो? पिता कहता है—लड़की में सभी गुण हैं, किंतु उसके पिता ने दहेज नहीं दिया, इसलिए मैं उसे छोड़ आया। लड़के की माँ उसे धिक्कारती हुई कहती है—दहेज तो नेटुए का नाच है। बेटे बहू से घर भर जाएगा। हमारा धन्य भाग्य जो हमें लक्ष्मी जैसी बहू मिली।

कहीं हीरे-माणिक जड़ी मौर पहनकर दूल्हा ससुराल जाता है। गले में शोभ रहा है फूलों का गजरा। उसके इस रूप को देखकर स्नेहवश सास पूछती है कि उसे किसने सजाया-सँवारा? दूल्हा कहता है—पिता ने जामा-जोड़ा पहनाया, अम्मा, चाची और बहन ने उसमें हीरे-लाल टाँके, भाभी ने चंदन से सँवारा और बहनोई ने जूते मोजे पहनाए।

विवाह में ससुराल में तरह-तरह के हास-परिहास होते हैं। कोई दूल्हा मालिन से चारु-चित्रित मौर बनाने का अनुरोध करता है। उसे पहनकर वह ससुराल जाता है। सास परिहास करती है कि क्या तुमने माली-मालिन के घर जन्म लिया है, जिन्होंने इतनी सुंदर मौर बनाई है। दूल्हा उन्हें समझाता है कि हमारे पिता ने माली-मालिन को अपनी जमीन में रैयत बनाकर बसा लिया है।

कहीं दूल्हा कोहबर में सो जाता है। सास पूछती है—क्या मेरी बेटी कुरूप है अथवा सम्मान में कोई कमी हुई? दूल्हा कहता है—थकान के कारण मुझे नींद आ गई, अन्य कोई बात नहीं। तिलक के बाद से यह गीत गाया जाता है।

विवाह के कुछ गीतों में प्रतीकों का भी सहारा लिया गया है। एक गीत में कसैली को लड़की का पिता लड़के के पिता को पत्र लिखकर शिकायत करता है। लड़के का पिता पत्र का जवाब देता है—मेरा लड़का कसैली का भूखा था, इसलिए उसने कसैली की डाली मरोड़ी—

मोरा पिछुअरवा कसइलिया[6] के डढ़िया[7]
झिलमिल करेला डाढ़ ए
ताहि तर दुलहा कवन दुलहा
तूरेले[8] कसइलिया के डाढ़ ए

---

1. स्वजन, कुटुंबी, 2. सुगृहिणी, 3. मुझसे, 4. प्रातः, 5. डोली पर चढ़ाकर विदा कराऊँगा, 6. कसैली, सुपारी, 7. डाल, 8. तोड़ता है।

चीठिया जे लिखलन समधी कवन समधी
दिहले समधिया के हाथ ए
बरजहुँ[1] ए समधी अपना दुलरुआ
ममोरले[2] कसइलिया के डाढ़ ए
चीठिया जे लिखले बेटा के बाबा
दिहले समधीजी के हाथ ए
हमरो दुलरुआ कसइलिया के भूखल
ममोरेला कसइलिया के डाढ़ ए।

एक गीत में कोयल दुलहन का प्रतीक है। एक तपस्वी के आँगन में एक घने वृक्ष पर एक कोयल बोलती है। उसकी बोली सुनकर सोए हुए राजा की नींद टूटती है। वे नाऊ को कहते हैं कि व्याधा को बुलाओ और उससे कहो कोयल को पकड़ लाए। व्याध कहता है—इतने दिन मुझे नगर में रहते हो गए, कभी तो बुलावा नहीं आया।

इस समय राजा मुझे मारेंगे, डाँटेंगे या देशनिकाला देंगे। नाऊ कहता है, यह सब कुछ नहीं, जिस कोयल की मीठी बोली राजा ने सुनी है, उसे पकड़ लाओ। डाल-डाल पर व्याध जाल लगाता है, पत्ते-पत्ते में कोयल छिपती है और शाप देती है—रे व्याध, तुम्हारा पुत्र मरे जा मुझे उजाड़ने आए हो। व्याध कहता है, हे कोयल, डरो मत, न हृदय में वैराग्य लाओ। तुम्हें रहने के लिए मैं सोने का पिजड़ा दूँगा और खाने के लिए दूध-भात दूँगा। कोयल उसके पुत्र को चिरंजीवी होने का आशीर्वाद देती है, जिसने उसे सुखी किया।

विवाह-गीतों में कुछ ऐसे भी गीत हैं, जिनका विषय विवाहेतर होता है। एक गीत में ऐसा उल्लेख है कि बाँस कटवाते समय राजा दशरथ के हाथ में बाँस की खमाँची गड़ जाती है। कैकेई की सेवा से उनका दर्द दूर होता है। राजा प्रसन्न होकर रानी कैकेई को दो वरदान माँगने को कहते हैं। कैकेयी माँगती है—राम का वनवास और भरत को राजगद्दी। दशरथ कहते हैं—तुमने ये वर माँगकर मेरा कलेजा ही निकाल लिया है। अयोध्या के दुलारे राम को मैं कैसे वनवास दूँगा?

एक किसान दंपती सोए हैं। रात में भैंस भाग जाती है। पत्नी पति को जगाकर कहती है—ऐसी भैंस को बेचकर मुझे आभूषण गढ़ा दो, फिर हम निश्चिंत होकर सोएँगे। पति कहता है—मैं तुम्हें बेचकर भैंस खरीदूँगा और रात भर उसे चराऊँगा। पत्नी कहती है—मुझे बेचोगे तो कूटने, पीसने और खाना पकाने का काम कौन करेगा? रूखे स्वभाव का पति कहता है—कूटने, पीसने और खाना पकाने के लिए दासी रख लूँगा। मेरी

1. मना करो, 2. मरोड़ता है।

बहन दूध औटेंगी और माँ दही जमाएगी।

इस तरह के कई ऐसे गीत उपलब्ध होते हैं, जिनका विवाह के विषय से कोई संबंध नहीं है और जो मात्र धुनों के कारण 'विवाह गीत' के रूप में पहचाने जाते हैं।

बरा बनाई

बेटे के विवाह के अवसर पर अनेक प्रकार के रीति-रिवाज, अनेक प्रकार की विधियाँ होती हैं। यह एक प्रकार का गाली गीत ही है। वरपक्ष का मंडप बनाते समय ननद द्वारा बरे बनाए जाने की प्रथा है। इस अवसर पर भाभी परिहास में ननद को छेड़ती है, गाली देती है—

माहे बरा पोवै बइठीं पगरैतिन छिनरो
औ आधा बरा धरिनि चोराय
मइउआ मोरे खोंड़ किहिन
माहे छुरी लइकै बइठे कवन राम
काटौ भइया छिनरौ के नाक
मड़उआ मोरे खोंड़ किहिन।

यह प्रथा विशेष रूप से उत्तर प्रदेश में प्रचलित है—

सेर भर उरदू, सवइया भर तेल
बरा पोवे चली हैं हिरौती देई।

कहीं-कहीं ननद भी भाभी के साथ गहरा मजाक करती है—

कइसी चतुर भौजाई रे, मन लागा देवर संग
बारह बरिस सैंया संग सोई, तबहूँ बाँझ कहाई रे
एक रात देवर संग सोई, नौ लरिका लै आई रे।

चाकी-पूजन

विवाह के अवसर पर गृहस्थी की वस्तुओं को पूजने की प्रथा है। उत्तर प्रदेश में सिल, चक्की आदि की पूजा की जाती है। एक गीत इस प्रकार है—

चकिया के भीतर उरुद तौ घुरुर मुरुर करै
कउनी रनियवा के जग्गि तौ दलिया दरावै
चकिय के भीतर उरुद तौ घुरुर मुरुर करै
माया रनियवा के जग्गि तौ दलिया दरावै।

कौड़ी-पूजन

ओखली को पूजते हुए यह गीत गाया जाता है—

धान कूटौ धना कूटौ पगरैतिन की ओखरी माँ धना कूटौ
धान कूटि के चाउर निकार, देउतन भात बनाव।

वर्जन गीत

विवाह-संस्कार प्रसन्नतापूर्वक संपन्न हो जाए इस कामना के साथ, आँधी-पानी या अन्य कोई बाधा न आए, इसके लिए स्वयं उसी बाधा स्वरूप वस्तु से प्रार्थना की जाती है कि वह इस आयोजन को निर्बाध संपन्न होने दे—

आँधी पानी, तुमहूँ नेवाते, तीनि दिवस जनि आयौ
खई लड़ाई, तुमहूँ नेवाते, तीनि दिवस जनि आयौ
माछी कूछी तुमहूँ नेवाते, तीनि दिवस जनि आयौ
आकी बोकी तुमहूँ नेवाते, तीनि दिवस जनि आयौ

पगिया बाँधना

बारात में जाने के पूर्व दूल्हे को पगड़ी और मौर बाँधने की प्रथा होती है। दूल्हे के फूफा, बाबा तथा अन्य संबंधियों को पगड़ी बाँधने की विधि करनी होती है—

बुलाओ दुलहे के फूफा का
चुनि बाँधै दुलरुआ के पाग हो
धीरे से बोले दुलरुआ के फूफा
मैं बाँधौं दुलरुआ के पाग हो
बुलाओ दुलहे के बाबा का
लावैं माती हथिनिया छोड़ाई हो
बुलाओ दुलहे की आजी का
लावैं माँडो माँ मोहर गोहाई हो।

माँ के दूध का मोल

बारात प्रस्थान करने से पूर्व माँ अपना आँचल बेटे के सिर पर रखती है। कहते हैं—इस समय बेटे को माँ के दूध की कीमत देनी होती है। इस अवसर पर माता बेटे से कुछ भी माँग सकती है। उसकी माँग को पूरा करना बेटे का कर्तव्य हो जाता है—

तू तौ चल्या पूता गोरी बियाहन
दुधवा कै मोल कइ लेहु
गइया के दूध बेटा हटिया बिकइहैं
मइया के दूध अनमोल।

इसे एक प्रकार का 'परछन' भी कहा जाता है।

हरियाणा में 'घुड़चढ़ी' की रस्म के समय इस तरह के गीत गाए जाते हैं—

दूधी की धार मारू, माता नै कदे तू गुमानी भूल नहीं जा
याद दिलाऊँ सूँ अक आवेगी इक नई बहूरानी
बेटा भूल नहीं जा।

भुइयाँ भवानी के गीत

'भुइयाँ' शब्द 'भू' से बना है, जिसका अर्थ है, भूमि, पृथ्वी। भूमि को माता, देवी माना गया है। बेटे के विवाह के अवसर पर विवाह-स्थल की भूमि से प्रार्थना की जाती है कि वह दूल्हे की रक्षा करे, जो विवाह के पवित्र बंधन में बँधने जा रहा है—

वही रे देस की भुइयाँ भवानी
नाउँ न जानउँ तोहार
अपन दुलरुआ के बेहन पठयों
बार न बाँका जाय ।

जैंती जेंवाई

बारात प्रस्थान करने के पूर्व दूल्हे द्वारा भूखे लोगों को भोजन कराने की प्रथा उत्तर प्रदेश में किसी-किसी स्थान पर है। एक गीत इस प्रकार है, इसे 'जैंती जेंवाई' गीत कहते हैं—

गंगा जमुनवा के नीर, कलस भरि लावयँ
भूखिन जैती जेवावयँ कवने रामापूत
जैती मुँहे-मुँहे बोलय अरे जैती बोलयँ
भूखिन जैती जेवावयँ फलाने रामापूत।

बन्ना

इस तरह के गीतों में लड़के वालों की ओर से लड़के के वस्त्र आदि का वर्णन होता है। विवाह के लिए जाते हुए लड़के को उसका बहनोई नए वस्त्र पहनाता है। इस अवसर पर 'बन्ना गीत' गाए जाते हैं—

श्रीराम बन्ना बनिए जाली के ओट से
घनश्याम बन्ना बनिए जाली के ओट से
मउरी सँवारिए बन्ने लरियाँ सँवारिए
कलगी सँवारिए बन्ने जाली के ओट से
जामा सँवारिए बन्ने जोड़ा सँवारिए
मोजा सँवारिए बन्ने जाली की ओट से।

बन्ने की बानगी की अजब बहार है। वह सचमुच दुलहन के योग्य है। किंतु उसकी सुंदरता को कहीं नजर न लग जाय—

आज बन्ना, केरा अजबी बहार रे बना
बाना[1] सुरती[2] गजबी सोहार[3] रे बना

1. दूल्हा, 2. शक्ल-सूरत, 3. शोभायमान।

बाना अपन-अपन नयनमा सम्हार रे बना
बाना लगी जयतउ[4] नजरी के बान रे बना
बाना दुलहा हइ दुलहिन के जोग[5] रे बना।

कहीं दूल्हे के वस्त्राभूषणों की तुलना हरे-भरे जौ के खेत से की गई है, जो सुख-सौभाग्य का सूचक है—

दुलहा के मौरी तोहरी अजब रे बने
बने हरिअर जव-केरा[6] खेत रे बने
हरिअर-हरिअर कसँउजा[7] रे बने
बने हरिअर जव-केरा खेत रे बने
दुलहा के कंठा तोहरी अजब रे बने
बने हरिअर जव-केरा खेत रे बने
दुलहा के जोड़ा तोहरी अजब रे बने
बने हरिअर जव-केरा खेत रे बने
हरिअर-हरिअर कसँउजा रे बने।

दूल्हा अपनी ससुराल की प्रशंसा करता है, जबकि उसके घर वाले उसकी ससुराल की शिकायत करते हैं। बन्ने की दादी पूछती हैं—तुम्हरी ददिया सास कैसी है ? दूल्हा कहता है—वह तो दूध जैसी हैं, मैंने ससुराल में छप्पन व्यंजन खाए दादी कहती हैं—इतनी बड़ाई तो न करो, तुम्हारी दादी सास तो खट्टे दही जैसी है और तुमने ससुराल में केवल शोरबा और भात खाया होगा—

बन्ना, दादी पूछे हँसि-हँसि बात रे बना
बन्ना, कइसन हथुन[8] तोहर ददिया सास रे बना
बन्ना, हमर ददिया सास जइसे दूध रे बना
बन्ना, छप्पन रंग खइली ससुरार रे बना
बन्ना, एतना बड़इया[9] मति करु रे बना
बन्ना, खट्टा दही अइसन तोरे सास रे बना
बन्ना, झोर[10] भात खयलऽ ससुरार रे बना।

किसी-किसी गीत में दूल्हे के रामसदृश और दुलहन के सीतासदृश होने का भी वर्णन है।

अवध प्रदेश के अंतर्गत गोंड़ जनपद में गाया जानेवाला बन्ना गीत, 'बंदरा गीत' नाम से जाना जाता है। इस गीत में बन्ने के रूप एवं वेशभूषा की प्रशंसा की गई है—

---

1. दूल्हा, 2. शक्ल-सूरत, 3. शोभायमान, 4. जाएगी, 5. योग्य, 6. जौ का, 7. कास—घास विशेष, 8. है, 9. प्रशंसा, 10. शोरबा, रस।

दुल्है तोरी अँखियाँ सुरमेदानी
दुल्है तोरा जोड़ा लाख के रे
दुल्है तोरा जमवा नौ हजारी
दुल्है तोरा जुतवा लाख के रे
दुल्है तोरा मोजा नौ हजारी
दुल्है तोरा सेहरा लाख कै रे
दुल्है तोरा पगिया के हजारी।

बनरा-बनरी (बुंदेलखंड)

बुंदेलखंड में बनरा-बनरी अर्थात् वर-वधू के गीत भाँवर के पहले तक गाए जाते हैं—

रुनक झुनक बेटी मंडल डोलें
आजुल[1] लए हैं उठाय
कै मोरी बेटी तुम साँचे की डारीं
कै गढ़ी चतुर सुनार
नै[2] आजुल मैं साँचे की डारी
नै गढ़ी चतुर सुनार
माता की कुखियाँ[3] जनम लए हैं
रूप दए कस्तार।

दुल्हे की रूपसज्जा को देख स्त्रियाँ गाती हैं—

पलट देखो अँगना में रस बरसात है
रंग बरसत है, अबीर उड़त है
माथे हो, सैरो[4] बाँधो राज बनते
कलियों खों[5] देख मोरो जिया ललचत है
पलट देखो अँगना में रस बरसत है।

अवध प्रदेश के अंतर्गत फतेहपुर जनपद में गाया जानेवाला एक बन्नी गीत इस प्रकार है—

महलों के बीच लाड़ो ने सोर मचाया
अरे बाबा नवल वर ढूँढ़ो, सुघर वर ढूँढ़ो
आजी देंगी कन्यादान लाड़ो ने सोर मचाया
अरे भैया नवल वर ढूँढ़ो, सुघर वर ढूँढ़ो
भाभी देंगी कन्यादान लाड़ो ने सोर मचाया।

---

1. पिता, 2. नहीं, 3. कोख से, 4. सेहना, 5. को।

बना-बनी (राजस्थान)

राजस्थान में 'बना' प्यार का सूचक शब्द है। किशोर व किशोरी के लिए बना व बनी शब्दों का प्रयोग होता है। यों जिनकी शादी होने वाली है उन्हें ही खासतौर से बनड़ा-बनड़ी शब्दों की संज्ञा देकर गीत गाए जाते हैं—

बनड़ो उमायो ये बनी ये थारै कारणै
जोड़ी को उमायो ये बड़गौतम थारै रूप नैं।

राजस्थान में 'बना-बनी' को क्रमशः 'बींद' और 'बींदणी' संज्ञा भी दी जाती है।

टोना

विवाह के समय दूल्हे-दुलहन को टोना-टोटका से बचाए जाने की विधि की जाती है। यह गीत वर-वधू दोनों ही पक्षों की ओर गाया जाता है। टोना-टोटका को जोग-टोना भी कहते हैं। यह एक विवाह की विधि है। वरपक्ष में दूल्हे को ताबीज बनाकर दिया जाता है ताकि उसे किसी की नजर न लग जाय तो कन्यापक्ष की ओर उसकी सखी-सहेलियाँ यह गीत गाती हुई घर-घर घूमती हैं तथा अक्षय सौभाग्य की कामना करती हैं। सुहागिनों के सिंदूर से कन्या का शृंगार किया जाता है ताकि किसी का जोग-टोना दुलहन पर न लगे। मुसलिम रीति के अनुसार दुलहन के रक्षार्थ उसके सुंदर मुख पर सभी घर लोग टोना पढ़ते हैं—

गोर सुंदर मुख पर बारिके पढ़ डालो री टोना
सुन बेटी के दादा, सुन बेटी के नाना
दादा गाफिल मत रहो, चैन से पढ़ डालो री टोना।

दुलहन पर आसक्त रहने के लिए घर की स्त्रियाँ दूल्हे पर भी टोना करती हैं—

रंगीला टोना दूल्हे को लगेगा
यह रे टोना दादी बीबी करेंगी
रंगीला टोना सेहरे में लगेगा।

एक गीत में दूल्हे के लिए टोने से बचने की खातिर लौंग के फूलों की ताबीज बनाने का वर्णन है—

बाबा के अँगना लवँग केर गछिया
फूल चुअए चारों कोना, रे मेरो टोना
फूल चुन-चुन ताबीज बनैलो[1]
बान्हू[2] दुलरइता दुल्हा बाजू रे मोरे टोना।

कोई टोना पटना शहर से आता है और ससुर की गलियों में भटक जाता है।

1. बनाया, 2. बाँधा।

दूल्हा टोना करनेवाले से विनयपूर्वक टोना न करने की प्रार्थना करता है, क्योंकि वह अपने माता-पिता का इकलौता पुत्र है—

कहँमा से बेटा आएल रे टोनप्पा[1]
केकर गली आई भरमल[2] रे टोनप्पा
ससुरा गलियवा में भरमलूँ रे टोनप्पा
गोड़ परूँ टोनमा न मारिहऽ रे टोनप्पा
बाबा हम ही एकलउता[3] रे टोनप्पा

एक गीत में दुलहन को मछली माना गया है, जो नैहर के तालाब से निकलकर ससुराल की छोटी नदी में आ गई है। उस अद्‌भुत लड़की ने दूल्हे पर टोना करके भरमा लिया है, क्योंकि दूल्हा उसे जाल में फँसाकर जलाशय से निकाल लाया है।

दामाद को गहनों की चोरी का इल्जाम लगाकर भी टोना किया जाता है तो किसी गीत में ऐसा भी चित्र आया है कि दूल्हे की बातों से दुलहन रूठ जाती है। उसे मनाने के लिए दूल्हा अपनी सलहज को बुलाता है। सलहज अपनी ननद को समझाती है और दूल्हे को भला-बुरा कहती है। इस तरह वह दोनों का मेल करा देती है।

कामण (राजस्थान)

राजस्थान में 'कामण' जादू-टोने को कहते हैं। लोकगीतों में रीति-रिवाज, पुरानी प्रथाएँ, विश्वास और परंपराएँ सुरक्षित हैं। राजस्थान के बहुत से हिस्सों में कर को जादू-टोने से बचाने के लिए कुछ डोरे पहनाए जाते हैं। वर और वधू को जब जुआ खेलाया जाता है, तब वधूपक्ष की ओर से वर को हराने के लिए भी यह 'कामण गीत' गाया जाता है—

कूकड़ी काचो सूत जाय बोध्यो
नायण को पूत हार्‌यो ए।

एक गीत में 'नींद घणेरी' शब्द का प्रयोग जादू-टोने के असर का प्रतीक है—

रिमझिम करती महल पधारी
तो जागतड़ो सोय रयो
मोरी भुवाए नींद घणेरी।

सहाना

विवाह का यह गीत वरपक्ष की ओर गाया जाता है। संभावना: इस शब्द की उत्पत्ति 'शहनाई' शब्द से हुई हैं। शहनाई एक शाही वाद्य है, इसीलिए सहाना का

1. टोना, 2. भटक गया, 3. इकलौता।

तात्पर्य शाही या शाहना गीत से है। सहाना की व्युत्पत्ति सुहाना से भी हो सकती है। 'सुहाना' शब्द 'शोभन' से बना है, जो वर के लिए प्रयुक्त हो सकता है। जो भी हो, इस शब्द का मूल 'शोभा' शब्द से उचित प्रतीत होता है। मुसलिम विवाह के अवसर पर तीन दिनों तक सहाना गाए जाते हैं। इनमें कहीं तो दुल्हा-दुलहन पर रीझता हुआ पाया जाता है, कहीं वह दुलहन के लिए तरह-तरह के आभूषण लाने को प्रयत्नशील दीखता है, कहीं दुलहन के सौंदर्य की उपमा शुभ चाँदनी से दी गई है, कहीं दूल्हे की बागों में आने की चर्चा है—

बागों की अजब बहार, सहाना बन्ना बागों में उतरा
सहाने बन्ने का मैं सेहरा सँभालूँ
लाले बन्ने का मैं सेहरा सँभालूँ
लड़ियों की अजब बहार, सहाना बन्ना बागों में उतरा
लाड़ो का दुलहा बागों में उतरा
सहाने बन्ने का मैं जोड़ा सँभालूँ
जोड़े में लगे हीरा लाल
लाड़ो का बन्ना बागों में उतरा।

एक सहाना गीत में सहानी लाड़ो के बन्ना के बँगले में ठुमकने की चर्चा है। स्पष्ट है कि वधू सुहानी अर्थात् शोभनी है, जिसका अपभ्रंश 'सहानी' हो गया है। इसी तरह वर सुहाना अर्थात् शोभन है, जिसका अपभ्रंश 'सहाना' हो गया है। एक सहाना गीत देखें—

सहानी लाड़ो ठुमकेगी बन्ना तेरे बँगले
सिर तेरे सरबंद का मौरी
लरियाँ लहरा लेबे रे
अंग तेरे रेसम का जोड़ा
चादर लहरा लेबे रे
संग तेरे सहानी बन्नो
घूँघट लहरा लेबे रे।

एक सहाना गीत में बताया गया है कि कोई दूल्हा हरे-हरे बाँस के मंडप में अपनी मौर को सँभालता है। मौर के कारण दूल्हे को पसीना छूटता है। दुलहन के सेवक अपने दामन से उसका पसीना पोंछते हैं—

हरियर मड़वा धयले[1] मउरिया[2] सम्हारइ[3] बंदे
मउरी के झोंक मजेदार, झमाझम रे बंदे

---

1. पकड़े हुए, 2. मौर, 3. सँभालता है।

दुल्हा के मउरी से छूटल पसीना बंदे
दुलहिन के चाकर बंदे, दाँवन[1] से पोंछल पसीना बंदे
हरियर मड़वा धयले मोजवा सम्हारइ बंदे
मोजा पर जूता मजेदार, झमाझम रे बंदे, चमाचम रे बंदे
दुलहा के मोजा से छूटल पसीना बंदे
दुलहिन के चाकर बंदे, दाँवन से पोंछल पसीना बंदे
हरियर मड़वा धयले, दुलहिन सम्हारइ बंदे
दुलहिन के घूँघट मजेदार झमाझम रे बंदे
दुलहा के अंग से छूटल पसीना बंदे
दुलहिन के चाकर बंदे, दाँवन से पोंछल पसीना बंदे।

कहीं टीके के कारण रूठी बन्नी का जिक्र है, जिसे मनाने के लिए दूल्हा प्रयत्नशील है। टिकुली ढूँढ़ने के लिए वह गंगा-यमुना में जाल डालने को तैयार है, हाजीपुर के बाजार में जाने को प्रस्तुत है तथा उसके बदले ऐसा नौलखा हार लाने को भी तैयार है, जिससे सेज झलझल करेगी।

कहीं दूल्हा अपनी प्रियतमा दुलहन के लिए तरह-तरह के आभूषण व अन्य सामान लाना चाहता है। सोने की अँगूठी और टीके के लिए वह सोनार से झगड़ता है, चुनरी रँगाने के लिए रँगरेज से झगड़ा करता है और लहँगा सिलाने के लिए दर्जी से झगड़ता है।

कहीं-कहीं दूल्हे के परिवार के लोग ही उसे कहते हैं कि दुलहन के उपयोग के लिए विविध सामग्री लेते आना। अपनी दुलहन के लिए तुम सिंदूर लेते आना, रँगरेज की गाली से चुनरी लाना, दर्जी की दुकान से अंगिया लाना, मालिन के यहाँ से मौर लाना और सोनार की दुकान से अपनी दुलहन के लिए अच्छे-अच्छे गहने लेते आना।

मेंहदी के पेड़ तले कोइ दूल्हा स्वयं अपनी पगड़ी सँवारता है, क्योंकि उसे बाबा का पगड़ी सँवारना पसंद नहीं। बाबा की सवारी मौर उसे पसंद नहीं। उनका जोड़ा सँवारना, बीड़ा सँवारना, मोजा सँवारना या पलकी सँवारना कुछ भी उसे पसंद नहीं है, इसलिए वह स्वयं अपने सँवारता है।

कोई दूल्हा ससुराल से अपने घर लौटने में देर करता है। घर के लोग विलंब का कारण पूछते हैं तो वह बताता है कि ससुर ने हाथी दिया, साले ने घोड़ा दिया, चढ़ने में देर हुई। सास ने मोहरें दीं, भँजाने में, गिनने में देर हुई। सलहज ने पान दिया, उसे चबाने में देर हुई और साली ने दी दुलहन, सो मुझे सोते-सोते देर हुई।

आरे मोरे दुलहा कवन दुलहा कहँवा लवलऽ[2] देर

---

1. दामन से, 2. लगाई।

आरे मोरे ससुर दिहले हथिया चढ़त भइले देर
देबी कइले दिअइबो कइले चढ़े के बतलाइयो दिहले
आरे मोरे सार[1] दिहले घोड़वा चढ़त भइले देर
देबो कइले दिअइबो कइले चढ़े के बतलाइयो दिहले
आरे मोरे सासु दिहली मोहर भँजत भइले देर
देबो कइली दिइबो कइले गने[2] के बतलाइयो दिहली
आरे मोरे सरहज दिहली बिरवा[3] चाभत[4] लागल देर
देबो कइली दिअइबो कइली चाभे के बतलाइयो दिहली।

किसी ऊँचे मकान पर से चिड़िया की बोली सुनकर दूल्हा अपनी दुलहन के पास जाने को प्रस्तुत होता है। माँ को डर है कि पुत्र अपनी पत्नी में आसक्त होकर माँ की उपेक्षा न कर दे, किंतु पुत्र आश्वस्त करता है—तुमने मुझे जन्म दिया है, इसलिए तुम्हारा स्थान सर्वोपरि है। मैं पिता का सेवक हूँ, मेरी पत्नी तुम्हारी दासी बनकर रहेगी—

ऊँचे मंदिल चढ़ि बइठे चिरइया बोले गहागही[5] बोले रे
ताहि बोली सुनी चलले दुलहा हम जइबो सुहवा[6] का देस रे
जब तुहूँ जइबऽ बाबू सुहवा का देसवा दुधवा के लीकि[7] मोहि देहु रे
दुधवा के लीकि अम्माँ दिहलो ना जाला जनम के लीकि बलु[8] लेहु ए
हमहुँ त होइबो अम्माँ बाबा के सेवकावा धनी[9] होइहें दासी तोहार ए।

एक सहाना गीत में एक माँ को एकाएक पता चलता है कि उसका पुत्र विवाह करने जा रहा है। वह चिंतित होकर कहती है कि यदि मुझे पता होता तो मैं अपने द्वार पर ब्राह्मण को रखती, चंदन वृक्ष लगाती माली और सोनार को बुलाकर रखती।

नहछू

'नख+क्षौर' अर्थात् नख छूने या काटने से 'नहछू' शब्द की व्युत्पत्ति हुइ है। विवाह में नहछू अर्थात् नख काटने की विधि होती है तो ये गीत गाए जाते हैं। तुलसीदास ने 'रामललनाहछू' की रचना सोहर छंद में की है। इससे ऐसा जान पड़ता है कि कहीं विवाह के अवसर पर भी सोहर गाने का प्रचलन था। विवाह के अवसर पर नहछू नामक इस विधि को संपन्न कराने के लिए नाइन बड़ा इनाम माँगती है तो माँ कहती है कि बेटे और बहू के परिछन के बाद उसे मनचाहा इनाम मिलेगा—

गोर नउनिया त ठनगन[10] बहुत करे ए
ए हम लेबो दूनू हाथे कंगन तब नहछू करबि ए

1. साला, 2. गिनने के लिए, 3. पान, 4. चबाते हुए, 5. आनन्दमय, 6. सौभाग्यवती, 7. मोल, महत्त्व, 8. बल्कि, 9. पत्नी, 10. हठ।

मिनती[1] से बोलेली कोसिला रानी सुनहु नउनिया नू ए
राम सिया घर परिछबि[2] कंगन पेन्हाइबि ए।

नाइन जब दुलहन के नख काटती है तो दुलहन की सुंदरता के कारण उसे टकटकी बाँधकर देखती ही रह जाती है। रानी सुनयना उसे हाथ का कंगन और गले का हार देती हैं। नाइन हँसती हुई घर जाती है और दुलहन के द्वार पर नौबत बजती है—

जबे पग छुअलक[3] नउनिया जय-जय कहु सिय के
लछमी बिराजे हिरदा द्वार[4] जय-जय कहु सिय के
एक नोह[5] छिलले[6] दोसर नोह छिलले
टुके-टुके[7] सिय मुँह ताके जय जय कहु सिय के
रानी सुनयना देलन हाथ के कंगनमा
अउरो देलन गलहार जय-जय कहु सिय के
हँसत खेलइते घर गेइल नउनिया
दुअरे पर नवबतझार[8] जय-जय कहु सिय के।

खार-खूर छोड़ाई

जब वर विवाह के लिए प्रस्थान करता है, तब उसमें पहले उने स्नान कराया जाता है। इस विधि में धोबिन उसे स्नान कराती है और नेग लेती है। इस विधि को 'खार-खूर छोड़ाई' कहते हैं। इस स्नान का विशेष महत्त्व संभवत: इसलिए होगा कि विवाह-संस्कार जैसे पवित्र कार्य के लिए शरीर को पवित्र करना आवश्यक है।

राम का विवाह है। राजा दशरथ उनके स्नान के लिए तालाब खुदवाते हैं, घाट बनवाते हैं। कोसल्या माता अपने राम को पालकी पर चढ़ाकर नहलाने के लिए ले जाती हैं। धोबिन मंडप में झगड़ा करती है कि राम को नहलाने का न्योछावर कम है, मैं तो गजमुक्ता का हार लूँगी। कौसल्या कहती हैं—जब राम ब्याह कर घर आएँगे तब तुम्हें दूँगी—

राजा दसरथजी पोखरा खनावले[9] घट बनावले हे
कोसिला जी डँड़िया-फनावले[10] राम नेहलावले[11] हे
मँड़वहिं झगड़े धोबिनिया निछावर थोड़ आहे[12] हे
रघुवर के नेहलइया[13] हमहीं गजहार[14] लेबो हे
जनु तोहें झगड़ू धोबिनिया निछावर थोड़ आहे हे

---

1. विनती, 2. परिछन करूँगी, 3. स्पर्श किया, 4. हृदय द्वार, 5. नख, 6. तराशा, 7. टुकुर-टुकुर, एकटक, 8. नौबत झरना, 9. खुदवाया, 10. पालकी पर चढ़ाकर ले गई, 11. नहलाया 12. है, 13. स्नान कराई, 14. गजमुक्ता का हार।

राम बिआहि घर अइहें त तोरा गजहार देबो हे।

यह विधि विशेष रूप से कायस्थों में ही होती है।

सेहरा

सेहरा वरपक्ष की ओर गाया जानेवाला गीत है। इसमें अधिकतर वर के सजने-सँवरने या उसके मनोभावों का चित्रण है। कहीं बन्ने की अपार प्रसन्नता चित्रित है तो कहीं उसकी नादानी। किसी सेहरा गीत में कहा गया है कि नदी किनारे लहलहाली दूब है, उसे चरने वाली सोरही गाय का दूध पीकर लड़का हृष्ट-पुष्ट हो गया है। वह विवाह के लिए हठ कर रहा है। विवाह के लिए मौर पहनकर वह श्वसुर की सँकरी गली में जाता है, जिसमें फँसकर उसकी मौर की लड़ी झड़ने लगती है। यह देखकर दुलहन की इच्छा होती है कि वह मौर की लड़ी को गिरने से रोक ले, किंतु लोक-लज्जावश वह ऐसा नहीं कर पाती—

नटिया किनारे लहालही[1] दुभिया[2] चरले सोरहिया के गाय रे
ओही रे बछरवा के गभरू[3] बनवलों पियाले कटोरबे दूध हे
दुधवा पिअइते बाबू अझुरी पसारे[4] माँगल मउरी गुँथाय हे
होए द बिहान[5] पह-फटे[6] द दुलरुआ बसि जइहें सहर बजार हे
सोनवा चोरायम[7] मउरी बनायम मोतियनि लगले जे लर हे
साँकरि साँकरि गलिया कवन बबुआ साँकरि रउरी[8] दुआर हे
जहाँ ए कवन बाबू लगत दुअरिया झरले मउरिया के लर हे
अपन रसोइया से बाहर भेलन कवन सुगइ[9]
कइसे मैं लोकूँ[10] छैलजी के मउरिया झुकि परे गाँव के लोग हे।

विवाह होने की खुशी में दूल्हा इतना प्रसन्न है कि वह मनमानी करता है, प्रसन्नता से वह बड़ा ऊधम मचाता है, नाचता-गाता है, मना करने पर भी किसी की बात नहीं मानता—

अपना बाबा के बँगला में धूम मचावे बनरा
धूम मचावे बनरा सोहाग लावे बनरा
बार-बार मना कइलीं ना माने बनरा
हाथ जोड़ों पैंया पड़ों ना माने बनरा
अरे बन में के बँसवा कटाइ माँगे बनरा
हजार बार मना कइलीं ना माने बनरा
चिटुकी इसारा कइलीं ना माने बनरा

---

1. हरी, लहलहाती, 2. दुब, 3. स्वस्थ, 4. नौजवान, 5. हठ ठानता है, 6. भोर, 7. अंचन करो, 8. पौ फटना, 9. चुराऊँगी, 10. जमीन पर गिरने से पहले थाम लूँ।

नजर से इसारा कइलीं ना माने बनरा
सोनवा के पिजरा गढ़ाइ माँगे बनरा
बार-बार मना कइलीं ना माने बनरा।

कहीं तो दूल्हा इस तरह उपद्रव करता है और कहीं वह इतना नादान दिखाई पड़ता है, जो कोई भी काम सही ढंग से करना नहीं जानता—

बनरा नादान रे रंग खेले ना जाने
खेले ना जाने खेलावे ना जाने
लाड़ो के टिकवा गढ़ावे ना जाने
टिवा मे मोतिया लगावे ना जाने
लाड़ो के नथिया गढ़ावे न जाने
नथिया में झुलनी लगावे ना जाने
बलमा नादान रे रंग खेले ना जाने।

सेहरा के किसी-किसी गीत में बेमेल जोड़ी का भी वर्णन आता है। दुलहन गोरी है, दूल्हा काला। उस पर समस्या यह कि पटना शहर में दरजी नहीं, रँगरेज नहीं, चूड़िहार नहीं।

लाल गोरी पर सँवरा बनरा, कइसे के रंग मिलायो रे,
पटना में दरजिया नाहीं, कइसे के जोड़वा सिआयो रे।

किंतु कहीं-कहीं दूल्हे-दुलहन क्रमशः सूरज और चाँद की तरह भी हैं। दूल्हे की उपमा भँवरे से या माली से दी गई है—

चान अइसन लाड़ो सुरुज अइसन बनरा रे
लाड़ो के कंठवा ऊपर भँवरा लोभाय
परदेसिया लोभाय रे
हौले-हौले मलिया फूल लोठहिं न जाने रे।

किसी गीत में दूल्हा अपने विवाह की तैयारी में स्वयं को सजाता-सँवारता हुआ पाया जाता है।

मेंहदी के पेड़ तर, मेंहदी के पेड़ तर
जोड़वा सँवारे हो
दुलहा कवन दुलहा अपने सँवारे हो।

कहीं दूल्हे को ससुराल से आए कपड़े पहनने और संयम के साथ रहने की सीख दी गई है। कोई-कोई दूल्हा रूठा प्रतीत होता है। लरी समेत मौर मँगाने के लिए, जोड़ा सहित जामा मँगाने के लिए, मोती सहित कुंडल और घूँघट सहित दुलहन को पाने के लिए उसका जी उदास है—

ना जानीं दुलहा काहे बेदिल रे
दुलहा मलीन हवे मउरी मँगा दऽ
मउरी मँगा दऽ लरियाँ सहित रे।

पटना की फुलवारी में आरा की मालिन आती है और बन्ने के लिए एक प्यारा सेहरा गूँथती है। वह सेहरा पहनकर दूल्हा ससुराल जाता है। लौटने पर माता उससे पूछती है—दहेज में क्या पाया? दूल्हा कहता है—दान-दहेज तो बहुत पाया, किंतु सबसे अनमोल चीज है मेरी पत्नी—

कहँवा के हउवे[1] रे ऊ जे[2] मलिनिया
कहँवा के हउवे फुलवारी हो
गूँथेले मालिन सेहरा अजब बनी हो
आरा के हउवे रे ऊ जे मलिनिया
पटना के हउवे फुलवारी हो
गूँथेले मालिन सेहरा अजब बनी हो
से सेहरा पहिरेले दुलहा कवन दुलहा
बिहँसि चलले ससुरारी हो
गूँथेले मालिन सेहरा अजब बनी हो
हँसि-हँसि पूछेली माता जसोदा
का बबुआ पवलऽ[3] दहेज हो
गूँथेले मालिन सेहरा अजब बनी हो
दान-दहेज अम्माँ सबकुछ पवली
धनि पवलीं अनमोल हो
गूँथेले मालिन सेहरा अजब बनी हो।

ससुराल से आया दूल्हा वहीं के रंग में पूरी तरह रँगा है। आँखों में ससुराल का सुरमा है, अंगों में ससुराल का जामा-जोड़ा और पाँवों में ससुराल का मोजा। वही दुल्हा जब दुलहन के लिए पूरे आभूषण नहीं लाता तो दुलहन रूठ जाती है।

दूल्हे का सेहरा मुँह पर झुला रहा है। बाबा, चाचा, जीजा उसे सँभालेंगे और दूल्हे को आज सारी रात जागना पड़ेगा। तपस्या करके ही तो दुलहन मिलेगी—

तोरा सिर के सहेरा ओलरी परी[4]
तोरा बाबा ना लींहें सँभार

---

1. है, 2. वह जो, 3. पाया, 4. झुकता है।

सारी रात दुलहा नींद नेवार[1]
दुलहा नींद नेवार।

कोई दूल्हा लोभी प्रतीत होता है। ससुराल से मिले धन से उसे संतोष नहीं। वह उससे अधिक लेने का हठ करता है—

सोना देत बर लेत नाहीं
माँगेले सेर सवइया[2] अढ़इया[3]
मैं ना जानूँ दुलहा अवइया[4]
मैं ना जानूँ गबड़[5] के अवइया।

किसी-किसी गीत में दूल्हे को विवाहोपयोगी सभी सामग्री सुरक्षित रूप से ससुराल ले जाने और वहाँ सबके प्रति शिष्टता प्रदर्शित करने की सीख दी गई है—

सोनरा दोकनिया झलामल मेघ रे
भींजले कवन राम सोना सहीत रे
सोनवा त धरिहऽ बाबू पगड़ी के बीच रे
घुरुमि-घुरुमि[6] बाबू करिहऽ परनाम रे।

कहीं-कहीं छोटी उम्र के दामाद के लिए विभिन्न वस्त्र-आभूषण बनवाले और दूल्हे को रिझाने का उल्लेख है—

परबत ऊपर सोनरा बसइबो[7]
आगे माई बर जोगे[8] सोनवा बेसहबो[9]
सेहो सोनवा जँवइया[10] पहिरइबो
बालक दमदा[11] रिझइबो।

इन गीतों में कहीं-कहीं हलकी-फुलकी गालियों का भी पुट आता है।

मुसलिम सेहरा गीतों में दूल्हे के रूप एवं वस्त्राभूषणों की प्रशंसा की जाती है—

खूब बनी तोरी अँखिया हाँ रे बने आज की रतिया
खूब बना तोरा सेहरा हाँ रे बने आज की रतिया
लरियाँ लगाएँ सब सखियाँ हाँ रे बने आज की रतिया
खूब सजा तेरा जोड़ा हाँ रे बने आज की रतिया

साँझोली

विवाह-कार्य में माँगर चढ़ने (मंगल अनुष्ठान होने) के दिन से तेल चढ़ने के दिन तक त्रिकाल संध्या की भाँति महिलाएँ प्रातः, दोपहर तथा संध्या को मंगलगान करती हैं। साँझलरी गीत घूर पुजवाकर लौटते समय भी गाया जाता है—

1. रोको, 2. सवा सेर, 3. ढाई सेर, 4. आना, 5. स्वस्थ जवान, 6. घूम-घूमकर, 7. बसाऊँगी, 8. वर के लिए, 9. खरीदूँगी, 10. जमाई को, जामाता को, 11. दामाद।

ओरी रे जोरी[1] द्वै साँझोली जोरें रे दियलु[2] उजेरि तौ अहिलौनी[3] साँझोली।
ओरी रे जोरी द्वै ओबरी,[4] जोरें संचइ भंडार तौ अहिलौनी साँझोली
घोर्‌यौ मेरी बहुअ[5] जसोमति लीपनौ जोरें श्रीकृष्ण के अहलाद
तौ अहिलौनी साँझोली
देउ न बेटी सुभद्रा दीवला, जोरें रे बड़े प्योसार[6] तौ अहिलौनी साँझोली
साँझुलिया होय रम्यानी, गैया बच्छा जो मिलें
साँझुलिया होय रम्यानी मेहरी मुनसा[7] जो मिलें।

दाँतिन

व्रज में रतजगे से विवाह के दिन तक प्रातःकाल जो गीत गाए जाते हैं, वे 'विहान' कहे जाते हैं। दाँतिन या दाँतुन गीत में उल्लेख है कि रुक्मिणी यशोदा माता के लिए समय पर दातुन नहीं लाई, इसलिए श्रीकृष्ण ने रुक्मिणी को उसके पीहर पहुँचा दिया है।

ए हरि जू, भेर भयो परभात, माय जसोदा ने दाँतिन माँगी ऐ
ए हरि जू, हेला तो दिए दस-पाँच, गरब गहीली ने उत्तर न दियौ
ए मैया मोरी, लाऊँ गंगाजल नीर, दाँतिन लाऊँ चोखे झार की
ए बेटा दाँतिन तुम करि लेउँ, हमरी तौ दाँतिन बिरिया टर गई।

बेटी विवाह

वर और कन्या दोनों पक्षों की ओर अपनी-अपनी विधि के अनुसार गीतों का प्रचलन है। विधियों के अनुसार दोनों के पक्ष के विवाह गीतों की विषयवस्तु भी अलग-अलग हो जाती है। लौकिक विषयवस्तु के अलावा इन गीतों में पौराणिक प्रसंगों की भी भरमार है।

रुक्मिणी का विवाह शिशुपाल के साथ तय हो चुका था, किंतु उन्हें यह पसंद नहीं था। उन्होंने श्रीकृष्ण के पास संदेश भेजा। सही समय पर आकर श्रीकृष्ण ने रुक्मिणी का हरण कर लिया। चूँकि उनका हरण होना था, इसलिए एक तरह से रुक्मिणी के लिए बारात छिपाकर लाई गई। रुक्मिणी ने चुपके से श्रीकृष्ण का पता लगाया और फिर सखी-सहेलियों को बुलाकर मंगलगान किया। बाद में श्रीकृष्ण द्वारा रुक्मिणी का सिंदूरदान हुआ और फिर हुआ पति-पत्नी का हास-परिहास। रुक्मिणी की इच्छा जानकर श्रीकृष्ण ने उनका अपहरण किया और शिशुपाल से रुक्मिणी का उद्धार किया।

---

1. जोड़ी, 2. दीपक, 3. सुंदर दिखाई पड़नेवाली, 4. कोठरी, 5. बहू, 6. पिता का घर, 7. पति-पत्नी।

बेटी विवाह के गीतों में कहीं सीता-स्वयंवर का वर्णन है तो कहीं सीता के लिए वर ढूँढ़ने की जिज्ञासा है। सीताजी आँगन में झाड़ू देती हैं तो माता उन्हें देखकर सोचती हैं कि सीता अब विवाह योग्य हो गई है। वे ब्राह्मण को पोथी लेकर अयोध्या भेजती हैंट्ठवर ढूँढ़ने के लिए। जनकजी ने ब्राह्मण को तिलक किया, दशरथ के यहाँ बारात सजी और विवाह की तैयारी हुई। इधर सीताजी के लिए स्वयंवर रचा गया था जिसमें प्रण किया गया था कि जो शिवजी का धनुष तोड़ेगा, उसी से सीता ब्याही जाएँगी। श्रीराम ने उस धनुष के तीन टुकड़े कर दिए और दोनों का विवाह संपन्न हुआ।

बइठल सिया मनमारी[1] से रामे-रामे
अब सिया रहली कुमारी से रामे-रामे
गाइ के गोबर अँगना नीपल
मोतियन चौका पुराइ से रामे-रामे
धनुस देलन ओठँगाइ[2] से रामे-रामे
देसहिं देस के भूप सब आयल
धनुसा देखिय मुरझाइ से रामे-रामे
अजोधा नगरिया से राम लछमन आयल
धनुसा देखिय मुसकाइ से रामे-रामे
धनुस कइलन तीन खंड से रामे-रामे
अब सिय होयतो बियाह से रामे-रामे
मुनि सब जय-जय बोले से रामे-राम
सखी सब फूल बरसाए से रामे-रामे।

कहीं किसी सुंदर बेटी के लिए ऐसा दूल्हा ढूँढ़ा गया है, जो स्वयं काला-कुरूप है और जिसकी सास सौतेली है। बेटी की माँ स्वयं फाँसी लगाकर मरना चाहती है। किंतु बेटी उसे समझाती है कि बेटी के लिए यह कोई नई बात नहीं। पिता का धन, मकान भैया के भाग्य में है। मेरा भाग्य तो दूर देश लिए जाता है। भैया के जन्म के समय उनकी नाल सोने की छूरी से काटी गई, किंतु मेरे लेने पर हँसिया और खुरपी भी नहीं मिली।

किसी गीत में बेटी के विदा होने का प्रसंग है। वह हाथ में सिधोरा और खोइँछे (आँचल) में हल्दी रँगा चावल, दूब, पान आदि माँगलिक पदार्थ लेकर अपने गुरुजनों के पास सुहाग का आशीर्वाद लेने जाती है। दादी आँचल में सिंदूर देना चाहती है, किंतु बेटी कहती है, ''आँचल का सिंदूर तो झड़ जाएगा, किंतु माँग में दिया हुआ सिंदूर ही अचल सुहाग बनेगा।

---

1. उदास, 2. सहारा देकर खड़ा करना।

किसी कन्या के पिता के चार खंड आँगन हैं, जिनमें चारों ओर किवाड़ लगे हैं, बेटी एक खंभे के सहारे बैठी अपने बाबा से पूछती है, "तुमने गजदंत हाथी कहाँ पाया? कहाँ पाया गजमुक्ता का हार, कहाँ पाया डंठीदार ताजा पान और कहाँ पाया राजकुमार?" बाबा ने कहा, "बेटी, मैंने राजा के घर गजदंत हाथी पाया, पंसारी के घर पाया गजमुक्ता का हार, तमोली के यहा ताजा पान पाया और देश में पाया राजकुमार।" बेटी ने पूछा, "इन चीजों को मैं पहचानूँगी कैसे?" बाबा ने कहा, "बेटी, बड़े दाँतों से तुम गजदंत हाथी को पहचानेगी, चमक से गजमुक्ता के हार को पहचानेगी, ताजा डंठल से पान पहचानेगी और पोथी हुए राजकुमार की पहचानोगी।"

श्रीकृष्ण एक पत्नी के रहते दूसरा विवाह करते हैं। दुलहन अँगुलियाँ में अँगूठी, कंठ में गजमुक्ता का हार और कानों में आभूषण पहनकर सास के पास जाती है। सास उसे बैठने के लिए आसन देती है। फिर वह जेठानी के पास जाती है, वह भी उसे आसन देती है। किंतु जब वह सौत के पास जाती है तो सौत उसे ताना मारती है। वह रोती हुई कृष्णजी के पास आती है और सारी बातें कह सुनाती है। कृष्णजी उसे समझाते हुए कहते हैं कि मैं सारी पत्नियों को छोड़कर केवल तुम्हें ही हृदय से लगाऊँगा।

राजा जनक को चार बेटियाँ हैं, जिन्हें वे एक ही लगन में ब्याह देना चाहते हैं। बड़ी को लंका के राजा से, मँझली को कृष्ण से, सँझली को ईश्वर महादेव से और छोटी को श्रीराम से ब्याहेंगे वे। लंका के राजा बाजे-गाजे लेकर आते हैं, कृष्ण मुरली बजाते हैं, महोदव डमरू बजाते हैं। जनक की पत्नी ऊँचे महल पर चढ़कर बारात देखती हैं और कामना करती हैं कि दस बेटियाँ और होतीं। चारों कन्याओं का विवाह हुआ और नौ लाख का दहेज दिया गया। बेटी का विवाह और दहेज का व्यय देखकर सोचना पड़ता है कि शत्रु के घर भी बेटी न हो। इस गीत में कथा-प्रसंग बिलकुल अलग है, क्योंकि राजा जनक की चारों पुत्रियाँ राजा दशरथ के चारों पुत्रों को ब्याही गई थीं।

एक अन्य गीत में श्रीराम को सीता से उम्र में छोटा बताया गया है। बारात में दूल्हे को देखकर स्त्रियाँ इस बात की आलोचना करती हैं तो सीता दुःखी हो उठती हैं। वे मंगल कलश लुढ़काकर पूछती हैं कि मेरे लिए छोटा वर क्यों ढूँढ़ा? उसके पिता मंडप का बाँस पकड़े हुए कहते हैं कि वर तो छोटे से बड़ा हो जाएगा, इसलिए तुम अपने कुल की लाज रखो। इधर श्रीराम अपने को अपमानित अनुभव कर धमकी देते हुए कहते हैं, आप अपनी कन्या को अपने घर में रखें मैं दूसरा विवाह कर लूँगा। इस गीत का विषय भी प्रचलित कथा से मेल नहीं खाता। संभवत: लोकप्रचलित पात्रों को लेकर ही गीतों की रचना हुई है, प्रसंगों की प्रामाणिकता पर विचार नहीं किया गया है।

कहीं दूर ब्याही जाती हुई बेटी अपने पिता को इस बात का उलाहना देती है तो

कहीं साँवले दूल्हे को देखकर वह दुःखी होती है। पिता समझाता है कि भगवान् भी साँवले थे। सच पूछो तो दूल्हे की माँ अनाड़ी है। उसने लड़के को तीसी का तेल लगाकर धूप में सुलाया, इसलिए वह काला हो गया। तुम्हारी माँ कुशल गृहिणी है। उसने तुम्हें तेल-फुलेल लगाकर छाया में सुलाया, इसलिए तुम गोरी हो गईं। तुम अपने दूल्हे को चंदन लगाना, वह भी गौर वर्ण का हो जाएगा।

किसी सुंदर दूल्हे को देखकर उसकी सास उसके सौंदर्य का रहस्य पूछती है। दूल्हा कहता है—मेरी माँ ने मुझे सोना धो-धोकर पिलाया है, इसलिए मैं इतना सुंदर हूँ। सास अपनी बेटी के लिए वह सोना माँगती है, किंतु दूल्हा कहता है—बेटे का प्यार बहू को नहीं मिल सकता, इसलिए मेरी माँ वह सोना अपनी बहू को नहीं पिला सकती।

घर में बेटी का जन्म होता है तो उसके बचपन तक तो सभी प्रसन्न होते हैं, किंतु जब उसका विवाह होने लगता है तो उसके वियोग या दहेज की माँग को सुनकर लोगों को पुत्री का जन्म बुरा लगने लगता है। स्वयं बेटी भी माता-पिता से अलग होते हुए उलाहना देती है कि यदि मुझे पराए घर ही भेजना था तो आपने इतना प्यार क्यों दिया?

लड़की के पिता बारात और समधी की सुख-सुविधा के लिए जी-जान से लग जाते हैं। लड़की अपने दूल्हे को जुल्मी कहती है। किंतु उसके परिवार वाले दामाद को दहेज देकर प्रसन्न करना चाहते हैं। कहीं लड़की ससुराल में अपनी प्रतिष्ठा के लिए सुंदर और सुलक्षणा बहू चाहता है। वस्ततुः विवाह में दिया गया धन स्थायी नहीं होता। स्थायी होता है—सौभाग्य सिंदूर।

विवाह के हास-परिहास के बीच दूल्हा दहेज में सलहज को लेने का हठ कर बैठता है। कोई दामाद अपने ससुर से सुंदर सरोवर लेने का हठ करने लगता है तो कोई दूल्हा अपने ससुर के घर के सुंदर पाक्षी को माँग बैठता है।

बेटी विवाह के अंतर्गत कन्यादान को बड़े पुण्य का काम माना जाता है। किंतु जैसे दूध के बिना खीर नहीं अच्छी लगती, उसी तरह पुत्र के बिना संसार अंधकारमय समझा जाता है। बेटी के लिए जब उपयुक्त वर नहीं मिलता तो पिता बेटी को डूब मरने के लिए कहता है।

एक गीत में ऐसा भाव है कि ऊँची अटारी पर सूर्य को मेघ ने ढँक लिया। एक कन्या कुँवारी है। किसी का पुत्र अपने आँगन में तप करता है और कुँवारी कन्या चाहता है। बेटी की माँ थाल भर मोती लेकर तपस्वी को देना चाहती है। परंतु वह तो कन्या के सिवा कुछ नहीं चाहता। लड़की का भाई तपस्वी को मारने आता है तो बहन कहती है—उसे मत मारो अन्यथा मेरे जीवन का निर्वाह कौन करेगा?

केकर ऊँची अटारी सुरुज मेघ छाइला[1] हे
केकर कनेया[2] कुँवारी त बिअहन माँगेली हे
कवन बाबू के ऊँची अटारी सुरुज मेघवा छावेला हे
कवन बाबू के कनेया कुँवारी त बर एक चाहेली हे
कवन बाबू के पूत तपसिया[3] आँगन तप करेला हे
माँगेला कनेया कुँवारी त आजु हम बिअहब हे
घर से बाहर भइली बेटी के अम्माँ, थारी भरि मोती लेले हो
लेहु ना पूत तपसिया आँगन मोरा छोड़ जाहु हे
का करबो थारी भरि मोतिया मोती नाहीं लेहब हे
रउरा घरे कनेया कुँवारी त हमसे बिआअहु हे
दुअरा से अइले कवन भइया, हाथ में खरग[4] लेले हे
मारब पूत तपसिया बहिन मोरा माँगेला हे
अपना रसोइया से बोलेली बेटी कवन बेटी हे
जनि[5] मारू पूत तपसिया जनम मोरा के खेपी[6] हे
के मोरा कोठवा उठइहें त जल भरी लेइहें नू हे
के मोरा बँगला छवइहें त कइसे दिन काटब हे।

बेटी विवाह के किसी गीत में युद्ध करके पत्नी को जीत लाने का वर्णन है, जो मध्यकालीन समाज की भारतीय परंपरा का प्रतीक है।

बारात आते देखकर लड़की का पिता घर के छिन्न-भिन्न होने के भय से, धन खर्च होने के भय के भीतर छिप जाता है। बेटी कहती है—पिताजी, बारात कल सबेरे लौट जाएगी, आपका घर फला-फूला रहेगा। विदा के वक्त माँ दामाद से बेटी का ध्यान रखने के लिए कहती है। दामाद उसे इस बात का आश्वासन देता है।

बाल गुँथाई

सात सुहागिनों द्वारा सुगंधित मसालों को सिल पर पीसकर गीत गाते हुए दुलहन के बालों में लगाया जाता है तथा चोटी गूँथी जाती है। इस विधि को 'मेहरी गुँथाई' भी कहते हैं। इस समय के गीतों में दुलहन के सँवारे हुए बालों की प्रशंसा मिलती है—

मैं तुझे पूछूँ बीबी एके बाल नवकंगही[7]
किनने तेरा बाल सँवारा हे।
दादी जो मेरी कवन दादी बीबी
एके बाल नवकंगही
वही दादी बाल सँवारा है।

---

1. छाया है, 2. कन्या, 3. तपस्वी, 4. खड्ग, 5. जनि, 6. निर्वाह करना, 7. नई कंघी।

मेंहदी

विवाह के दिन दूल्हे-दुलहन को मेंहदी लगाने की विधि संपन्न की जाती है तथा गीत गाए जाते हैं—

दादा लखिया की बदशाही
सहानी लाड़ो के मेंहदी रचाई
भैया लखिया की बदशाही
सहानी लाड़ो मेंहदी रचाई।

कहीं-कहीं दूल्हे-दुलहन को मेंहदी लगाने और उसे सुखाने का वर्णन आता है—

मेंहदी तोड़ने चली है अरूमा[1] बेटी
दुलहे ने पकड़ी है बाँह
दुलहा लगावे दोनों हाथ, मेंहदी मेरी रे
मेरी लाड़ो लगावे दोनों हाथ, मेंहदी मेरी रे
दुल्हा सुखावें घड़ी रे पहरिया[2]
मेरी लाड़ो सुखावे सारी रात
लगावे उमराव[3] मेंहदी मेरी रे।

व्रज प्रदेश में मेंहदी के अवसर पर गाया जानेवाला एक गीत इस प्रकार है—

देवर के पिछवार, महेंदी तौ कहियै राचनी मेरे लाल
लौहरी ननद लई साथ, मेंहदी सूंतन धन चली मेरे लाल।

पत्ता-तोड़ाई

'पत्ता-तोड़ना' वृक्ष से पत्ते के टूटने अर्थात् माता से पुत्री के वियोग का प्रतीक है। विवाह के बाद बेटी माता से अलग होती है। मातृगृह के विछोह के कारण उसकी आँखों से आँसू गिरते हैं। पत्ता-तोड़ाई विधि में कन्या का भाई उसके साथ वटवृक्ष के पास जाता है और पत्ता तोड़ता है। विदा के वक्त बेटी देखती है कि उसके भाई के हाथ में तलवार है और भाई के पीछे आती हुई भाभी के हाथ में सिंधोरा। यह विधि जोग माँगने के अंतर्गत ही आती है। जोग माँगने का तात्पर्य है कि लड़की के प्रति दूल्हे का आकर्षण बना रहे—

जोगवा[4] बेसाहन[5] चलल मोर भइया रे टोनमा
भइया चलले संगे साथ रे टोनमा
घुरि फिरि[6] देखथिन बेटी दुलरइतिन बेटी रे टोनमा
अँखियन से ढरे लोर[7] रे टोनमा

1. दुलहन, 2. पहर, 3. रईस, 4. योग, टोना, 5. खरीदने के लिए, 6. पीछे घूमकर, 7. आँसू,।

आगे-आगे अवथिन[1] भइया दुलरुआ भइया रे टोनमा
पाछे-पाछे भउजी चली आवे रे टोनमा
भउजी के हाथ में सोने के सिंधोरवा[2] रे टोनमा
भइया हाथे तरवार[3] रे टोनमा।

जोग मँगाई

पत्ता-तोड़ाई विधि के अंतर्गत ही जोग माँगने की प्रथा है। कहा जाता है—कहाँ से जोग आता है और कहाँ घूमता है? दुलारे दूल्हे के यहाँ से जोग आता है, तेली के द्वार पर चक्कर काटता है और प्यारी सुगृहिणी को जाकर लगता है—

कहाँ से जोग आयल, कहाँ जोग घुरमई[4] गे माई
दुलरइता[5] दुलहा ही[6] से जोग आयल
तेलिया दुअरिया जोग घुरमई गे माई
दुलरइता देइ[7] के जागे जोग लाग-गे माई।

जोग

'जोग' शब्द 'योग' का अपभ्रंश है, जिसका अर्थ है—तंत्र-मंत्र, टोने-टोटको द्वारा किसी को वशीभूत करने की प्रक्रिया। किसी बहन का भाई कंधे पर कुदाल लेकर पर्वत से जड़ी लाता है, जिसे पीस-कूटकर बहन कटोरा भरती है और अपने दूल्हे को जोग की जड़ी पिलाना चाहती है। किंतु दूल्हा उसे पीना नहीं चाहता। वह अपने पिता के पास भाग जाना चाहता है—

लेहऽ[8] दुलरइता भइया कंधवा[9] कोदरिया[10]
परबत से जड़ी ला देहु भइया
तोड़िए काटिएक भइया बान्हलन[11] मोटरिया[12]
लऽ न दुलरइतिन बहिनी जोग के जड़िया
पिसिए कूटिए बहिनी भरल कटोरिया
पीअऽ न दुलरइता दुलहा जोग के जाड़िया
हमें न पीबो[13] सुघइ[14] जोग के जड़िया
हम भागी जइबो बाबा के पासे।

जोग का ऐसा प्रभाव होता है कि बरात में सम्मिलित होनेवाले बाराती तथा आसपास की सभी चीजें जोग से प्रभावित हो जाती हैं और किसी को पता भी नहीं चलता। जोग सीखने के लिए बेटी माँ के पास जाती है और सुहाग की याचना करती है—

अरे जोग सीखे चलली बेटी अम्माजी के टोला

---

1. आते हैं, 2. सिंदूरदान, 3. तलवार, 4. चक्कर काटता है, 5. दुलारे, 6. दूल्हे के यहाँ, 7. देवी, सुगृहिणी, 8. लो, 9. कंधे पर, 10. कुदाल, 11. बँधी, 12. गठरी, 13. पीऊँगा, 14. सुगृहिणे।

अम्मा देहु ना सोहाग, बाबा प्यारी के सोहाग
नैहरवाली के सोहाग
अरे माई मैं ना जानीला जोग कइसे होखेला
जोग बेली होखेला, जोग चमेली होखेला
दउना मड़वा होखेला
अरे माई मैं ना जानीला जोग कइसे होखेला।

दुलहन अपने जोग के बल से घर के लोगों को अपने वश में करके उनसे मनचाहा काम कराती है। वह लाल-पीली सरसों मँगाकर चिड़िया की चोंच में रखती है और अपनी ननद को जोग दिखाती है। वह अपनी सास को घर के कोने का चूहा और ननद को कौवाहँकनी बनना चाहती है। वह सास से अन्न कुटवाएगी, ननद से मिलवाएगी, छोटे देवर से घर लिपवाएगी और चावल छँटवाएगी तथा पति से खिचड़ी बनवाएगी, स्वयं वह राज करेगी।

कोई बहन जोग सीखने के लिए कामरूप-कमच्छा की ओर चल पड़ती है। रास्ते में भाई मिलता है, जिससे वह मार्ग पूछती है। भाई कहता है—कामरूप वह देश है जहाँ के पेड़ों की डाल और पत्तियाँ कट गई हैं। तुम पहले आती हतो सारे जोग सीखत। अब तो सारे जोग बाजार में बिक गए। जो कुछ बचे थे, उन्हें घर के छप्पर में खोंलल दिया और कुछ लोग दूल्हे की पगड़ी में खोंस दिया।

बड़ी बहन शीशम की पालकी पर बैठकर किसी सिद्धिप्राप्त योगिनी के पास जोग सीखती है, जहाँ जोग समाप्त हो चुका है। जो शेष था, उसे ही प्राप्त कर वह वापस आ जाती है, क्योंकि पति को वश में करने के लिए उतना ही जोग पर्याप्त है।

लड़के की माँ लड़की की माँ से अनुरोध करती है कि मेरे बेटे पर जोग-टोना न करो, क्योंकि वह कोमल और सुकुमार है। किंतु दामाद बेटी के वश में रहे, इसलिए लड़की की माँ अवश्य ही जोग करना चाहती है। दुलहन को अपने जाग-टोने पर विश्वास है। वह सोचती है कि ससुराल के लोग उसके वश में रहकर उसके अनुकूल रहेंगे—

अमावस के ऊ जे रात अन्हरिया के रे भरिहें जुड़[1] पानी
जोग हम ना जानीं मोर रानी।
के रे पीसी के रे कूटी के रे भरिहें जुड़ पानी
सासु पीसी ननद कूटी देबरा भरिहें जुड़ पानी
जोग हम ना जानीं मोर रानी।
अपना कवन दुलहा से भात रिन्हइबो[2] खइहें कवन देइ रानी,
जोग हम ना जानीं मोर रानी।

---

1. ठंडा, 2. रँधवाऊँगी, बनवाऊँगी।

कोई चतुर दूल्हा अपनी सास से कामरूप का जोग-टोना सीखता है और ससुराल पर ही शासन करने लगता है। जो दुलहन जोग-टोने का ज्ञान नहीं रखती वह विवाह से पहले अपने घर की औरतों से जोग की शिक्षा लेती है।

कहीं दूल्हा जोग की जड़ी लाता है। दुलहन उसे पीसकर देती है। पीकर दूल्हे का सर चकराने लगता है तो दुलहन पर दोष आता है और दुलहन पश्चात्ताप करने लगती है।

दुलहन की माँ अपने दामाद पर जादू-टोना करके उसका ज्ञान हर लेती है। उससे फिर सब कुछ कराया जा सकता है। दामाद कहता है—एक माँ ने अपनी बेटी के लिए जोग कराकर मेरा ज्ञान हर लिया। कोहबर में जाते हुए उसने मुझे गाय बनाकर नाक में नकेल डाल दी; बैल बनाकर मुझसे हल चलवाया; बिल्ली बनाकर दही चटवाया; कबूतर बनाकर लड्डू खिलाया।

कहीं माँ, चाची, भाभी टोकरी में जोग लेकर बेचती हैं और घोड़े पर चढ़ा हुआ दूल्हा उसे खरीदता है। दूल्हे की सास को अपने जादू-टोने पर इतना विश्वास है कि वह चूल्हे के पीछे हल जोतवाने, सूखे गड्ढे में नाव चलवाने, भरे हुए तालाब में घोड़ा दौड़ाने और तलहत्थी पर दही जमवाने की शक्ति रखती है और अपने दामाद को वह इन बातों से परिचित करा देना चाहती है।

कहीं-कहीं ऐसा भी जोग देखा गया है कि किसी नववधू का पति चोरी चला गया है। उसे ढूँढ़ने के लिए लोग बतलाते हैं कि पाँव के नूपुर अच्छी तरह बाँधो, जहाँ से पति की चोरी हुई है, वहाँ एक बाग लगाओ और पति को ढूँढ़ो।

मुसलिम गीतों में जोग लादकर लाने का उल्लेख है। दूल्हे-दुलहन को रक्षा के लिए जोग माँगने की विधि संपन्न की जाती है।

दादा हमारे नयना-जोगी[1] हैं री मइया
दादी हमारी मनमोहिनी री मइया
बलदी[2] लदाए जोग लाद लाएँ री मइया।

गोंड गीत

लड़के की बारात जब कन्या के यहाँ जाने को प्रस्तुत होती है, उस समय पालकी घोड़े सजाए जाते हैं। उस अवसर पर जो गीत गाए जाते हैं, उन्हें मिर्जापुर जनपद में 'गोंड़ गीत' नाम से जाना जाता है—

चली है बारात जनकपुर जाना
सजी आलकी सजी पालकी, चौबंदी चौबाना
रथ साजि घोड़ा सजवाए
चढ़ि के चलेन भगवाना।

1. आँखों से जोग-टोना, 2. बैल पर।

द्वारपूजा या द्वारचार

बारात जब दरवाजे पर लगती है तो पूजा की विधि होती है। दूल्हे की आरती उतारी जाती है। उस पर अक्षत आदि फेंका जाता है। इस समय के गीतों का बहुत प्रचार नहीं है। फतेहपुर में प्रचलित द्वारचार के एक गीत में चौक पूरने, द्वार पर बाजा बजने, सोने की थाली में कपूर की बाती लेकर दूल्हे की आरती उतारने का चित्र खींचा गया है—

बाजन बाजै दुआरे, रंगीला दुलहा ब्याहन आया
सिर पर कलस धरे हैं गुजरिया गावत मंगलचार।
गाय गोबर से चौक पुरे हैं, पुरवैं सुहागिन नारि
कंचन थार, कपूर की बाती, लेहु आरती उतारि।
समधी ठाढ़े हमरे दुआरे पहिरे फुलन केर हार
जुग-जुग जीवै यह जोरी, यहै असीस हमार।

इस समय के एक गीत में देर से बारात पहुँचने को शिकायत की गई है, साथ ही बारातियों का परिहास भी किया गया है—

मुँह पर साल देइ आए रे सुनर[1] वर
धूमधाम गरदा[2] मचाए रे सुन्नर वर
बरियतिया मँगलो सबेर त अइले अबेर[3] ए
दिअवा[4] लेसि-लेसि[5] देखों त सभ बगडेर[6] ए।

बारातियों पर कटाक्ष करते हुए हरियाणा का एक गीत इस प्रकार है—

हमने बुलाए सुथरे-सुथरे, मूँड़े-मूँड़े आए री
हमने बुलाए लांबे-लांबे, ओछे-ओछे आए री
हमने बुलाए भूरे-भूरे, काले-काले आए री।

ऊबनी (बुंदेलखंड)

जब कन्या के द्वार पर बारात लगती है और दूल्हा द्वार पर आ खड़ा होता है, तो ससुराल की स्त्रियाँ गीत में प्रश्नों की झड़ी लगा देती हैं। 'ऊबनी' नामक यह गीत बुंदेलखंड की विवाह परंपरा के अंतर्गत आता है—

कहँना के भले मालिया जिन बाग लगाए?
कहँना की बेटी कोकिला फूल बीनन आई?
कहँना के भले कोटिया जिन कोट उठाए?
कहँना के बड़े तापसी चढ़ ब्याहन आए?

---

1. सुंदर, 2. धूल, 3. देर से, 4. दीपक, 5. जलाकर, 6. तिरछा देखना वाला।

सागर के भले कोटिया जिन कोट उठाए?
देवरी के बड़े तापसी चढ़ ब्याहन आए
कोट नवै परवत नवै सिर नवै नईं कोई
बाबुल राए माथो जब नवै जब साजन आएँ।

घोड़ी (राजस्थान)

राजस्थान में घोड़ी के गीत विवाहोत्सव में गाए जाते हैं। वैसे घोड़ी गीतों का स्वतंत्र उल्लेख भी राजस्थानी गीतों में मिलता है। घोड़ी पर चढ़कर ही विवाह में तोरण मारा जाता है। इस अवसर पर निम्न गीत गाया जाता है—

घोड़ी तो चंचल बनड़ा चलसी
जो हाँजी बना गढ़ मुलतानल सैं आई
नवल बना की घोड़ी जौ चरे जी

बनारस में गाया जानेवाला एक घोड़ी गीत इस प्रकार है—

घोड़ी ठुमुकि-ठुमुकि पग धर सखी रे
बहि के बाबा हजारी ने मोल लई
आजी रानी लुटावई मोतियन की लरी।
वहि के भैया हजारी ने मोल लई
भाभी रानी लुटावई मोतियन की लरी।

हरियाणा में घोड़ी गीतों को 'घुड़चढ़ी के गीत' कहा जाता है। कुछ गीत इस प्रकार हैं—

घोड़ी सोवै दादा दरबार बछेरी मेरै मन भावैगी
चिरि आवै खेड़े की दूब, बछेरी मेरै मन भावैगी
चढ़ आवै समधी का हे नंद, बछेरी मेरै मन भावैगी

× × ×

एक घोड़ी नजारे तै आई
उसके दादा ने रास बुलाई ओ राम
घोड़ी की चाल सवा सलड़ी
घोड़ी अँखिया नै मरकानै
बाले बनड़े नै सैन सिनावै ओ राम।

× × ×

तू तै चाल घोड़ी चाल मेरे दादा के दरबार
बन्ना जी मैं खाऊँ बूरा भात
घोड़ी चरै चना की दाल।

पहाड़ी प्रदेश में गाया जानेवाला घुड़चढ़ी का गीत इस प्रकार है—

कूण ता नाओ वैहणो वदाणु
कूण नाओ घोड़ा चढ़े
भाए तो नाओ बैहणी वदाणु
लाड़ो नाओ घोड़ा चढ़े।

परिछन

लड़का जब विवाह के लिए जाने लगता है तो हल्दी-रँगे चावल और गोबर की पिंडी औरतें पालकी के इधर-उधर फेंकती हैं और लोढ़े से दूल्हे को परिछती हैं। इसके बाद कन्या के द्वार पर बारात लगती है और दामाद मंडप में आता है तो कन्यापक्ष की महिलाएँ वर पर परिछन करने आती हैं। इस विधि के अंतर्गत एक सूप में पत्थर का लोढ़ा लाया जाता है और इसे ही दूल्हे के मुख के आगे घुमाया जाता है। इसके बाद वर की आरती उतारी जाती है। इसके औचित्य के विषय में कोई मत नहीं मिलता, किंतु पत्थर का सामना करना गृहस्थी के संघर्षों को झेलने का प्रतीक हो सकता है।

राम के विवाह के समय उनकी माता बहुत प्रसन्न होकर परिछन करती हैं, किंतु कैकेई परिछन के लिए लोढ़ा घुमाती हुई रो रही है। कारण पूछने पर वह कहती हैं कि राम और लक्ष्मण का विवाह हो रहा है, किंतु मेरा भरत क्वाँरा। इस पर खिन्न होकर राम की माता कहती हैं कि आप इस घड़ी में रोते हुए परिछन की विधि न करें, मैं स्वयं कर लूँगी। लोकमानस में कैकेई का ऐसा चरित्र संभवतः राम वनवास के अपवाद के कारण गढ़ा गया है—

सोने के लोढ़वा सरइया[1] केरा[2] सूप ए
परिछन चलली राम के मइया ए।
आपन राम अपने हम परिछबि[3]
जनि कोई परिछन आइ ए।
एक हाथे केकइया रानी लोढ़वा घुमावेली
दोसरे नयन पोंछे लोर[4] ए।
काहे केकइया रानी लोढ़वा घुमावेलू
राम से लछुमन बिअहन चलले
भरत रहले कुँआर ए।
जनि हो केकइया रानी लोढ़वा घुमावहु
जनि नयन ढारू[5] लोर ए।

1. मूँज या सरपत पौधे की सींक, 2. का, 3. परिछन करूँगी, 4. आँसू, 5. ढुलकाओ।

अयोध्या नगरी से जब जनकजी की नगरी में बारात पहुँचती है तो कन्यापक्ष में हलचल मच जाती है। दूल्हे की परिछने के लिए कन्यापक्ष की स्त्रियाँ फूलों की डाली सजाकर, पान, फल, दूध, दही, अक्षत और जल लेकर आरती सजाकर चल पड़ती हैं। बिना दाँत वाले छोटे कद के हाथी पर मखमल के जरीदार हौदे में बैठकर दूल्हा आता है, जिसके हाथ में रूमाल है और माथे पर मणियों की मौर। शहनाई की धुन सुनकर और राम का रूप निरख कर सीता की माताजी आरती करती हुई सुध-बुध खो बैठती हैं—

अवध नगरिया से अयले बरियतिया हे
परिछन चलु मिलि-जुलि साजु सब सखिया हे।
साजी लेहु डाली-डुली[1] बारी लेहु[2] बतिया[3] हे
पान फूल दूध दही अछत भरी लुटिया[4] हे।
मकुनी[5] जे हथिया के जरद[6] अमरिया[7]
ताही चढ़ि आवल हमर अलबेलवा हे।
हथिया वो घोड़वा के बनवल हइ सिंगरवा हे
ताहि चढ़ी चारों दुलहा सोभत असवरवा[8] हे।
जामा साजे जोड़ा साजे साजल गले हरवा हे
हथवा रूमाल सोभे माथे मनिन-मउरिया[9] हे।
सासु के अँखिया लगल मधुमछिया[10] हे
कइसे मैं परिछों दमाद अलबेलवा हे।
आरती करइतो सुधि-बुधि नहीं आवे हे
आनंद मंगल तेही छन सब गावे हे।
राम रूप छकि-छकि पावे दरसनमा हे
ऊँटवा नगाड़ा बाजे-बाजे सहनइया हे।

भोजपुर प्रदेश के परिछन गीत में लोढ़े से परिछने की चर्चा है, जबकि मगध के गीत में फूलों की डलिया और आरती की थाली से दूल्हे को परिछने का चित्रण हुआ है। इससे ऐसा स्पष्ट होता है कि मगध में दूल्हे को लोढ़े से परिछने की प्रथा नहीं है, यह प्रथा भोजपुर क्षेत्र में ही प्रचलित है।

कोई कन्या की माँ अपनी गोतनी से दूल्हे को परिछने के लिए कहती है, किंतु ईर्ष्या वश गोतनी बहाना बनाकर कहती है कि दामाद को परछिने से मेरी शंख चूड़ी टूट जाएगी, कंगन फूट जाएगा। खिन्न होकर कन्या की माँ कहती है—तुम मेरे

1. फूलों की डाली, 2. जला लो, 3. बाती, 4. पूजा करनेवाला छोटा लोटा, 5. छोटे कद का, 6. जरीदार, 7. हौदा, 8. सवार, 9. मणियों की मौर, 10. मधुमक्खी।

दामाद को मत परिछो। अपने सुंदर दामाद को मैं स्वयं परिछ लूँगी।

परिछन के समय सोने का डाला लेकर नाइन खड़ी होती है, किंतु निद्रा से बोझल नादान दूल्हा नींद के कारण उसे नहीं पहचानता। इसी तरह सोने का लोढ़ा लेकर सास, सोने का कजरौटा लेकर सलहज और पान का बीड़ा लेकर साली बाहर आती हैं, किंतु नींद का मारा दूल्हा किसी को नहीं पहचानता।

यों तो परिछन के गीतों में परिछन की विधि का ही उल्लेख होता है, किंतु एक गीत में कुछ दूसरा ही विषय मिलता है। कन्यापक्ष की कोई स्त्री कहती है—मैंने तो आजन -बाजन माँगा था, वरपक्ष के लोग सिंगा बाजा ले आए। परिछन के समय वे बन्दूक ले आए। मैंने तो हाथी-घोड़ी माँगा था, वे मोटर ले आए। मोटर का भोंपू सुनकर मुझे घबराहट होती है। परिछन के समय पिस्तौल लेकर आए हैं। ऐसे समधी को लज्जा भी नहीं आती, जिन्होंने विपरीत काम करके नाम-हँसाई की है।

चीकट चढ़ाने की विधि (बुंदेलखंड)

बुंदेलखंड में लड़के-लड़की के विवाह के समय स्त्रियों के मायके से चीकट आती है। चीकट अच्छे वस्त्रों के लिए यहाँ प्रयुक्त होता है। बारात आने के समय बाजे सुनकर चीकट चढ़ाई जाती है। लड़के का ब्याह हो तो बारात जाने में पहले चढ़ाई जाती है। चीकट में भाई अपने बहन-बहनोई तथा बहन की देवरानी, जिठानी के लिए वस्त्र लाकर भेंट करता है। इस अवसर पर बुंदेलखंड में गीत गाने की भी प्रथा है—

चलो देवरनियाँ चलो जिठनियाँ
राजा बीरन खों आगो दे ल्याइयो
भैया-बहन बैठ दोई मतो करत हैं
कौन खों का पहिराइए
सास-ननद खों छींट छिमरिया
देवरानी-जेठानी खों चूनरी।
हम खों बीरन मोरे जेवर गढ़ैयो
बहनेऊ खों पचरंग पागड़ी।
जोरा बीरन तुमें इतनोई नै पूजै
तो रीते भले सब आइयो।

चढ़ाव के गीत (बुंदेलखंड)

बुंदेलखंड में बारात लगने के बाद वर के यहाँ से आया हुआ जेवरों का चढ़ाव चढ़ता है। मंडप में पूरित चौक पर बाराती जेवर और वस्त्रों की पेटी लेकर आ बैठते हैं। खवासन लड़की को मंडप में बिठा देती है। चढ़ाव चढ़ता है तो स्त्रियाँ गाती हैं—

चली है बरात मंडवास तरैं आई
अब चढ़ाव की भई तैयारी
सुरहन गऊ के गोबर मँगाए
ढिग घर अँगन लिपाए
गज मुतियन के चौक पुराए
कंचन कलश उजयार धराए।
अरघ दे बमना अरघ दे निकरीं
सजन जू की धिया री।
पाट पीतांबर डललन-पललन
सोने रूपे को पार नै पाओ।
चढ़ो है चढ़ाव जनक सुख पायो
भली भाँति कन्या पहिराओ।

माहेरा (भारत के गीत : राजस्थान)

बहन के लड़के या लड़की की शादी के समय भाई अपनी बहन की चुनरी ओढ़ता है और भात भरता है। इस प्रसंग से संबंधित गीत 'माहेरा' या 'भात के गीत' कहलाते हैं। इन गीतों में बहन भाई के लिए शुभकामना करती है—

सात सुपारी पान रो बिड़लो, भतियाँ नै रै बीरा
नूतन जाय, राजिन साथ लियो
एक बीरो मेरो आयो मेरे मन भायो
गंगा के धौरे रे बीरा जमना रे धोरै
बीच बसै मेरा भाई।

हरियाणा में इस विधि को 'भात न्योतना' कहते हैं। सगाई के बाद घर से निकलते समय बहन भाई को भात का निमंत्रण देती है।

कोरो घड़ियों बीरा पीली हल्दी नौतन आई भातई
मेरे घर अइए बीरा मेरा माका जाया मेरे घर बिरद उपाइए।

पाँव पखरई

भाँवर पड़ने के पहले या कहीं-कहीं उसके बाद 'पाँव पखरई' का नेग आता है। जैसा कि नाम से स्पष्ट है—'पाँव पखरई' पाँव पखारने या धोने को कहते हैं, जो 'पाद प्रक्षालन' का अपभ्रंश रूप है। इस रीति के अंतर्गत कन्यापक्ष के सभी व्यक्ति तथा ग्रामवासी अपनी-अपनी शक्ति से रुपया-पैसा, जेवर, बरतन, गाय-बैल आदि देकर वर-कन्या के पाँव पखारते हैं। एक बड़े थाल में हल्दी मिश्रित पानी होता है।

पाँव पखारनेवाला व्यक्ति दोनों हाथों की उँगलियाँ पानी में डुबोकर वर-कन्या के पैरों में लगाता है। फिर हल्दी, अक्षत वर के माथे पर और कन्या के घूँघट के वस्त्र पर लगाकर रुपया-पैसा थाल में छोड़ देता है। स्त्रियाँ पाँव पखारते समय पाँव पखारनेवाले व्यक्ति का परिचय देती हैं—

बिच गंगा बिच जमुना तीरथ बड़े हैं पिराग
जहाँ बिच बैठे बाबुल मोरे देत कुँआरन दान।
तुम जिन जानो बाबुल मोरे हमरो दियो गिर जाए
तुमने दओ हमने पाओ गहरी गंगा अन्हाव।

फैजाबाद जनपद में 'पाँव पखरई' के एक गीत में ऐसा भाव है कि पानी की झँझरो अर्थात् जलपात्र से जल गिराते हुए पानी की धारा न टूटे—

अरे-अरे भइया कवन राम, तोरी धरिया न टूटै
धार टूटे से पति जइहैं, अपनी बहिनी का।

भाँवर या सप्तपदी

बुंदेलखंड में पाणिग्रहण संस्कार के लिए भाँवर पड़ने के समय स्त्रियाँ गाती हैं—

पहली भाँवर जब फेरियो बेटी अब लौं हमारी
दूजी भाँवर जब फेरियो बेटी अब लौं हमारी
तीजी भाँवर जब फेरियो बेटी अब लौं हमारी
चौथी भाँवर जब फेरियो बेटी अब लौं हमारी
पंचमी भाँवर जब फेरियो बेटी अब लौं हमारी
छठी भाँवर जब फेरियो बेटी अब लौं हमारी
सातई भाँवर जब फेरियो बेटी हो गई पराई।

गढ़वाल में सप्तपदी संस्कार के साथ विवाह संपन्न माना जाता है। इस अवसर पर जो मंगलगीत गाया जाता है, उसमें सप्तपदी की प्रत्येक भँवर का उल्लेख इस प्रकार है—

पैलो फेरो फेरी लाड़ी, कन्या च कुँवारी
दूजो फेरो फेरी लाड़ी कन्या च माँ की दुलारी
तीजो फेरो फेरी लाड़ी कन्या च भाइयों की लाड़्याली
चौथो फेरो फेरी लाड़ी कन्या न मैत छोड़्याली
पाँचो फेरो लाड़ी सैसर की च त्यारी
छठो फेरो फेरी लाड़ी सासु की च ब्यारी
सातो फेरो फेरी लाड़ी, लाड़ी ह्वै चुके तुमारी।

—इस प्रकार पहली भाँवर में कन्या कुँवारी, दूसरी भाँवर में माँ की दुलारी, तीसरी भाँवर में कन्या भाइयों की दुलारी। चौथी भाँवर में कन्या मायके से बिछुड़ने को तैयार हो जाती है। पाँचवीं भाँवर में वह ससुराल की तैयारी करती है। छठी में सास की बहू बनाकर सातवीं भाँवर में वर का पत्नीत्व स्वीकार कर सबको छोड़कर उसके साथ चली जाती है।

हरियाणा में प्राय: इसी भाव को लेकर फेरों के गीत गाए जाते हैं—

पहला फेरा लीजिए, दादा की प्यारी
...सातवाँ फेरा लीजिए, लाड़ो हुई पराई।

गुरहत्थी

दरवाजे से बारात जब वापस जाती है, तब लड़कों को चौके पर बिठाया जाता है और लड़के का ज्येष्ठ भाई लड़की के लिए जेवर और वस्त्रादि सामान लाकर 'गुरहत्थी' करता है। मंडप में रखे गौरी-गणेश को भी सभी सामान स्पर्श कराकर कन्या के माथे से छुलाकर रखा जाता है। विवाह में 'गुरहत्थी' नामक यह विधि कन्यादान और सिंदूरदान के पूर्व कन्या निरीक्षण के अवसर पर संपन्न होती है, जो गुरु अर्थात् किसी बड़े के हाथों संपन्न की जाती है। गुरु के हाथों इस विधि के होने से ही संभवत: इसका नाम 'गुरहत्थी' पड़ा, जो 'गुरु+हस्ती' का अपभ्रंश कहा जा सकता है। इस विधि में दुलहन को दिए जानेवाले वस्त्राभूषणों को वर का ज्येष्ठ भाई देवताओं को अर्पित करके दुलहन को देता है और फिर दुलहन के सौभाग्य के लिए आशीर्वाद देता है। इस समय गाए जानेवाले गीतों में लड़के के बड़े भाई को संबोधित करते हुए कहा जाता है कि हमारी कन्या बड़े नाजों से पली हुई है। इसे अच्छे-अच्छे वस्त्राभूषण देना और टीका लेकर 'गुरहत्थी' की विधि संपन्न करना—

अच्छा-अच्छा गहना चढ़इए रे जेठ भैंसुरा[1]
बड़ा जतन के धियवा[2] रे जेठ भैंसुरा
टिकवा ले गुरहँथिए रे जेठ भैंसुरा
नथिया ले गुरहँथिए रे जेठ भैंसुरा
हँसुलन ले गुरहँथिए रे जेठ भैंसुरा
बजुआ ले गुरहँथिए रे जेठ भैंसुरा
सड़िया ले गुरहँथिए रे जेठ भैंसुरा

'गुरहत्थी' के समय कन्यापक्ष की ओर से वरपक्ष को गाली भी दी जाती है। दूल्हे के बड़े भाई द्वारा लाए हुए गहनों के लिए ऐसा कहा जाता है कि ये गहने माँगकर लाए गए हैं और दूल्हा वर्णसंकर है—

1. दूल्हे का बड़ा भाई, 2. बेटी।

टिकवा देख मत भुलिहऽ दो दादा टिकवा हई मंगन[1] के
दुल्हा हई सतपंचुआ[2] के जनमल दुलहिन हई जिमदार[3] के
नथिया देख मत भुलिहऽ हो बाबा नथिया हई मंगन के
झुमका देख मत भुलिहऽ हो चाचा झुमका हई मंगन के
हँसुली देख मत भुलिहऽ हो चाचा झुमका हुई मंगन के
दुलहा हई सतपंचुआ के जनमल दुलहिन हई जिम्मदार के।

कन्या निरीक्षण

कन्यादान और सिंदूरदान के पूर्व विवाह में 'कन्या निरीक्षण' होता है और इसी अवसर पर 'गुरहत्थी' की विधि भी होती है। दूल्हे का ज्येष्ठ भाई पहली और अंतिम बार छोटे भाई की बहू का स्पर्श कर उसे वस्त्र और आभूषण देता है। कन्या निरीक्षण की विधि संपन्न करने के लिए दूल्हे का बड़ा भाई कन्या के लिए वस्त्राभूषण लेकर आता है। इस अवसर पर कन्यापक्ष की ओर से गालियाँ भी गाई जाती हैं। किंतु प्रश्न यह है कि वरपक्ष की ओर से लाई हुई सामग्री में कोई कमी नहीं है तो गाली कैसे दी जाए? उस पर दूल्हे का बड़ा भाई स्वयं बड़ा सजीला-सुंदर है, जो अपने छोटे भाई की पत्नी के लिए सुंदर कुसुम रंग साड़ी, नथिया, हँसुली, कंठा लेकर आया है, उन्हें पहनकर दुलहन बहुत प्रसन्न हो रही है—

अइसन सुन्नर[4] भँसरू[5] के कइसे देबो गारी रे
सिया जोगे ले अइले कुसुम रंग सारी रे
पहिरेली सिया मोर हुलसेला[6] जिया[7] रे।
अइसन सुन्नर भँसरू के कइसे देबो गारी रे
सिया जोग ले अइले नथिया बड़ भारी रे
पहिरेली सिया मोर हुलसेला जिया रे

किंतु जिसे गाली देनी है, उसके पास दस बहाने हैं। उदाहरण के लिए कहा जाय कि दुल्हे के बड़े भाई ने आभूषणों का गलत चुनाव किया है, अथवा गलत कार्य से रुपए इकट्ठे कर वह सामग्री लाया है अथवा आधी रात को बारात लेकर आया है—

काड़ा[8] ले अइले भसुर छाड़ा[9] ना ले अइले रे
काड़ा के सोभा भसुर पायल ना ले अइले रे

1. मँगनी का, माँगकर लाया गया, 2. सात-पाँच लोगों के द्वारा, वर्णसंकर, 3. जमींदार, रईस, 4. सुंदर, 5. दूल्हे का बड़ा भाई, जेठ, 6. हर्षित होता है, 7. हृदय, 8. हाथ का आभूषण जो लटकता रहता है, 9. पाँव का आभूषण।

एक त खराब कइले मइया बेच के लइले रे
दोसरे खराब कइले आधे रात अइले
बाजू ले अइले भसुर झबिया[1] ना ले अइले रे
झबिया के सोभा भसुर ककना[2] ना ले अइले रे
एक त खराब कइले बहिनी बेच के लइले रे
दोसरे खराब कइले आधे राति अइले रे।

इतने पर भी संतोष नहीं तो जेठ की मूँछ की उपमा कुत्ते की पूँछ से, उसके उचक्केपन की तुलना गाड़ी के चक्के से और अलबेलेपन की उपमा खेत के ढेले से दी गई है। अपनी बेटी की वे कोमल और सुकमार बताते हैं, क्योंकि वह गरमी और पसीने से परेशान है। इसीलिए पुरोहित को विधि शीघ्र संपन्न करने के लिए कहा जाता है—

जइसन कुकुरा[3] के पोंछ[4] ओइसन भुँसरा के मोंछ[5]
सुनी बाम्हन हे बाम्हन, हाली-हाली[6] गोतर[7] उचारीं
धिया[8] मोरी बारी[9] अलप[10] सुकुवाँर, पसीनवन[11] भींजेला सारी।

कन्यापक्ष की औरतें कहती हैं कि दुल्हे का बड़ा भाई ऐसा मूर्ख है कि उसे पूजा के लिए दही, चावल, सिंदूर और पाल दिया गया। उसने इन्हें क्रमश: चाट लिया, चबा लिया, सिंदूर लगा लिया और पान खाकर उन्मत्त की तरह कूदने-नाचने लगा।

उसे लोग कहते हैं कि भसुर नहीं, असुर है। कितने थान कपड़े, गहने आए और वह उन्हें बाजार में बेच आया। वरपक्ष के लोग ठग ही हैं। इस तरह का हास-परिहास 'कन्या निरीक्षण' के समय कन्यापक्ष के लोगों के यहाँ होता है।

खूर-खूर चुनाई (कन्यापक्ष)

विवाह के समय कन्यापक्ष की ओर 'खर चुनने' की एक विधि है। इसमें दूल्हे की सास दरवाजे से मंडप तक तिनका छींट देती है, जिन्हें दूल्हा चुनता है। इस समय गाए जानेवाले गीत में दूल्हे की माँ को गालियाँ दी जाती हैं—

सखी चुनवात पान मोहन प्यारे के
जबे-जबे हरिजी खरही[12] चुनावे
गारी सुनावे मनमान[13] मोहन प्यारे के
ले खरही हरि टटर[14] बिनैबो[15] देतन तोर मैया दोकान

1. बाजूबंद आदि गहनों में रेशम के धागे में गुँथा एक आभूषण जो लटकता रहता है, 2. कंगन, 3. कुत्ता, 4. पूँछ, 5. मूँछ, 6. जल्दी-जल्दी, 7. गोत्र, 8. बेटी, 9. है, 10. अत्यंत, पसीने से, 11. खर, तिनका, 12. मनमानी, 13. फट्टी, परदा, 14. बुनवाऊँगी, 15. पान का बड़ी।।

जोग के बीरा[1] सखियन देलन हर लेलन हरि के गेयान।

कहीं-कहीं ऐसा भी देखने में आता है कि कन्या जब विवाह के बाद ससुराल आती है तो एक रेश्मी चादर पर एक कटोरी भर राई रख दी जाती है। इसे दूल्हा सात बार अपने पाँव से गिराता है और सातों बार दुलहन उसे चुनकर रखती है।

लावा मेराई या लावा छिटाई

'लावा' शब्द की व्युत्पत्ति 'लाजा' शब्द से हुई है और 'मेराई' शब्द 'मिलाई' अर्थात् मिश्रण से बना है। 'लावा मेराई' नामक यह विधि सिंदूरदान के समय अग्निकुंड के पास संपन्न की जाती है। कहीं-कहीं इसे 'लावा छिटाई' भी कहते हैं। भाई अपनी बहन के हाथ में धान या उसका लावा देता है। बहन उसे पति के हाथ में दे देती है और पति उसे बिखेर देता है। दूल्हा लड़की का अँगूठा पकड़कर भी लावा छींटता है। सात बार अग्नि की परिक्रमा करके यह लावा छींटा जाता है। इस विधि का एक विशेष कारण है। भाई-बहन के हाथ में लावा भरता है, यह इस बात का संकेत है कि जैसे धान खेत में एक स्थान पर बोया जाता है, बाद में उसे उखाड़कर अन्यत्र रोपा जाता है, उसी प्रकार कन्या पहले पिता के घर में फिर पति के घर में संरक्षण पाती है तथा फलती-फूलती है। इसका दूसरा कारण यह है कि जैसे धान की उत्पादन क्षमता छिलके के साथ ही है, उसी तरह लड़की को फलने-फूलने के लिए पति का संरक्षण चाहिए। तीसरा कारण यह भी है कि भाई, बहन की अंजलि इसलिए भरता है कि वह इतना ही लेकर घर से जाए, बाकी पर अधिकार भाई का है। बहन जब-जब पिता के घर आएगी, उसकी अंजलि इसी तरह भरी जाएगी और उसका आदर-जतन होगा। यह लौकिक विधि भारतीय संस्कृति की पुरानी परंपरा की पहचान है। इस समय गाए जानेवाले गीत में किसी भाई को निर्देश दिया जाता है कि वह बहन के हाथ में लावा रखे और दूल्हे को यह निर्देश दिया जाता है कि वह दुलहन का अँगूठा पकड़कर लावा छींटे। इस गीत में इस बात का भी संकेत मिलता है कि पाँच भाँवर घूमने के बाद लड़की ब्याहता की पत्नी कहलाने लगेगी—

लउआ[2] मेरावऽ[3] ना कवन भइया बहिनी तोहार ए
अँगूठा धरऽ[4] ना कवन दुलहा सुहवा[5] तोहार ए
पाँच भँवर[6] जब भइया घूमि गइले बहिनी तोहार ए
अँगूठा धरऽ ना कवन दुलहा सुहवा तोहार ए।

'लावा छिटाई' की विधि के समय 'शिलारोहण' नामक विधि भी संपन्न होती है। इस विधि में कन्या का दाहिना पैर सिल पर पाँच बार रखा जाता है और पाँचों बार

1. बुनवाऊँगी, 2. लावा, 3. मिलाओ, 4. पकड़ो, 5. सुगृहिणी, 6. फेरे, भाँवर।

वह अपना पाँव हटा लेती है। अंतिम बार वह अपना पाँव स्थिर करती है। यह विधि इस बात का संकेत है कि कन्या पत्थर की तरह अपने हृदय को मजबूत कर जीवन के हर संघर्ष को झेले और सुखमय जीवन व्यतीत करे। दूसरा संकेत इस बात का है कि पाँच बार सिल पर पाँव रखकर उसकी एक सीमा व्याप्त हुई। छठी बार पाँव रखकर उसके दूसरे कुल की सीमा आरंभ हो गई। इस अवसर पर गाए जानेवाले एक गीत में सिल-बट्टे को धोने और दूल्हे के लिए मंगलकामना करने का उल्लेख है—

सील[1] धोअऽ[2] सील धोअ कवन देइ
जेकर सोहाग सील हे।
सीलिया जे उपजेला रन बन[3]
लोढ़वा[4] बनारस हे।
जीअस[5] कवन राम लाख बरीस
जेकर बहू सील धोवे हे।

उत्तर प्रदेश के सुल्तानपुर जनपद में 'शिलारोहण' नामक इस विधि को 'सिलपोहनी' नाम से जाना जाता है। इससे संबंधित एक गीत इस प्रकार है—

सिलिया तौ उपजी बनारस, लिहिन कवन रामा पोहइँ कवन देइ
नइहर के लहर पटोर तौ सिलपोहौ बउहरि।

'लावा मेराई' को बुंदेलखंड में 'धान बुआई' की रस्म कहते हैं। इसमें वर-वधू पलंग पर बैठते हैं। कन्या का भाई तथा भौजाई गाँठ जोड़कर पलंग के चारों ओर सात परिक्रमा करते हैं। भाई अपने दोनों हाथों में धान ले लेता है और परिक्रमा करते समय थोड़ा-थोड़ा दोनों हाथों से जमीन पर छोड़ता जाता है। भौजाई एक लोटे में दूध-पानी लेकर पति के पीछे-पीछे चलती है और थोड़ा-थोड़ा दूध-पानी धरती पर गिराती जाती है। इसे 'धान बुआई' का दस्तूर कहते हैं। स्त्रियाँ गाती हैं—

धान बओ बीरन धान बओ
यारो बहन धनवंती होय
दुध सींचो भौजी दुध सींचो
ननद पुतवंती होय।

'लावा मेराई' से इस रस्म में नाम और रिवाज का थोड़ा सा फर्क है, किंतु यह मात्र स्थान-भेद के कारण है।

कन्यादान

कन्या के माता-पिता कन्या का हाथ लड़के के हाथ में देते हैं। इसके बाद विवाह,

1. सिल, 2. धोओ, साफ करो, 3. अरण्य, वन, 4. लोढ़ा, 5. जीवित रहे।

फेरे आदि होते हैं। कन्यादान होने से पूर्व लड़की पिता के बगल में होती है। कन्यादान हो जाने पर लड़की दूल्हे की बाईं तरफ हो जाती है। छह भाँवर तक लड़की आगे होती है, सातवें में लड़का आगे हो जाता है। वैसे तो कन्या का जन्म ही माता-पिता की चिंता का कारण होता है, किंतु बेटी के कन्यादान की कल्पना से माता-पिता दोनों दुःखी हो उठते हैं। सजे हुए मंडप में पूर्णपात्र रखकर, दीपक जलाकर और सोने की डलिया में दूब, अक्षत रखकर मंत्रोच्चार के साथ कन्यादान करने का उल्लेख कन्यादान के गीतों में आता है—

गंगा बहिए[1] गेल जमुना बहिए गइल
सुरसरि बहे निरमल धार ए।
ताहि[2] पइसी[3] बाबा हो अदित[4] मनावेले
कइसे करब कनेयादान ए।
ऊँचे झरोखवा रे चढ़ि अम्मा जे रोवेली
कइसे करब कनेयादान ए।
जा दिन बेटी हो तोहरो जनम भइले
धरती उठल हँहकार[5] ए।
ए बेटी अएरिन[6] तू बेटी बैरिन
तुहुँ बेटी हरि लेलू[7] गेयान[8] हे।
सजले मड़उआ में पुरहर[9] धएल
दीपक लेसल[10] पहलाद[11] ए।
सोने के डलउआ में दूबी रे अछतवा
माड़व बीच सजाए ए।
सब बाभन मिलि गोतर[12] उचारे
बाबा करेले कनेयादान ए।

कन्यादान के समय मंडप में मणिदीप जल रहा है और ब्राह्मण को मंत्रपाठ के लिए बुलाया गया है। लड़की को पहना-ओढ़ाकर लाया गया और पिता की गोद में बिठा दिया गया। दुलहन का सुंदर रूप देखकर दुल्हा तो अपने भाग्य को सराहने लगा, किंतु प्राणों से प्यारी आँखों की पुतली का दान करने में पिता का हाथ काँपने लगा। ब्राह्मण ने समझाया कि बेटी को जन्म देना और कुआँ खुदवाना दूसरों के लिए होता है, इसलिए बेटी के कन्यादान में सोच-विचार करना उचित नहीं। कन्या पराई तो होती ही है, किंतु दुःख का होना भी स्वाभाविक ही है—

1. बह गई, 2. उसमें, 3. प्रवेश करके, 4. सूर्य, 5. हाहाकार, 6. बैरिन, 7. हर लिया, 8. ज्ञान, 9. पूर्णपात्र, 10. जल गया, 11. आह्लाद, 12. गोत्र, मंत्रोच्चार।

मँड़वा बइठल बाबा, दुलरइता बाबा
चकमक मानिक दीप[1] हे।
कनेयादान के अवसर आएल
बराम्हन कयल हँकार[2] हे।
झाँपि झूँपि[3] लवलन[4] मइया दुलरइता मइया
रखल बाबा केर जाँघ हे।
जब रे दुलरइता बाबा मुँहमा[5] उघारल
साजन रहल निरेखि हे।
का हथी[6] सीता हे सुरुज के जोतिय
का हथी चान के जोत हे।
अइसन सुनर कनेया कइसे मोरा भेंटल
धन-धन हको[7] मोरा भाग हे।
कुसवा ले काँपथि बेटी के बाबू
कइसे करब कनेयादान हे।
तोड़ी देहु तोड़ी देहु करहु बियहवा
तोड़ी देहु जिया जंजाल हे।
कुइयाँ[8] खनउली[9] आउ बेटी बियाहली[10]
तनिको न करहु विचार हे।
बेद भनइते[11] बराम्हन काँपल
काँपि गेल कुल परिवार हे।
हमर धियवा पराय घर जयतन
अब भेल पर केर आस हे।

कन्यादान के साथ स्वर्ण, गाय, बरतन, दासी आदि के दान का उल्लेख भी इन गीतों में आया है। कोई दूल्हा पत्नी को पाने के लिए उतावला हो उठा है, किंतु लड़की उसे सांत्वना देती हुई कहती है कि आप गंभीर होकर धैर्य धारण करें। जब मेरे पिता विधिपूर्वक मेरा कन्यादान कर देंगे, तभी आप मुझे ग्रहण करेंगे। कच्ची कली को तोड़ना उचित नहीं है। जब कली फूल बन जाए, तभी उसे तोड़ना चाहिए। माता अपनी कन्या की रक्षा घी की गागर की तरह करती है और पिता उसे जल की मछली की तरह घर से बाहर भेज देते हैं। कन्यादान करते हुए बाबा की छाती विदीर्ण होती है और माता की आँखें सावन-भादों सी झरती हैं।

1. माणिक का दीप, 2. पुकार, 3. ढँककर, 4. लाई, 5. मुख, 6. क्या है?, 7. हैं, 8. कुआँ, 9. खुदवाना, 10. जन्म देना, 11. मंत्रोच्चार करते हुए।

एक डोगरी गीत इस प्रकार है—

मेरे बाबल दे हाथ जल थल गड़वा
गंगाजल पानी, होर कुशा दी ए डाली, हे राम
सोने दा दान, बाबल नित उठी करदा
सबेरे उठी करदा, कन्या दा दान कदें मेरे राम।

एक गढ़वाली गीत में कन्यादान को सबसे बड़ा दान कहा गया है—

हीरादान, मोतीदान, सब कोई देला
तुम होला बाबाजी पुण्य का लोभी
दी देवा बाबाजी कन्या को दान
दानू मा दान होलो कन्या को दान।

सिंदूरदान

विवाह के बाद परदा करके लड़की की माँग में सिंदूर डाला जाता है। इस समय सिंदूरदान के गीत गाए जाते हैं। कोई सिंदूर का व्यापारी सिंदूर बेचने आता है। लड़की का पिता उसे अपने द्वार पर बिठाता है। सुंदर दूल्हा उससे सिंदूर खरीदकर अपनी दुलहन को सिंदूरदान करके चलता है। सिंदूरदान करते समय भविष्य की कल्पना और गृहस्थी के भार की बात सोचकर वह केले के पत्ते की तरह काँपने लगता है। सिंदूर के समय सौभाग्यवती दुलहन की माँग ऐसी शोभा पा रही होती है, जैसे लाल फूल पर भौंरे। सिंदूरदान के समय दोनों के मंगलमय भविष्य एवं दीर्घायु होने की कामना की गई है—

पटना सहरिया से आयल सेनुरिया[1]
सखी राजा के दुआर सिंदूर बेचे हे।
के बैठावेले दुअरा सेनुरिया
से के करे सेनुरा के मोल, से के करे हे।
बाबा बैठावेले दुअरा सेनुरिया
आरे ऊहे सेनुरा उठावे सुंदर वर हे।
जब रे सुन्नर वर सेनुरा उठावे
काँपत हाथ जइसे कदली के पात, काँपत हाथ हे।
लाली रे कुसुमिया पे काली रे भँवरवा
सोभत जइसे दुलहिनिया के माँग, सोभत जइसे हे।
सुभ-सुभ गाइले मंगल गाइले
वर दुलहिन के जोड़ी से जुगे जीए हे।

---

1. सिंदूर बेचने वाला।

कोई दूल्हा 'मोरंग देस' जाकर अपनी पत्नी के लिए सिंदूर ले आता है। सिंदूर और टिकुली देकर वह कन्या को अपने साथ चलने को कहता है। वह कहती है—मैं अभी कुँआरी हूँ, तुम्हारे साथ कैसे जा सकती हूँ? कोई दूल्हे को कहता है कि दुलहन की माँग में चुटकी भर सिंदूर दे दो, वह तुम्हारी हो जाएगी। दूल्हा सिंधोरे में से चुटकी भर सिंदूर लेकर दुलहन की माँग भर देता है। कन्या पराई हो गई, यह जानकर बाबा मंडप बीच, भैया खंभा पकड़कर और माँ घर में रोने लगती है। दुलहन सिंदूर पड़ते यह सोचकर दुःखी होती है कि चुटकी भर सिंदूर ने मेरा नैहर छुड़ा दिया।

सेनुरा-सेनुरा जनी करु सेनुरा बेसाहम[1] हे
धनि[2] लागि[3] जयबइ[4] सेनुरा के हाट से सेनुरा ले आयम[5] हे
एतना कहिए दुलहा उठलन, चलि भेलन[6] मोरंग[7] हे
मोरंग देसे सेनुरा सहत[8] भेलइ[9] सेनुरा लेआवल हे
चुटकी भर लेहु न सेनुरवा सोहगइलवा[10] बेसाहहु[11] हे
भरि देहु धनि के माँग, धनी तोहर होयत हे
चुटकी भरि लिहलन सेनुरवा सोहगइलवा बेसाहल हे
दुलहा भरी देलन धनी के माँग अब धनी आपन हे
बाबा जे रोबथिन[12] मँड़उआ बीचे भइया खम्हवै[13] धयले[14] हे
अम्माँ जे रोबथिन घरे बीच अब धिया परहाथे[15] हे
सखि सभ माथा बन्हावल लट छिटकावल[16] हे
अजी सखि, चलु गजओबर[17] अब भेल पर हाथ हे
सेनुरा-सेनुरा जे हम कयलूँ[18] सुनेरा[19] त काल भेल हे
सेनुरा से पड़लूँ सजन घर नइहर मोर छूटल हे
छूटि गेल भाई से भतीजवा अउरो घर नइहर हे
अब हम पड़लूँ परपूता[20] हाथे सेनुर दान भेल हे।

सिंदूरदान तथा कन्यादान के गीतों में कन्या के पराई होने का भाव आता है, अर्थात् उससे विछोह होने के समय का भान होता है, अतः इन गीतों में स्वतः करुणा उमड़ आती है। गाने वाले तथा सुननेवाले दोनों को ये गीत मर्मस्पर्शी प्रतीत होते हैं और उनका हृदय भर आता है।

---

1. खरीदूँगा, 2. पत्नी, 3. के लिए, 4. जाऊँगी, 5. ले आऊँगा, 6. चल पड़ा, 7. नेपाल का एक पूर्वी जिला, 8. सस्ता, 9. हो गया, 10. सिंधोरा, सिंदूरदान, 11. खरीदो, 12. रोते हैं, 13. खंभा, 14. पकड़ कर, 15. पराई, 16. बिखराई, 17. घर के भीतरी भाग में, 18. किया, 19. सिंदूर, 20. दूसरे का पुत्र।

सोहाग

'सोहाग' शब्द 'सौभाग्य' शब्द का ही अपभ्रंश रूप है। लोक संस्कृति में सोहाग माँगना एक तरह का जाग-टोना है, जो आशीर्वाद के रूप में बड़ों से माँगा जाता है।

कोई बेटी आँचल में पान लेकर दादा के दरवाजे जाती है। उसे आँचल में सोहाग दिया जाने लगता है तो वह कहती है—आँचल का सोहाग झर जाएगा, पर माँग का सिंदूर सदा सौभाग्य का सूचक होगा—

हाथ सेनुरवा गे बेटी खोंइछा[1] जुड़ी[2] पान
चलली दुलरइती[3] गे बेटी दादा दरवाज[4]
सुतल-हल[5] जी दादा उठल चेहाय[6]
कवन संजोगे[7] गे बेटी अयली दरवाज
अरबो[8] न माँगियो जी दादा-दादी के सोहाग
एक हमहुँ माँगियो जी दादा-दादी के सोहाग
लेहु दुलरइते गे बेटी अँचरा पसार
अँचरा के जोगवा[9] गे दादी झरिय झुरि जाय
मंगिया के जोगवा ए दादी जनम अहियात[10]।

विवाह के पूर्व दुलहिन माँ गौरी से उनकी तरह सुहाग माँगती है। माँ गौरी उसे अपना समझकर सुहाग देने का वचन देती हैं, ताकि वह कमल के फूल की तरह विहँसती रहे—

महादेव के अँगने सोहाग के बिरवा[11]
तहँवा कवन बेटी ठाढ़[12] भइल हे
गौरा अपन सोहाग मोहि देहुँ
तोहरे अइसन हम होखब[13] हे
अनका[14] के देबों मैं पीपर के पात
कवन बेटी के पुरइन[15] के पात हे
कमल अइसन विहँसहु हे।

मुसलिम गीतों में कहीं सुहाग की रात में दुलहन के वस्त्राभूषणों की चर्चा है तो कहीं सोहाग माँगने के लिए दुलहन अपने संबंधियों तथा घरवालों के पास जाती है, जहाँ उसे टोना लग जाता है—

---

1. आँचल, 2. जोड़ी, 3. दुलारी, 4. द्वार, 5. सोए थे, 6. चौंककर, 7. संयोग से, 8. धन-दौलत, 9. टोना, 10. सौभाग्य, 11. वृक्ष, 12. खड़ी, 13. होऊँगी, 14. दूसरों को, 15. कमल।

सोहाग माँगे गई बीबी, हजरत बीबी दरवाजे
बीबी देहु ना सोहाग, बाली भोली का सोहाग
नइहर वाली का सोहाग रे
मैं ना जानूँ टोना कैसे होके लगा
बेली चमेली होके लगा
दाना मरुआ होके लगा
सोने संदल होके लगा
मैं ना जानूँ टोना कैसे होके लगा।

कोहबर

विवाह के समय जिस घर में कुलदेवता का पूजन तथा अन्य माँगलिक विधियाँ संपन्न की जाती हैं, उसे 'कोहबर' कहते हैं। विवाह के बाद वर और कन्या का प्रथम मिलन इसी घर में होता है तथा यहीं उनका गठबंधन भी खोला जाता है। इस घर में दीवालों पर विधि-विधान तथा कुल-परंपरा के अनुरूप मयूर, चिड़िया, पालकी, बाँस का पेड़, हाथी, मौर, सिंधोरा, चंद्रमा, सूर्य आदि के चित्र बनाए जाते हैं। यह एक प्रकार का देवतागृह कहा जा सकता है। यहाँ वर और कन्या से अनेक प्रकार की विधियाँ संपन्न कराई जाती हैं, दही-चीनी खिलाने का शकुन भी किया जाता है। कहीं-कहीं लड़की का जूठा दही लड़के को खिलाया जाता है। उसमें जाने से पूर्व साथ की लड़कियाँ द्वार छेकती हैं। कोहबरगृह वर और कन्या दोनों पक्षों की ओर होता है।

कोहबर की प्रथा भोजपुरी, मगही, मैथिली, अंगिका, वज्जिका, कन्नौजी, अवधी तथा व्रज इन सभी भाषा के क्षेत्रों में प्रचलित है। इस शब्द की व्युत्पत्ति के विषय में विभिन्न मत हैं। अवधी कोश में 'कोहबर' शब्द की व्युत्पत्ति 'कोह' (क्रोध) + 'बर' की गई है, जिसका अर्थ है—दूल्हे का रूठना या क्रोध करना। हिंदी शब्दसागर में इसकी व्युत्पत्ति 'कोष्ठ=वर' की गई है, किंतु यह व्युत्पत्ति बहुत युक्तिसंगत नहीं प्रतीत होती है। कुछ विद्वानों ने इसकी व्युत्पत्ति 'कोशवाट' शब्द से की है। 'कोश' उस स्थान को कहते हैं, जहाँ रुपए—पैसे आदि कीमती सामान रखे जाते हैं और 'वाट' का अर्थ है—घर। इसी 'वाट' या 'वाटी' शब्द से बँगला का 'बाड़ी' शब्द बना है। बँगला में 'कोहबर' के अर्थ में 'वसुधरा' शब्द का प्रयोग होता हे जो 'कोशवाट' के अर्थ से मेल खाता है। 'वसु' का अर्थ 'धन' और 'धरा' का अर्थ 'स्थान' किया जा सकता है।

कोहबरघर की चित्रकारी लिखने का काम किसी सुहागन को सौंपा जाता है। कोहबर के गीत भी सुहागिन स्त्रियाँ ही गाती हैं। कोहबर की चित्र रचना में कुलप्रथा

के अनुसार थोड़ा-बहुत अंतर पाया जाता है। इस विषय में एक गीत इस प्रकार है—

केकर कोहबर लहालही, केकर कोहबर लाल हे
केकर कोहबर कइसे उरेहल, एक चिरइयाँ दुइ मोर हे।

भोजपुरी का एक कोहबर गीत इस प्रकार है—

कहँवा के कोहबर लाल गुलाल कहँवा के कोहबर रतन जड़ाई
बाहर के कोहबर लाल गुलाल भीतर के कोहबर रतन जड़ाई।

कुछ क्षेत्रों में कोहबर का चित्र गेरू से बनाया जाता है तो कहीं चावल-हल्दी के मिश्रण से। चारों कोनों और केंद्र में स्वस्तिक का चित्र होता है।

कोहबर के गीतों में विशेष रूप से दूल्हे-दुलहन के सोने पर किसी घटनाविशेष का वर्णन पाया जाता है। कहीं कोहबर में दूल्हे-दुलहन सोए हैं। सवेरा होने पर दुलहन उठने लगती है तो दूल्हा पूछता है—तुम्हें सबेरा होने का पता कैसे चला? दुलहन कहते हैं—डाल पर कौवे बोल रहे हैं, गाएँ दुहने के लिए घर-घर ले जाई जा रही हैं और सवेरा होने की सबसे बड़ी पहचान यह है कि भोर के प्रकाश में माँग के मोतियों की चमक फीकी हो गई है अथवा दीपक की लौ धूमिल हो गई है।

कहीं कोहबरघर में किसी बात पर दूल्हे या दुलहन के रूठने की चर्चा है। दुलहन की भाभी ऐसे में दूल्हे को खरी-खोटी सुनाती है या दुलहन रूठकर मायके जाने की बात करती है तो कहीं पति की शंकालु प्रवृत्ति स्पष्ट होती है। एक कोहबर गीत में पति-पत्नी के बीच होनेवाले प्रेमालाप का वर्णन है—

रचि[1] एक कोहबर लिखलूँ हम कोहबर
लिखलूँ हम मनचित[2] लाय, अनजान लिखूँ कोहबर हे
सेहि पइसो[3] सुतलन दुलहा दुलरइता दुलहा
जवरे दुलहिनिया संघे साथ लिखूँ कोहबर
रसे रसे डोलहइ चुनरी लगल बेनियाँ
होवे लगल दुलहा-दुलहिन बात, अनजान लिखूँ कोहबर

तू हका[5] हमर परान, अनजान लिखूँ कोहबर।

एक कोहबरघर में पति-पत्नी के बीच एक-दूसरे के जन्मोत्सव की बातें हो रही हैं। पति बताता है कि उसके जन्म के समय नगर भर में धूमधाम से उत्सव मनाया गया, बड़े-बूढ़ों ने खूब आशीर्वाद दिया। पत्नी कहती है—मेरे जन्म की सूचना पाते ही घर के सभी लोग उदास हो गए। हम दोनों माँ-बेटी की बड़ी उपेक्षा हुई।

1. रचकर, 2. ध्यान से, 3. प्रवेश करके, 4. हूँ, 5. हो।

किसी गीत में दूल्हा-दुलहन एक-दूसरे के परिवार का परिवार पूछते हैं और अपने परिवार को श्रेष्ठ बतलाते हैं।

कहीं कोहबर में प्रथम मिलन की रात में सोए हुए दूल्हे को प्रात: माँ और भाभी जगाती हैं तो अशिष्ट दूल्हा रंग में भंग हो जाने के कारण उन्हें अपशब्द कहता है—

काँचहिं[1] बाँस के एहि नया कोहबर
मानिक जरि गइले दीप ए।
ताहि पइसी बइठेले दुलहा कवन दुलहा
जवरे[2] ससुर जी के धिया ए।
घड़ी रात गइले पहर रात गइले
अइले धरमवा के बेर ए।
पइसी जगावेली दुलहा के अम्मा
उठीं बाबू भइले भिनुसार[3] ए।
अइसन अम्मा मोगल[4] हाथ बेचबो
आधी रात लावे उदबास[5] ए।
पइसी जगावेली दुलहा के भउजी
उठीं बाबू भइले भिनुसार ए।
अइसन भउजी गोअरवा[6] हाथे बेचबो
बेरी बेरी[7] लावे उदवास ए।

महादेव का कोहबर कदली वन में सजाया जाता है। कोहबर में उनकी सास पायतने सो जाती हैं। भगवान् शंकर उनसे अनुरोध करते हैं कि आप अलग सोएँ, क्योंकि मेरे पाँव से चोट लग सकती है। सास कहती हैं—लगने दो चोट। मुझे अपनी बेटी का सुहाग देखकर ही प्रसन्नता होती है।

कहीं-कहीं ऐसी भी प्रथा है कि सिंदूरदान के बाद कोहबर में विधि संपन्न कर दुलहन अन्यत्र सोने जाती है। उसके बाद कोहबर में लड़के की सास या अन्य स्त्रियाँ सोती हैं।

जुआ खेलना

'जुआ खेलने' को 'हँसुली लुटाना' भी कहते हैं। यह प्रथा प्राय: सभी स्थानों पर प्रचलित हैं। विवाह के बाद एक परात में हल्दी का पानी रखकर उसमें वर-वधू की अँगूठियाँ डाली जाती हैं। दोनों उस पानी में हाथ डालते हैं, जिसके हाथ अँगूठियाँ

1. कच्चे, 2. साथ में, 3. भोर, 4. पठान, 5. स्थान से हटाना, 6. ग्वाला, 7. बार-बार।

लगती हैं, उसकी जीत समझी जाती है। इस अवसर पर फैजाबाद जनपद में गाया जानेवाला एक गीत इस प्रकार है—

जुआ जे खेलइँ दुलहे रामा, पाँसरि खेलइ
कोरवा सजन के धेरिया, जितहू-जितहु करई।

बाती मेराई

कोहबर में बैठे-बैठे रात बीत जाती है, पर दूल्हे ने बाती नहीं जलाई। उससे पूछा जाता है कि क्या बाती से गरमी लगती है। वह उत्तर देता है नहीं, बाती जलाने का नेग लगता है—

बइठे बीति गई राती, लाल तुम काहे न मेरवौ बाती
की बाती जइहैं नगर अजोध्या की बाती लागइँ ताती
ना बाती जइहैं नगर अजोध्या ना बाती लागइँ ताती
ई बाती माँ नेगा लगत है पाँच रुपइया, गज पाँती।

उबटन (विवाह के बाद)

'उबटन' शब्द संस्कृत के 'उद्‌वर्तन' का अपभ्रंश है। इसे उबटन, अवटन या अपटन भी कहते हैं।

उबटन की विधि विवाह के पूर्व तथा बाद में भी की जाती है। विवाह से पूर्व दूल्हे-दुलहन के शरीर की सफाई और सौंदर्य के लिए सधवा स्त्रियाँ उबटन लगाती हैं। यह उबटन जौ या गेहूँ के आटे, हल्दी, सरसों, चिरौंजी तथा सुगंधित द्रव्यों के मिश्रण को पीसकर तैयार किया जाता है। विवाह के दूसरे दिन वर और कन्या को मंडप में बिठाकर सुहागिनें उबटन लगाती हैं और गीत गाती हैं—

सोने कटोरा में उबटन हरि उबटन
अब होवेला मंगलचार लगे हरि उबटन।
गाय के गोबर अँगना लिपाई, सखि अँगना लिपाई
अब गजमोती चउका पुराई लगे हरि उबटन।
चंदन काठ के पीढ़िया बनाई सखि पीढ़िया बनाई
अब सियाहिं राम बइठाई लगे हरि उबटन।
सोने के थार में मोतिया भराई, सखि मोतिया भराई
सिया राम के अँगुरी भराई लगे हरि उबटन

विवाह के पूर्व गाए जानेवाले एक उबटन गीत का भाव है कि कोई बेटे की माँ अत्यंत प्रफुल्लित होकर अपने हाथों के कंगन को डुलाते हुए और अपनी चंचल आँखों को नचाते हुए दूल्हे को उबटन लगा रही है—

ऊ जे जव[1] रे गेहुम[2] केरा अबटन
लावे अम्मा सोहागिन अबटन
हाथे कंगना डोलाइ नयना घुमाई
से बेटा बइठेले अबटन
पनखबउआ[3] बइठेले अबटन
दँतरँगुआ[4] बइठेले अबटन।

मुसलिम गीतों में उबटन को 'माँझा' भी कहते हैं। विवाह के अवसर पर सोने-चाँदी की कटोरी में उबटन, तेल आदि रखकर माँझा की विधि संपन्न करने का उल्लेख इन गीतों में होता है —

सोने कटोरी है तेरा उबटन रूपे कटोरी तेल
दादी लगावे उबटन हाँ जी बेटी, नानी लगावे तेल
सहानी लाड़ो कौन लगावे तेल।

पावणा (राजस्थान)

संभवतः 'पावणा' शब्द 'पाहुना' से बना है। किसी घर में ब्याहे जानेवाले व्यक्ति से संबंधित जो गीत गाए जाते हैं, वे 'पावणा' कहलाते हैं। ये गीत भोजन कराते समय तथा उसके गाए जाते हैं। छोटी बालिकाएँ जीजा से संबंधित गीत गाती हैं—

हाँ रे बाला इण सरवरिया री पाल
जँवाई धोवै धोतियाँ जी म्हाराज
धोया-धोया थाल परोस दिया भात जी
प्यारा पाहुणा ओ राज म्हारै जीमबा नैं आव।

जेवनार

'जेवनार' शब्द 'जेमन' अथवा 'जीमन' शब्द से बना है। इसका क्रिया रूप 'जीमना' है। विवाह के अवसर पर दूसरे दिन दूल्हे को तथा बारातियों के लिए जेवनार यानी भोज का आयोजन किया जाता है। प्रायः जेवनार पर बैठने के पूर्व दूल्हा किसी वस्तु की माँग कर बैठता है, न देने पर रूठ जाता है, तब उसे मनाकर मनचाही वस्तु दी जाती है। इस समय गाए जानेवाले गीतों में अच्छी-अच्छी भोज्य सामग्री का वर्णन आता है, साथ ही दूल्हे का रूप-वर्णन भी होता है—

रुकमिनी जेवनार[5] बनाए मकसूदन[6] जेमन[7] आए जी
सोभित रत्न जड़ाओ कुंडल मोर मुकुट सिर छाजहीं
केसर तिलक लिलार[8] सोभित, उर बैजयंतरि माल हे

1. जौ, 2. गेहूँ, 3. पान खाने वाला, 4. रँगे हुए दाँतों वाला, 5. भोजन, 6. मधुसूदन, श्रीकृष्ण, 7. भोजन करने के लिए, 8. माथे पर।

बाँहें बिजाइठ[1] सोबरन[2] बाला अँगुरी अँगूठी सोहहीं
स्याम रूप मुँह पीयर[3] बसतर[4] चकमक-झकमक लागहीं
कनक कंकन चरन नेपुर रूप कहाँ लौं बरनऊँ
जिनकर रूप सरूप मुनिजन मनहि मन नित गावहिं
झारि बिछौना लाइ झारी[5] सबके पाँव धोवावहिं
कनक कलसवा, सुन्नर झारी गिलास दय आगे धर्‌यो
अंजुल[6] जोरी विनय करिके सभे के पाँत बइठावहिं
कनक थारी में रुचिर ओदन[7] दाल फरक[8] परोसहिं
सुन्नर भोजन परसि-परसि घीउ[9] ऊपर ढरकावहिं
साग, बैगन, अलुआ[10] मूरी[11] कटहर बड़हर परोसहिं
अदरख, अमड़ा अरु करइला इमली चटनी लावहिं
कदुआ, ककड़ी अउर खीरा, राइ दही रइता[12] बनो
बारा[13] बजका[14] आउ तिलौरी हरखि पापर देइ दियो
अदौरी दनौरी आउर मैथोरी हरखि दही आगे धर्‌यो
देइ अचमन[15] जल गंगा के बाद सभे बीरा[16] दयो
खाइ बीरा हँसि-हँसि बोलथि हरि रुकमिनी का चही[17]
देऊँ परेम परगास[18] हमरा हाथ जोरि विनती करी।

इस अवसर पर गाए जानेवाले गीतों में समधी के स्वागत-सत्कार कराने और यथोचित् विदाई देने का भी वर्णन आता है—

कहँवे से आवेले दस-पाँच समधी
कहँवे से आवे दसरथ समधी
पुरुबे से आवे दस-पाँच समधी पछिमे से
हे जनक, रउरी अँगना में मोती झहरी[19]
कथिए[20] बइठइबो[21] मैं दस-पाँच समधी
कथिए बइठइबो दसरथ समधी
पलंगे बइठइबो मैं दस-पाँच समधी
खटिया बइठइबो दसरथ समधी
हे जनक, रउरी अँगना में मोती झहरी

1. बाँह का आभूषण, 2. स्वर्ण का, 3. पीला, 4. वस्त्र, 5. पानी पिलाने वाला टोंटीदार बरतन, 6. अंजलि, 7. भात, 8. अलग, 9. घी, 10. आलू, 11. मूली, 12. रायता, 13. बरा, 14. एक प्रकार की पकौड़ी, 15. मुँह धुलाना, 16. पान, 17. चाहिए, 18. प्रेम की ज्योति, 19. झरेगा, 20. कहाँ, क्या, कैसे, 21. बैठाऊँगी।

कथिए खियइबो मैं दस–पाँच समधी
कथए खियइबो दसरथ समधी
भात दाल खिअइबो मैं दस–पाँच समधी
खोअवा[1] खिअइबो दसरथ समधी
हे जनक, रउरी अँगना में मोती झहरी
कथिए पेन्हइबो मैं दस–पाँच समधी
कथिए पेन्हइबो दसरथ समधी
धोतिया पेन्हइबो मैं दस–पाँच समधी
मलमल पेन्हइबो दसरथ समधी
हे जनक रउरा अँगना में मोती झहरी
कथिए समोधबो[2] मैं दस–पाँच समधी
कथिए समोधबो दसरथ समधी
सोनवे समोधबो मैं दस–पाँच समधी
असरफी समोधबो दसरथ समधी
हे जनक रउरी अँगना में मोती झहरी।

जेवनार के अवसर पर लड़की के ससुराल पक्षवालों को गाली देने की भी प्रथा है। इस प्रथा का वर्णन रामचरितमानस में भी आया है—

जेवँत देहिं मधुर धुनि गारी।
लै–लै नाम पुरुष अरु नारी॥
समय सुहावनि गारि बिराजा।
हँसत राउ सुनि सहित समाजा॥[2]

लोकजीवन में भी गाली गाने की प्रथा है—

गारी गावत सभ मिलि नारी
राम रहल मुसकाइ कि हाँ जी
राउर पितु दसरथ हथ[3] गोरे
तू कइसे हो गइल कारी कि हाँ जी
बहिनी तोर साधु संगे इकसल[4]
फूआ के कउन ठेकाना कि हाँ जी
सात पुस्त[5] तोर भेलन छिनारी
तुहूँ छिनार के पूत कि हाँ जी।

1. खोवा, 2. स्वागत करूँगी, 3. रामचरितमानस—बालकाण्ड, दोहा 329 के पहले की चौपाई, 4. हैं, 5. निकल गई।

किंतु किसी-किसी गीत में श्रीकृष्ण और बलराम को राजसी भोजन कराने, स्वादिष्ट भोजन के लिए रुक्मिणी की प्रशंसा तथा रुक्मिणी द्वारा फिर से आमंत्रण दिए जाने का वर्णन आता है।

कहीं सुरुचि संपन्न रसोई के लिए लड़के के पिता लड़की के पिता की प्रशंसा करते हैं—

धन-धन रसोइया तोरा कविन साही
समधी अइले जेवनार हे।

जेवनार गीतों का राग विवाह और तिलक के गीतों से भिन्न होता है। उनकी पंक्तियाँ सोहर की तरह लंबी होती हैं, किंतु उनमें लय के आरोह-अवरोह का क्रम सोहर से बहुत भिन्न होता है।

गाली

विवाह के दूसरे दिन जेवनार के समय गाली के गीत गाए जानेवाले हैं। इन गीतों में समधी का मजाक उड़ाया जाता है। उनके मुँह, दाँत, दाढ़ी, पेट और टाँग आदि की भद्‌दी उपमाएँ दी जाती हैं।

समधी भँड़ुआ के मुँहवा कैसन[1] लागेला
जैसन[2] बानर के मुँहवा ओएसन[3] लागेला
समधी भँड़ुआ के मोंछवा[4] कइसन लागेला
जइसन बोतुआ[5] के पुछिया[6] ओएसन लागेला
समधी भँड़ुआ के दँतवा कइसन लागेला
जइसे खुरपी के नोखवा[7] ओएसन लागेला
समधी भँड़ुआ के दढ़िया कइसन लागेला
जइसन फेंदवा[8] के झोंटवा[9] ओएसन लागेला
समधी भँड़ुआ के पेटवा कइसन लागेला
जइसन भतवा[10] के हँड़िया ओएसन लागेला
समधी भँड़ुआ के टँगवा कइसन लागेला
जइसन फाँवड़ा के लकड़ी ओएसन लागेला।

वरपक्ष के लोगों का उपहास और कन्यापक्ष के लोगों की प्रशंसा इन गीतों में होती है—

अरे दुलहा के बाबा बड़ा लोभी हई गे माई
तौली[11] बिछाइ नोटवा गिनहई गे माई

1. कैसा, 2. जैसा, 3. वैसा, 4. मूँछ, 5. बकरा, 6. पूँछ, 7. नोंक, 8. ताड़ का फल, 9. केशगुच्छ 10. भात, 11. तौलिया।

अरे कनिया के बाबा बड़ा धनी हई गे माई
मोहरा भँजाई रुपया गिनहई गे माई
कोहबर बइठल लाड़ो हँसहई गे माई
अरे हमर बाबा कीनहई[1] नौकरवा गे माई।

विवाह के अवसर पर गाई जानेवाली गाली झूमर की तर्ज पर होती है और उसकी लय में अधिक चपलता होती है। उनका विषय हास-परिहास से, कभी-कभी अश्लीलता तक उतर आता है। इसकी प्रथा बहुत प्राचीन है। सूर, तुलसी, केशवदास आदि ने भी विवाहादि के अवसर पर गाली गाए जाने का वर्णन किया है—

देत महर को गारि।—*सूरसागर, पद 622*

सजन प्रीतम नाम लय-लय दय परस्पर गारि।—*सूरसागर, पद 660*

बुंदेलखंड में विवाह के समय होनेवाले भोज को 'पंगत' कहते हैं। बाराती भोजन करने बैठते हैं, उसी समय स्त्रियाँ गारी गाना शुरू करती हैं। गीतों में समधी-समधिन के प्रति मजाक किया जाता है। इस अवसर पर गंगा-यमुना की गारी भी प्रचलित हैं। राम विवाह के अवसर पर गाई जानेवाली गाली इस प्रकार हैं—

लागत रहे नीके लाला आए हते जा दिन से
हमने सुनी अवध की नारी, दूर रहे पुरुसन से
खीर खाय सुत पैदा करतीं लाला बड़े जतन से
नार ताड़का तुम्हैं देख के दौरी आई वन से
और करतूत बनी नईं तुमसे धर छेदी बानन से
बहन तुमारी तुम्हें छोड़ के जाय बसी रिसियन से
बुरो मान जिन जैयो लाला इन साँची बातन से
साँची-झूठी तुम सब जानो का कह सकत बड़न से

हरियाणवी लोकगीतों के अंतर्गत बारातियों पर कटाक्ष करती हुई स्त्रियों द्वारा गाया जानेवाला एक गीत इस प्रकार है—

मुरकियाँ वारो आयो री, मरोड़ घणी
सोने ने बाप बणायो री, मरोड़ घणी
बागे वाले आयो री, मरोड़ घणी
दरजी ने बाप बणायो री, मरोड़ घणी।

'कुरमाली' गीतों में गाली गीतों को 'प्रतिवादी गीत' कहते हैं—

सूतवा देख सुन के लिहाबो गो
बीरेक मायेक सोनरा भतार आहो

1. खरीदता है।

सूतवा मँगाइ लेतो गो।

—अर्थात् कन्या की माँ, सूत देख-सुनकर लेना, क्योंकि सुनार वर की माँ का पति लगता है, वह खोटा सूत मँगा लेगी।

कठउती पर के गीत

बिहार के मगह क्षेत्र में विवाह के अवसर पर 'कठउती पर के गीत' गाए जाते हैं। एक व्यक्ति काठ की कठौत उलटकर उस पर राख रखकर डंडों से घिसता है, जिससे एक प्रकार की मधुर ध्वनि निकलती है। यह क्रिया एक तरह के वाद्य का काम करती है। इसी के साथ कठउती पर के गीत गाए जाते हैं। ये गीत विवाह के दिन गाए जाते हैं। इन गीतों को 'अलचारी' भी कहते हैं। काठ की कठौती पर महीन गोइठे की राख देकर सखुए के डंडे से बजाते हैं।

'कठउती' शब्द 'काठ' अथवा 'काष्ठ' से बना है। काष्ठ की कठौती पर गाने के कारण ये गीत 'कठौती के गीत' कहलाते हैं। प्राय: इन गीतों में पति-पत्नी का प्रेम-कलह देखा जाता है। एक गीत में दुलहन अपनी ससुरालवालों को खबर भेजती है कि उसे मायके से जल्दी बुला ले। ससुरालवाले कुछ दिनों तक उसे मायके में ही रहने की सलाह देते हैं। तब वह पति को लिखती है। पति बिगड़कर उसे कहला भेजता है कि जाओ, मायके में ही दूसरा पति कर लो। पत्नी भी क्रोध में आकर खबर भेजती है कि तुम्हारे जैसे को मैं अपने यहाँ गुलाम रखूँगी—

कही पेठाएम[1] ससुरजी से
झट दिना[2] गवना करावऽ आगहन में
डेरा पड़ल हइ राजा बगियन में
झूलन पड़ल हइ राजा बगियन में
कही पेठायम बारी दुलहिनजी से
थोड़ा दिन गम खालऽ नइहर में
कही पेठायम सैंयाजी से
झट दिना गवना करालऽ अगहन में
कही पेठायम बारी धनीजी से
दोसर खसम करलऽ नइहर में
कही पेठायम सामीजी से
तोरा अइसन गुलाम रखम नइहर में
डेरा पड़ल हइ राजा बगियन में
झूलन पड़ल हई राजा बगियन में।

1. खबर भेजूँगी, 2. शीघ्र ही।

डोमकछ

'डोमकछ' एक नाट्य-रूपक है, जिसमें केवल वरपक्ष की स्त्रियाँ ही सम्मिलित होती हैं। परिवार के सभी पुरुष बारात में सम्मिलित होने के लिए चले जाते हैं। विवाह के घर में रात में चोरों का भय रह सकता है, इसलिए स्त्रियाँ 'रतजगा' करती हैं और जागने के लिए ही 'डोमकछ' का आयोजन करती हैं। 'डोमकछ' एक प्रकार का अभिनय है, जिसमें कई पात्र होते हैं। इसमें 'जलुआ' नामक पात्र का विवाह होता है। स्त्रियाँ पुरुषों जैसे कपड़े पहनकर इस अभिनय में भाग लेती हैं और आपस में बड़ा उन्मुक्त व्यवहार करती हैं।

'डोमकछ' वस्तुत: एक सामाजिक स्वाँग है, जो पहले ग्रामीण समाज में प्रचलित था और लड़के की बारात जाने के बाद डोम-डोमिनों द्वारा खेला जाता था। इसी कारण इसका नाम डोमकछ पड़ा। भिखारी ठाकुर की नाट्य-रचनाओं में इस परंपरा के प्रसंग मिलते हैं। इन गीतों में डोम के पूरब देश चले जाने पर डोमिन की विकलता भी देखी जा सकती है—

अनारकली डोमिनी के डोम कहाँ गइले।
डोम गइले कलकतवा नगरिया, उहँवे रमइले।

यह नाट्य कई दृश्यों में बँटा होता है। विवाह के बाद वंश-परंपरा का स्वाँग भी इनमें स्त्रियों द्वारा डॉक्टर, नर्स, प्रसूता आदि के रूप में होता है। शिशु के जन्म के साथ हास-परिहास कभी अश्लीलता के स्तर पर भी उतर आता है।

डोमकछ में गाए जानेवाले एक गीत में कोई साँवली सलोनी किसी चूड़िहारिन से चूड़ी का मोल-भाव करती है, साथ ही अपने पति के बाँकेपन का भी परिचय देती है—

कहाँ के ऊ जे लामू[1] लहेरिया[2]
झुलनियाँ वाली तोर चूड़ी कते में[3] बिकाऊ
हमरो जे चूड़ियाँ साँवरो[4] लच्छ[5] रुपैया
तोर बहियाँ घूमि-घूमि जॉय
हमरो जे पियवा साँवरो बड़ रँगरसिया
बने-बने[6] बंसिया बजावे।

भोजपुर के इस 'डोमकछ' में नाट्य की प्रधानता रहती है। बुंदेलखंड में भी विवाह के समय इसी प्रकार का एक नाटक घरों में खेला जाता है, जिसे 'बाबा बाई'

---

1. लंबा, 2. लोहरी, चूँड़ी बेचने वालों, 3. कितने में, 4. साँवरी, 5. लाख, 6. वन-वन में।

कहते हैं। लड़के पक्ष की महिलाएँ बारात जाने के बाद पुरुष वेश में 'बाबा बाई' का आयोजन करती हैं। चोरों के डर से रात्रि जागरण होता है और महिलाएँ इस समय उन्मुक्त होकर अपने भावों की अभिव्यक्ति करती हैं। बारात जाने के बाद शाम को नाइन 'बाबा बाई' का बुलौआ गाँव में देती है। वर के घर से वह 'बाबा बाई' निकलकर अन्य घरों में भी पहुँचते हैं और समूह के रूप में इसमें हँसी-ठिठोली, गायन-नर्तन होता है। इसमें 'बाबा' और 'बाई' दो प्रमुख पात्र होते हैं, बाकी सहयोगी होते हैं, जो गाते-बजाते और नाचते हैं।

'बाबा बाई' जब गाँव में निकलते हैं तो जो पुरुष बारात में नहीं गए होते हैं, वे घरों में छिप जाते हैं, क्योंकि उन्हें महिलाओं द्वारा पिटने और गाली सुनने का भय होता है। इन गीतों में सुरीले और अच्छे गीत भी होते हैं। किंतु विशेष रूप से इनमें अमर्यादित शृंगार होता है। इसमें महिलाओं एवं पुरुषों की नकल उतारी जाती है तथा समाज की कुरीतियों और पाखंडों को भी प्रस्तुत किया जाता है। जातिगत स्वभावों आदि का भी चित्रण इसमें होता है। एक प्रकार से यह संस्कृत के दश रूपकों का एक प्रकार 'भाण' है।

अवध क्षेत्र में इस विधि को 'नकटौरा' या 'नकटा' कहते हैं। कन्नौज में इसे 'नकटो' कहते हैं। कौरवी क्षेत्र में यह 'खोड़िया' और व्रज में 'खोइया' कहलाता है हरियाणा में इसे 'जोड़िया' कहते हैं। ये गीत हास्यप्रधान होते हैं।

नकटौरा की परंपरा छत्तीसगढ़ से निकली। वहाँ एक लोककथा प्रचलित है। जब राजा दशरथ की बारात आई तो औरतों ने 'गाली गीतों' अथवा 'भड़ौनी गीतों' के द्वारा बारातियों से छेड़छाड़ की। सवासिनों ने व्यंग्य किया—

अरे बरतिया आय रे, थोथना ल ओरमाय रे
आए बरतिया चुप्पे चुप्प
दुल्हा डौका के तीन-तीन भाई
नकटा नाक और चेपटा से
तुँहर बहिनी फूफू मन, नाचत होती नकटा रे।

कोशल में यह 'भड़ौनी गीत' प्रचलित है—

नकटी के डौका नकटा मन
तिरिया चरित नी जानय रे
नकटी मन के नकटा नाचल
सुन के अचरित मानय रे।

—अर्थात् सभी बाराती बेशर्म नकटी औरतों के पुरुष हैं, इन्हें अपनी स्त्रियों के चरित्र का पता नहीं। वे नकटी होकर नकटा नाचती हैं। स्त्री होकर पुरुषों सा

यौनाचार करती हैं और ये पुरुष ठाठ-बाट से बाराती बने हैं।

कालांतर में नकटा नाच मात्र ठेठ गाँवों में ही रह गया और इसके लिए पेशेवर औरतों को बुलाया जाने लगा।

कुरु प्रदेश में इस प्रथा को 'कोयल' कहते हैं। बारात जाने के बाद उसी दिन रात्रि में सब घर व पड़ोस की स्त्रियाँ मिलकर एक प्रथा मनाती हैं, जिसको 'कोयल' कहते हैं। इसमें एक ब्राह्मणी नाई बन जाती है और समधनों को आकर बारात का हाल सुनाती है। घर की सब स्त्रियाँ उसे घेरकर बैठ जाती हैं और पूछती हैं कि बाग में क्या-क्या किया? दावत कैसी की है? तब वह ब्राह्मणी जो नाई बनती है, तरह-तरह की अश्लील बातें करती है।

इसके बाद भाँग बनाई जाती हैं। एक लंबा सा डंडा लेकर नाई भाँग घोंटता है। भाँग घोंटते-घोंटते वह गाना गाता है और मस्ती में झूमता रहता है।

इसके बाद एक ब्राह्मणी नाई बनकर आती है और आकर कहती है कि मुझे बारात में लड़के माँ, बुआ इत्यादि की खबर लाने के लिए भेजा गया है। उस समय वह एक गाना गाती है—

मैं तो दूरों से आया री माई रामलीला
मुझे जगदीश ने भेजा री माई रामलीला
बहू की सुध ला दे री माई सुक्खी की खबर ला दे
मुझे पास ही सुला दे री माई रामलीला।

इस प्रकार घर के प्रत्येक पुरुष का नाम लेकर उसकी स्त्री के साथ मजाक होता है।

इसके बाद चूड़ी पहनी जाती हैं। एक ब्राह्मणी मनिहार का वेश बनाकर आती है। घर में आने पर उससे पहले बहू का जोड़ा बँधवाते हैं। चूड़ीवाली बहुत मजाकिया स्त्री बनती है। वह गाती है—

जगदीश की पौड़ी-पौड़ा रे मनिहार लला
कला का हाथ हठीला रे मनिहार लला
कला पहिरन बैठी रे मनिहार लला
वो तो बड़ी ही हठीली रे मनिहार लला।

चूड़ी सचमुच में नहीं पहनाई जाती, बल्कि झूठ-मूठ का अभिनय होता है।

चूड़ियाँ पहनने के बाद आधी स्त्रियाँ छत के ऊपर चली जाती हैं और आधी नीचे चौक में बैठी रहती हैं। फिर 'कोयल' बुलाई जाती है। नीचेवाली स्त्रियाँ बोलती हैं—मत बोलो री बहनों।

इसी प्रकार घर के प्रत्येक पुरुष का नाम लेकर बोलती जाती हैं और ऊपर वाली स्त्रियाँ 'मत बोलो री बहनों' कहती जाती हैं। इस प्रकार 'कोयल' समाप्त हो जाती

है। कहीं-कहीं इस क्षेत्र में कोयल के बन्नी-बन्ने बनाकर उनके फेरे भी कराए जाते हैं।

बारात जाने के अगले दिन दोपहर को स्त्रियाँ गाना-बजाना और नृत्य करती हैं। यह लड़के के विवाह की मुख्य प्रथा थी, जिसका प्रचलन अब कम हो गया है। इसमें लगभग सभी प्रकार के गीत गाए जाते हैं, जो चलते हुए हँसी-मजाक के होते हैं। इसको 'खोड़िया' भी कहा जाता है।

'खोड़िए' के बाद 'बधावा' गाया जाता है। घर की सब स्त्रियों के नाम लेकर उन्हें बधाई दी जाती है कि उसने ऐसे पुत्र को जन्म दिया है—

बधाना है कमला की कोख
जिसने जाया है हरि सा पूत।

व्रज प्रदेश में 'कोयल' वह गीत है, जो माँगर से तेल के दिन तक दोपहर को गाया जाता है—

मेरे पिछवारे अगरु कौ री बिरुला
ता चढ़ि कोयल बोलियो
छाँड़ौ कोयल मेरौ पिछवारौ
लेहु नंदन वन वासु हो
उड़ि किन बैठो अंब की डरियाँ
कुहुक-कुहुक रस लेउ हो।

इस दिन 'रतजगा' होता है। इस अवसर पर प्रचलित हरियाणा का एक गीत इस प्रकार है—

केरै करेंगे हरके बाणियाँ केर करेंगे सुनार
आज बधावा मेरे राम का।

वैवाहिक झूमर

'वैवाहिक झूमर' विवाह के अवसर पर गाया जानेवाला उल्लासपूर्ण भावों वाला एक सामान्य गीत है, जिसकी पृष्ठभूमि में विवाह की कोई विधि नहीं है। इन गीतों में प्राय: पति-पत्नी के सुखमय जीवन, आपस के मान-मनुहार और हँसी-मजाक के चित्र होते हैं। किसी नायिका को अपने हरे रंग की बूटेदार चादर इतनी प्रिय है कि वह उसके लिए अपनी बहनें, यहाँ तक कि पति को भी बदलने को तैयार है, किंतु चादर बदलने को तैयार नहीं है—

कंगना भी बदलूँ, पहुँची भी बदलूँ
पिया बदल कोई लेवे
चदरिया न बदलूँ, हमर हरियर चद्दर बूटेदार
चदरिया न बदलूँ।

परदेस जाते हुए पति को जाड़े में लौट आने के लिए पत्नी अनुरोध करती है। पति उसे आश्वासन देता है कि तुम्हारे जैसी सुघड़ पत्नी को मैं जाड़े के मौसम में वियोगजन्य दुःख नहीं दे सकता। कहीं सोए हुए दूल्हे को जगाने का उल्लेख है तो कहीं कम उम्र का दूल्हा हँसता-बोलता नहीं, इसलिए उसकी पत्नी उसे पेड़ से बाँध देती है, दूल्हा उससे छुड़ाने के लिए आग्रह करता है—

छोटे-मोटे पेड़वा न फूले जाने हे ननदो
न फरे[1] जाने हे ननदो
पेड़वा देब त कटवाई, सुन हे ननदो
छोटे-मोटे पियवा न हँसे जाने दे ननदो
न बोले जाने हे ननदो
पियवा के देब त बँधाई सुन हे ननदो
बान्हल पियवा अरजिया करे हे ननदो
मिनतिया[2] करे हे ननदो
अब धनी लेहु ना छोड़ाए, सुनऽ हे ननदो।

एक गीत में ऐसा उल्लेख है कि अत्यंत प्रेम से लगाए हुए पान के बीड़े को खाकर नायक जो पीक फेंकता है, उसमें रँगाकर नायिका चुनरी पहनती है। चुनरी पहनकर वह बाजार जाती है तो कोई मनचला उसे देखकर मूर्च्छित हो जाता है। गर्वीली नायिका उसका उपहास करती हुई कहती है—क्या तुम्हें जाड़ा बुखार हो आया है अथवा सिर में दर्द है? मनचला कहता है—ऐसा कुछ नहीं है, पर ऐ साँवरी, क्या तुम्हें साँचे में ढाला गया है या सोनार ने गढ़ा है? वह कहती है—ऐसा कुछ नहीं है। माँ की कोख से मेरा जन्म हुआ है और यह सूरत भगवान् की दी हुई है।

इन गीतों में प्रायः पति की पत्नी के प्रति अत्यंत आसक्ति देखी जाती है तो कहीं भाँति-भाँति के जेवर गढ़वाने के लिए पत्नी द्वारा पति से किया गया अनुरोध है, पर पत्नी केवल आभूषण प्रेमी ही नहीं है; पति के विदेश जाने पर वह उसके लिए विह्वल हो उठती है। नैहर में सब सुख है, पर पति बिना सब व्यर्थ है। उसके वियोग से दुःख एवं आने पर मिलन की प्रसन्नता के वैसे ही भाव नायिका के मन में उठते हैं—

माँग मोरा टीकवा से हो भरी
टीकवा मोतिया से रे जड़ी।
आजु मोरा अइहें रे बलमुआ
सेजिया बालम से भरी।

---

1. फलना, फलों से युक्त होना, 2. विनती।

कालु मोरा जइहें रे बलमुआ
रतिया नीनियो ना परी।
हाथ मोरा कंगना से हो भरी
कंगना मोतिया से रे जड़ी।
बाँह मोरा बजुआ से हो भरी
बजुआ झबिया से रे जड़ी।
गोड़ मोरा पायल से हो भरी
पायल घुँघरू से रे जड़ी।
आजु मोरा अइहें रे बलमुआ
सेजिया बालम से हो भरी।
कालु मोरा जइहें रे बलमुआ
रतिया नीनियो ना परी।

मथझक्का

'मथझक्का' शब्द का अर्थ 'माथा ढँकना' है। माथा + झक्का = मथझक्का। माथा झाँपना, ढँकना आदि इसके अर्थ हैं। यह विधि कन्यापक्ष की ओर से विवाह के बाद और विदाई के पूर्व होती है। इसमें लड़की का ससुर या जेठ लड़की के सिर पर घूँघट की तरह तीन बार साड़ी रखता है और लड़का तीन बार हटाता है। इसका तात्पर्य यह विदित होता है कि यदि लड़का किसी कारण लड़की का प्रतिपालन नहीं कर सका तो उसके पिता या भाई उसकी मर्यादा रखेंगे। इस समय गाए जानेवाले गीतों में विवाह के अवसर पर समधी समधी के आपसी व्यवहार अथवा पुत्री के पिता द्वारा लड़के की उम्र आदि न देखकर मात्र उसका कुलवंश देखने का वर्णन है। पुत्री कम उम्र के पति को देखकर दुःखी होती है। कहीं लड़की की माँ अपनी दासी तथा सेवकों के द्वारा अपने समधी के घर-संपत्ति की जानकारी प्राप्त करती है। एक गीत में ऐसी चर्चा है कि कोई दूल्हा पान का बीड़ा अपनी दुलहन की ओर फेंकता है, पर बाबा की दुलारी कन्या उसे स्वीकार नहीं करती, क्योंकि वह उस पर विश्वास नहीं करती। उसके रंगीलेपन को देखकर वह उसपर अपना अधिकार जमाना चाहती है।

कहीं बेटी के विवाह हेतु बारात सज-धजकर आ गई है। बारातियों के साथ समधी का यथोचित् सम्मान होता है। समधी दहेज में वस्त्राभूषणों तथा घोड़े आदि की माँग करते हैं। मथझक्का की विधि संपन्न करते हुए ससुर बहू को देखता है। लड़की का पिता कहता है—मैंने आपको दान-दहेज नहीं दिया, एकमात्र लक्ष्मी स्वरूपा कन्या ही आपको दे रहा हूँ। लड़के का पिता कहता है—ऐसी बातें कहकर आप

मुझे लज्जित न करें। आपने मुझे लक्ष्मी ही दी है। आपकी कन्या ही अब मेरे कुल की लक्ष्मी है। इसके सिवा हमें क्या चाहिए—

देसहिं देस हम नेवता पेठाइले[1] नेवता निहार[2] सरमाए जी
जब बरियतिया गोएँड़[3] भीरि[4] आयल, समधी के घोड़ा अगुआएल[5] जी
जब बरियतिया दुआरे दल उतरे समधी के बइठे के चाहीं जी
लाली अलइचा[6] हे लाली गलइचा[7] समधी के बइठे के चाही जी
जब बरिअतिया दुअरिया भीरि अइले माँगले दुअरिया के नेग जी
हीरा-मोती डाला भरि माँगे, माँगेले हंसराज घोड़ा जी
जब बरियतिया मड़उआ[8] भीरि उतरे मड़वनि[9] गउरा निरेखे[10] जी
सोने के कटोरा में अगर चन्नन, समधी के हिरदा[11] में लगायो जी
समधी समधी मिलन आए मिलत दूनू[12] कर जोरी जी
दान दहेज समधी एकहुँ ना दीजो लछमिन[13] एकहुँ मैं दीजो जी
अइसन बोली जनि बोलहु ए समधी बोलइत देखि सरमायो जी
राउर धियवा[14] कवल[15] करेजवा सेहो लछमिन हमार जी।

बेटी-विदाई

गीत के शीर्षक से ही स्पष्ट है कि विवाह के बाद जब कन्या ससुराल जाती है, उस समय कन्यापक्ष के भावों को व्यक्त करते हुए बड़े मार्मिक गीत गाए जाते हैं। नाजों से पाली, आँखों की पुतली बिटिया को पराए घर विदा करते हुए माता का कलेजा टूक-टूक हुआ जाता है। वह बेटी से कहती है—मेरे घर को सूना करके तू ससुराल चली। अब तू आँखों से ओझल होकर मेरे लिए गुलर का फूल हो जाएगी। तेरी सखी-सहेलियाँ अब मेरे पास नहीं आएँगी। तू सबेरे उठकर कोयल की तरह मीठी बोली बोलती है, वह बोली मेरे लिए दुर्लभ हो गई—

तुहूँ त चललू बेटी अपना ससुररवा
से सून कइलू ए बेटी हमरो अँगनवा।
आँख के पुतरिया[16] नजर के ओट[17] भइलू
गोदी के बेटी भइलू डुमरी[18] के फुलवा।
तोहरो सखिया सब फीरि-फीरि[19] जइहें
भूलिए नाहीं अइहें अब हमरो अँगनवा।

---

1. भेजते हैं, 2. देखकर, 3. गाँव के आसपास की भूमि, गोष्ठ, 4. पास, 5. आगे बढ़ा, 6. गलीचा का अनुकरणात्मक, 7. एक प्रकार का बिछावन, जिसमें रंग-बिरंगे बेल-बूटे बने होते हैं, 8. मंडप के, 9. मड़वे में, 10. देखते हैं, 11. हृदय, 12. दोनों, 13. लक्ष्मी, 14. बेटी, 15. कमल, 16. पुतली, 17. ओझल, 18. गूलर, उदुंबर, 19. लौट जाएँगी।

भोर भिनुसार[1] बेटी सून लागि घरवा
के अब बोलिहें उठि, कोइली के बोलिया।

उधर बेटी को यह शिकायत है कि परिवार के लोगों ने घी की गागर की तरह बड़े जतन से कन्या को पाला-पोसा, लेकिन जल की मछली की तरह विवाह करके उसे घर से निकाल दिया—

अम्मा के सँचली[2] गगरिया त जइसे घीव गागर ए
सेहो दिहले बाबा निकाली त जइसे जल माछर ए
भउजी के सँचली गगरिया त जइसे घीव गागर ए
सेहो भइया दिहले निकाली त जइसे जल माछर ए।

विदाई के गीतों में प्रायः ऐसा भाव आता है कि कन्या के माता-पिता और भाई तो दुःखी होते हैं, किंतु उसके जाने से भाभी को बड़ी प्रसन्नता होती है—

निबुआ तले डोला रखि दे मुसाफिर
सावन के आइल बहार।
केकरा के रोवे से गंगा बहत है
केई रोवे सागर धार।
केकरा रोवे से चुनरी भींजत है
केई के मनवा आनंद हे।
अम्मा के रोवे से गंगा बहत है
बाबा रोवे से सागर धार।
भइया के रोवे से चुनरी भींजत है
भउजी के मनवा आनंद हे।
अम्माँ कहे बेटी नित उठि अइहऽ
बाबा कहे छवरे[3] मास।
भइया कहे बेटी अवसर पे अइहऽ
भउजी कहे दूर जाहु हे।
का तोरा भउजी हे नून हाथ दिहलीं
ना देलीं पउती[4] पेहान[5] हे।
का तोरा भउजी हे दूल्हा चौका रोकलीं
काहे कहलू दूर जाहु हे।

इसी भाव से मिलता हुआ एक पंजाबी लोकगीत इस प्रकार है—

माँ रोंदी दी अंगिया भिज्ज गई

---

1. सबेरे, 2. संचित, एकत्र, 3. छठें, 4. सींक की बनी पिटारी, 5. ढक्कन।

प्यू रोए दरया बहे
मेरा वीर रोए सारा जग रोए
मेरी भाभियाँ मन चाव होए।

—यानी रोते-रोते माँ की अँगिया भीग गई। पिता के रोने से दरिया बह गए। भाई को रोता देख संसार रो रहा है, किंतु भाभियों का मन प्रसन्न है।

विदाई के समय शोक विह्वल बेटी अपने पिता से कहती है—मेरे लखपति पिता ने मेरा विवाह विदेश में क्यों किया? भाई को तो राजपात दिया और बहन को दिया परदेस—

काहे बियाही बिदेस रे लखिया बाबुल मोरे
हम तो रे बाबुल खूँटे की गइया
जित हाँको हँक जाए रे लखिया
हम तो बाबुल तोरे पिंजरे की मैना
भोर भए उड़ जाय रे लखिया
भइया को दिए बाबू महला-दुमहला
हमको दिए परदेस रे लखिया बाबुल मोरे।

गढ़वाल प्रदेश में बेटी के हृदय की करुणा विदाई के मंगल में इस प्रकार व्यक्त होती है—

काला डाँडा पीछ बाबाजी, काली च कुयेड़ी
बाबाजी एकुली, मीं लगदी च डैर
कनकैक जौलूँ बाबाजी विराणा बिदेस
आग दिऊलू बेटी त्वै सकल जनीत।

—पिता के गले लगती हुई बेटी कहती है—काले पर्वत के पीछे काले-काले कुहरे के बादल छाए हैं। पिताजी, अकेले जाते हुए मुझे डर लगता है। पिताजी, उस विदेश में जहाँ अपना कोई नहीं है, मैं अकेली कैसे जाऊँगी? पिता बेटी को समझाते हैं—तुम्हारे साथ तुम्हारे बड़े और छोटे भाई जाएँगे। बारात में कई लोग हैं। आगे बारात जाएगी, पीछे मैं हाथी-घोड़े भेजूँगा।

नए जीवन की प्राप्ति के लिए जिस बेटी का सर्वस्व छूट रहा हो, उसका परिवार के प्रति ममता होना स्वाभाविक है और इसलिए उसके हृदय में कुहरा छाया रहता है। किंतु आगामी जीवन का आकर्षण उसे ऐसे दुःख को सहन करने की सामर्थ्य प्रदान करता है।

बेटी से घर की शोभा होती है। उसके जाने से सारा घर सूना हो जाता है। इसी भाव का एक कुरमाली गीत इस प्रकार है—

माँगो, घार माझे बेटी रे जनम लेला
हाय रे घर सोभी गेला रे
माँगो, डाड़िया कांदाए बेटी चली गेलो
हाय रे, घार सुन्य भेला रे।

मिथिला में बेटी की विदाई के समय माता अपने दामाद से कहती है—

नइहर सून कराने जाइछे रे जोगिया
तोरा बिन रहलो न जाए
नित उठ मुँहमा निरखल रे जोगिया
मुँह क खुआएल बीरा पान।

—अर्थात् ओ दूल्हे, तुम मेरे कोहबर घर को सूना करके जा रहे हो। मैंने तुम्हारा कितना आदर-जतन किया, लेकिन तुम कितने निष्ठुर निकले।

हरियाणा के विदाई गीतों में मायके वालों की करुणा तो मर्म को छू लेती है—

तुलियाँ का बँगला हो बाबल, चिड़िएँ खोस गिरआ
मेरा गाड्डा अटक्या हो बाबल तेरा महल तले
दो ईंट कटादयाँ हे धीअड़ घर जा आपणे
मेरा डोला अटक्या हो बाबल तेरे बागाँ में।

कंकण छोड़ने तथा विदाई के गीत (बुंदेलखंड)

विवाह के बाद बुंदेलखंड की प्रथा के अनुसार किसी विशेष दिन दूल्हे द्वारा दुलहन के कंगन की गाँठ खुलवाई जाती है। कंगन से बँधा एक लाल धागा होता है, इसे ही खोलते समय गीत गाया जाता है—

जो नै होय धनुष को टोरबो, कठिन कंकन छोरबो
तुमने जनकपुरी पग धारे, शिव के धनुष टोरकें डारे
जो नै होय मारीच को मारबो, कठिन कंकन छोरबो।
जनकपुरी की नारी आखिर सारी लगें तुम्हारी
जिनखों बिन हथियारन मारबो कठिन कंकन छोरबो।
वे तो जनकपुरी की नारी हाँसी करैं तुम्हारी
अब तो सीखो सिया सों कर जोरबो, कठिन कंकन छोरबो।

बारात विदा होने लगती है। समधिनें कुछ नहीं चाहतीं। वे स्वयं वस्तुएँ देकर उन्हें समधी द्वारा ग्रहण किए जाने का आग्रह करके कृतार्थ होती हैं—

हँस जैयो सजना विहँस जैयो रे
तुमसे कछू नई चाहें विहँस जैयो रे

सो रूपो रुपैया साजन हमई से लै ले
सो अपनो करकें बताय जैयो रे
लोगों के बटुआ सजन हमई से लै ले
सो अपनी करके खुँसाय जैयो रे
पानों की बिरियाँ साजन हमई से लैले
सो अपनी करके रचाँय जैयो रे।

ओल्यूँ या ओलूड़ी (राजस्थान)

यह भी एक प्रकार का विदाई गीत है। राजस्थान में किसी की याद में भी 'ओल्यूँ' या 'ओलूड़ी' नामक गीत गाया जाता है। बेटी की विदाई पर घर की स्त्रियाँ इसे गाकर अपना दु:ख हलका करती हैं। यह गीत राजस्थान के माँड का ही एक प्रकार है। इसमें दोहों का प्रयोग अधिक होता है—

अंदाता जी कुणी रे देसड़ली ओलूड़ी लगाई रे मारा सेण
अंदाता जी ओलूड़ी आवे छे अब छाने-छाने रे मारा सेण
ओलू हरिया डूँगरा ओलू मज मेवाड़
ओलू प्यारी जी रे घूँघटे साइना रे रूमाल ओलूड़ी लगाई रे
आपरी ओलूँ में कराँ मारी करे ना कोय
ओलू कर पीला पड्या लोग जाणें पंड रोग
अंदाता जी परदेसां पधारो
लारा माने लीजो सा मारा सेण
परणाई पीला पोतड़ा मेली ऊमरकोट
एक संदेसारां सावला, काईं थारे कागजिया राटोट
अंदाता जी ओलूड़ी रा डेरा अब नेड़ा दीजो रे मारा सेण।

—हे अन्नदाता, आप कौन से देश जाकर बैठ गए? मेरे स्वामी, आपकी याद आती है। हरियाले पहाड़, मेवाड़ के बीच के भाग, अपने घूँघट और आपके द्वारा भेंट किए गए रूमाल को देखकर आपकी याद आती है। आपकी याद मैं करती हूँ, किंतु मेरी याद कोई नहीं करता। आपकी याद से मैं पीली पड़ गई हूँ और लोग कहते हैं कि मुझे पांडुरोग है। हे अन्नदाता, परदेस जाओ तो मुझे भी ले चलना। बचपन में ब्याह के बाद आपने मुझे उमरकोट ही छोड़ दिया। हे स्वामी, एक संदेश देने के लिए क्या कागज की भी कमी आ गई? हे साथी, हम याद करनेवाली के डेरे समीप ही लगवाना।

समदाउनि

विवाह-समारोह संपन्न होने के बाद कन्या ससुराल जाने की तैयारी में होती

है। उस समय मिथिला में एक विशिष्ट शैली का गीत गाया जाता है, जो 'समदाउनि' नाम से प्रसिद्ध है। भोजपुर प्रदेश में इस गीत को 'समदावन' और मगध क्षेत्र में 'समदन' कहते हैं। यह गीत सभी क्षेत्रों में बेटी की विदाई के अवसर पर ही गाया जाता है। विदा के समय कन्या अपने संबंधियों के गले लगकर रोती है। इस अवसर पर गाए जानेवाले मार्मिक गीत हृदय को छू लेनेवाले होते हैं। ये गीत प्रेम और करुणा से ओत-प्रोत होते हैं। मिथिला प्रदेश का एक समदाउनि गीत बहुत प्रसिद्ध है, जिसमें नाजों से पाली हुई सीता के ससुराल जाने की वेला में उसकी तथा परिजनों की व्यथा का करुण चित्रण है—

बड़ रे जतन सँ हम सिया धिया पोसलौं
से हो रघुबंसी नेने जाए आहे सखिया।
रानी जे रोवै रामा रोवै रनिबसिया
राजा जे रोवै दरवजवा आहे सखिया।
हाथी जे रोवै रामा रोवै हथिसरवा
घोड़ा जे रोवै घोड़सरवा आहे सखिया।
टोला ओ परोस मिलि अओर सब रोयलै
रोवै नगरिया के लोग आहे सखिया।
मिलि लिय मिलि लिय संग के सहेलिया
अब ने अयतन सिया राज आहे सखिया।

ससुराल जाते समय कन्या का मन भयभीत और उदास रहता है। उसे सांत्वना देते हुए परिजन कहते हैं कि घबराओ मत, तुम्हारे साथ पाँच भाई और सेवा करनेवाली दासी भेजी जा रही है। लड़की की माँ अपनी समधिन के पास संदेश भेजकर निवेदन करती है कि मेरी कन्या के साथ अच्छा व्यवहार करेंगी। किंतु समधिन उसकी प्रार्थना को अस्वीकार कर देती है—

एक धिया[1] पतरी दोसर सुकुवाँरी
कइसे-कइसे जइबू ए बेटी सात नदी पार
बाँवें[2] जइहें लोकनी[3] दहिने पाँचों भाई
परभु जी के दहिने बहियाँ सिरहनवें[4] धइले जाई
सुनहु लोकनी सुनहु पाँचों भाई
समधिन से कहिहऽ ए लोकनी अरज हमार
लाते जनि मरिहें पराते जनि गारी

---

1. बेटी, दुहिता, 2. बाएँ, 3. सेवा-टहल करने के लिए कन्या के साथ जानेवाली दाई, 4. सिर के नीचे, चारपाई में सिर की ओर का भाग।

बारी[1] नीनिए[2] धिया जनि जगइहें धिया सुकुवाँरी
सुनहु लोकनी सुनहु पाँचों भाई
समधिन से कहिहऽ ए लोकनी अरज हमार
लाते हम मारबो पराते देबो गारी
नीनिए हम जगइबो पूत बहुआरी[3]।

समुझवनी

'समुझवनी' शब्द 'समझाना' क्रिया का ही अपभ्रंश रूप है। यह भी एक प्रकार का बेटी की विदाई का ही गीत है। विदा के समय बेटी को यह समझाया जाता है कि उसे ससुरालवालों के साथ कैसा व्यवहार करना चाहिए। यह बड़ा मार्मिक गीत है। ननद की विदाई के अवसर पर भाभी के क्लेश का भी चित्रण इस गीत में है। जिस घर में वह पली-बढ़ी, उसी के लिए वह अतिथि हो गई—

कोई सखि माथा बन्हावे[4] कोई सखि उबटन हे
कोई सखि चीर सम्हारे, कोई रे समुझावत हे
सासु के बंदिहऽ[5] पाँव, जेठानी बात मानिहऽ[6] हे
ननदी के करिहऽ पिरीत[7] देवर कोर[8] राखिहऽ हे
भउजी के बान्हथिन खोंइछा[9] अँचरा बिलमावथि[10] हे
आज भवन मोरा सून भेल ननद भेलन पाहुन[11] हे
बाबा जे हथिन[12] निरमोहिया, त हिरिदिया[13] कठोर भेल हे
हमरा के सौंपलन रघुनंदन अपना पलटि[14] घर हे।

कन्या को विदाई के समय ससुराल पक्षवालों के साथ सुंदर व्यवहार करने का उपदेश देना एक पुरातन परंपरा है। कालिदास विरचित 'अभिज्ञानशाकुंतल' में महर्षि कण्व द्वारा होती हुई शकुंतला को भी इस प्रकार का उपदेश दिया गया है।

'समुझवनी' गीतों में कहीं-कहीं अन्य प्रकार का भाव भी मिलता है। किसी गीत में ननद के जाने से भाभी की प्रसन्नता व्यक्त होती है तो किसी गीत में बेटी की विदाई के समय माँ, चाची, भाभी और बहन का विह्वलता का चित्रण है। एक गीत में ऐसा भाव है कि विदाई के समय बेटी की उसके परिवार के लोग प्रेमवश खाने-पीने का आग्रह करते हैं तो बेटी उन लोगों के द्वारा किए गए व्यवहार की याद दिलाती है। लो इसे समझाते हैं कि विदा के समय बीती बातों की याद दिलाकर क्यों हमारा दिल दु:खाती हो?

---

1. कच्ची, 2. नींद, 3. बहू, पुत्रवधू, 4. गूँथती है, 5. वंदना करना, 6. मानना, 7. प्रेम, 8. गोंद, 9. विदा के समय महिलाओं के आँचल में अक्षत, हल्दी-दूब इत्यादि बाँधना, 10. ठहराती है, 11. अतिथि, 12. हैं, 13. हृदय, 14. लौट गए।

छोट अँगनवा ए बेटी, सजन बहुत
निहुरी-निहुरी[1] ए बेटी भेंटऽ परिवार
उठऽ-उठऽ दुलारी धियवा[2] खाहु दही-भात
होत भिनुसरवा ए बेटी जइबू बड़ी दूर
आपन भतवा[3] ए अम्मा अपना के धरऽ
केनवे[4] कीनत[5] ए अम्माँ दिहलू झहराई[6]
चुप होखऽ चुप होखऽ बचिया[7] हमार
चलहिं के बेरिया ए बेटी दिहलू समुझाई
उठऽ-उठऽ दुलारी ननदी खाहु दही-भात
होत फजीरवा[8] ए ननदी, जइबू बड़ी दूर
आपन दही-भतवा ए भउजी, अपना के धरऽ
बसिए[9] माँगत ए भउजी दिहलू लुलिआई[10]
चुप होखऽ चुप होखऽ ननदी हमार
चलहिं के बेरिया ए ननदी दिहलू समुझाई।

वधू-प्रवेश

ससुराल में वधू का गृह-प्रवेश माँगल्य का सूचक माना जाता है। वधू का स्वागत गृह-लक्ष्मी के रूप में किया जाता है और इस अवसर पर गढ़वाल में यह गीत गाया जाता है—

शुभ दिन शुभ घड़ी आई सुहागण
अमरित सिंचदी आई सुहागण
मोतियों परोखदी आई सुहागण।

—आज के शुभ दिन और शुभ घड़ी में सुहागन का गृह-प्रवेश हो गया है। अमृत को सींचती हुई और मोतियों को बिखेरती हुई यह लक्ष्मी वधू आ गई है। इस सुहागन का स्वागत है।

गढ़वाल में कोई भी शुभकार्य होने के पूर्व देवी-देवताओं की भाँति पितरों का भी आह्वान किया जाता है। शुभकार्य होने के बाद भी पितरों का आह्वान किया जाता है कि वे आकर अपने परिवार के इस कार्य को संपन्न कर आशीर्वाद दें—

जै जस देण पितरो देवता
आवा पितरो बैठा पितरो तुम्हारा मात लोक

1. झुक-झुक कर, 2. बिटिया, 3. भात, 4. विभिन्न सामान, 5. खरीदते हुए, 6. डाँट दिया, झिड़क दिया, 7. बच्ची, 8. सबेरे, 9. बासी, रात का बनाया हुआ अन्न, 10. डाँटकर मूर्ख बनाया, आए।

यो जगिन उरियाओ, जैजस लेण पितर देवता
स्वर्ग का पितर गैण्यौ पूछदन
सुघर बेटा जन्म्यो कि बेटा को बढ़ाऊ छ?
हमारा मातलोक यो मंगल कारिज छ।

—पितर देवता! जय और यश दें। हे पितरो, हमारे मातृलोक में जाओ और बैठो। हमारा यज्ञ हो रहा है। उसमें आकर हमें यश दो। ऐसे आह्वान को पाकर स्वर्ग के पितर तारों से पूछते हैं कि मातृलोक में कौन सा यज्ञ हो रहा है? सुगृह में पुत्र हुआ है या अन्य कार्य की बधाई बज रही है? इस पर पुन: यज्ञ करनेवाले घर से आग्रह होता है कि हमारे घर में मंगलकार्य हो रहा है।

बेटा-पतोह परिछन

नई दुलहन जब विवाह के बाद पहली बार ससुराल जाती है तो डोली से उतरने पर वर-वधू का परिछन लोढ़े से किया जाता है, आरती उतारी जाती है—

अयलन[1] रुकमिन[2] जदुराई[3] हे परछों[4] वर नारी
नगरी में पड़लो हँकार[5] हे परछों वर नारी
कंचन थारी सजाऊँ हे, परछों वर नारी
मानिक दियरा बराऊँ हे, परछों वर नारी
दस पाँच आगे-पाछे चललन परिछे, गीत मधुर रस गावे हे
रुकमिन हथिन चान[6] के जोतिया, बाल गोविंदा[7] सुकुवाँर हे
काहे तो हहु[8] हरि नीने[9] अलसायल, काहे हहु मन बेदिल हे
का तोरा सासु नइ किछु देलन, का सरहज तोर अबोध हे
नइ मोर सासु हे नइ किछु देलन, नइ मोर सरहज अबोध हे
मोर सासु हथिन लछमिनियाँ, सरहज मोर कुलवंती[10] हे
मोर ससुरार न भोराय[11] हे, परिछों वर नारी।

कोई कन्या अल्पवयस्का है। उसे परिछने के लिए सास सूर्य देव की प्रार्थना करती हैं। सूर्य को वे मना भी नहीं पातीं कि वधू सो जाती है—

मचिया बइठल तुहू अम्मा आदित[12] मनावेली हे
आदित ए होखऽ ना परसन्न[13] बहुआ परीछबि[14] हे
आदित मनावहिं ना पावेली बहुतआ ओएरि[15] गइली हे।

---

1. आए, 2. रुक्मिणी, 3. कृष्ण, 4. परिछन करो, 5. निमंत्रण, 6. चाँद, 7. बालगोविंद, 8. हो, 9. नींद से, 10. कुलीन, 11. भूलता, 12. सूर्य, 13. प्रसन्न, 14. परिछन करूँगी, 15. लेट गई, सो गई।

दौरा में डेगधराई

दूल्हे-दुलहन का परिछन हो जाने के बाद दोनों का गठबंधन कर दुलहन को दौरे में पाँव रखवाते हुए कुलदेवता के घर तक ले जाते हैं और वहाँ विशेष विधि संपन्न कराई जाती है। कहीं-कहीं बहू के सिर पर कोरी नदिया में जमा हुआ दही सन के बीठा पर रखा जाता है। उसे दूल्हा हाथ से पकड़े हुए अंदर तक ले जाता है। लड़की के पाँव दौरे में रखे जाते हैं। एक से दूसरे दौरे में डग उठाते हुए दुलहन घर में प्रवेश करती है। इस समय गाया जानेवाला गीत इस प्रकार है—

काँचहिं बाँस के डलवा[1] बिनायो[2]
बहुआ के पाँव ढरायो[3] बहू आयो
गलिसलि गलियनि जाजिम[4] बिछायो
बहुआ के डँड़िया[5] धरायो बहू आयो।

गोड़लग्गी

'गोड़' का अर्थ है पाँव। पाँव लगने को ही क्षेत्रीय भाषा में 'गोड़लग्गी' नाम दिया गया है। डोली से उतरकर कोहबर तक जाने के लिए बहू को दौरे में पाँव रखवा कर इसलिए ले जाया जाता है कि वह जमीन पर पैर नहीं रख सकती या कि ऐसी प्रथा नहीं है। कोहबर में चुमावन की विधि संपन्न करके बहू को लड़के का जूठन दही-गुड़ या दही-चीन खिलाया जाता है। इसके बाद बहू का मुँह देखा जाता है। बहू बड़ों के पाँव छूती है और उनका आशीर्वाद प्राप्त करती है—

आवेली दुलहिन सुन्नर देखि मन विहँसेला ए
एक लागे अपना अम्माजी के पाँव त पयरे[6] पयेरेली[7] ए।
जुगे जीवो ए दुलहिन जुगे जीवो भर माँग सेनुर ए
ए जुगे-जुगे बाढ़ो[8] एहवात[9] ए मोरा रे पुतर संगे राज करू ए।
आवेली दुलहिन सुन्नर देखि मन विहँसेला ए
ए लागे अपना गोतनीजी के पाँव त पयरे पयेरेली ए।
जुगे जीवो ए दुलहिन जुगे जीवो भर माँग सेनुर ए
ए जुगे-जुगे बाढ़ो अहिवात ए मोरा रे देवर संगे राज करू ए।

चउठारी

'चउठारी' शब्द चतुर्थी का अपभ्रंश है। इसे 'चौथारी' भी कहते हैं। विवाह के चार दिन बाद मंडप में रखे कलश के पानी से लड़के-लड़की दोनों को नहलाया

---

1. बाँस की कमाचियों से बना हुआ गोलाकार टोकरा, 2. बिनवाया, 3. रखवाया, 4. एक प्रकार की चादर, 5. पालकी, 6. पैर, 7. पूजती है, 8. बढ़े, 9. सुहाग।

जाता है। यदि लड़की की विदाई नहीं हुई तो दोनों अपने-अपने घर के मंडप के कलश से नहाते हैं। गाँव में पहले देवी-स्थान जाकर फिर सारे देवस्थानों में जाकर शादी की मिठाई प्रसाद के रूप में चढ़ाई जाती है। पंडित उसी दिन कंगन खोलते हैं। लड़की के हाथ का सूत्र खोलकर लड़की की माँ के गले में और लड़के के हाथ से सूत्र खोलकर उसकी माँ के गले में पहनाया जाता है। यदि लड़की ससुराल में है तो दोनों के हाथ का धागा लड़के की माँ पहनती है और सवा महीने के बाद उतारती है। इस अवसर पर अमुक गीत गाया जाता है—

सँकरी[1] गलिया रउरी कवन देव ए
आहो हाथी मोरा पैरो[2] ना लेइ[3] ए
कइसे गढ़[4] परिछबि[5] हे।

मिथिला के विवाह-गीतों में अधिकतर शिव-पार्वती एवं राम-सीता का चित्रण है। वहाँ गाए जानेवाले एक चौथारी गीत में ऐसा ही भाव है—

मुदित जनकपुर आज जतेक युवती गण हे
आहे रामजीक चतुर्थी आजु सकल जन हर्षित हे।
घर-घर नाइनि हँकारि[6] समय पर आएल हे
आहे आतुर बसन[7] सम्हारि समय अलसायलि हे।
कैओ सखी जानकी आनि पसाहनि फोलल हे
आहे श्रीरघुनाथक संग सिया नहबाओल हे।
पाँच ऐहब[8] मिलि आनि पठाओल कोबर घर हे
आहे तैखन सेज उठाय निपल सगरे घर हे।
अष्टदल कमल अनके सूगा मृग मयूर हे
आहे ऐहब अरिपन देल ताहि देल सिन्नुर हे।
रामहि चलल जनक गृह शीश नबाओल हे
आहे सारहि[9] छेकल दुआरि कि सखी हँसाओल हे।

चाल-चलाई

मुसलिम समाज में विवाह के चौथे दिन 'चाल-चलाई' की विधि संपन्न की जाती है। उस दिन आँगन में दूल्हे को बिठाकर उसके सामने दुलहन को, शृंगार करके, सेहरा पहनाकर गीत गाते हुए घुमाया जाता है। दुलहन आँखें बंद किए रहती है। इसी तरह उसे कोहबर में ले जाया जाता है। दुलहन आँखें बंद किए रहती है। इसी तरह

---

1. संकीर्ण, 2. पाँव भी, 3. रखता है, 4. देव-स्थान, 5. प्रदक्षिणा करूँगी, 6. बुलाती है, 7. वस्त्र, 8. सुहागिनों, 9. सालियाँ।

उसे कोहबर में ले जाया जाता है। इस अवसर पर निम्न गीत गाया जाता है—

लाड़ो[1] को लाल बुलावे, यह बाजूबन[2] झूमता
सहाना[3] लाल बुलावे, यह बाजूबन झूमता
हजरिया[4] लाल बुलावे, यह बाजूबन झूमता
माँगो[5] टीका पेन्ह के तुम मेरी सेज पर चलि आओ
लाड़ो को लाल बुलावे, यह बाजूबन झूमता
नाको बेसर पेन्ह के तुम मेरी सेज पर चलि आओ
कानों बाली पेन्ह के तुम मेरी सेज पर चलि आओ
हाथों कंगन पेन्ह के तुम मेरी सेज पर चलि आओ
लाड़ो को लाल बुलावे, यह बाजूबन झूमता।

किसी-किसी गीत में सजी हुई दुलहन से धीरे-धीरे चले आने का आग्रह किया गया है, जिससे उसका दूल्हा उसे देख सके—

माँग लाड़ो टीका सोभे मोतिए की बहार
लाड़ो हौले चलि आओ ए बोलावे दिलवरजान
नाक लाड़ो बेसर सोभे उस पर चुनिए[5] की बहार
लाड़ो हौले चलि आओ तनी देखे दिलवरजान
गले लाड़ो माला सोभे उस पर सिकड़ी की बहार
लाड़ो हौले चलि आओ तनी देखे दिलवरजान
साँवली सलोनी लाड़ो, सर के लंबे बाल
लाड़ो हौले चलि आओ ए बोलावे दिलवरजान।

नहवावन

चौथारी के समय नहवावन यानी स्नान कराने की विधि संपन्न की जाती है। इस समय गाए जानेवाले गीतों में पोखरा खुदवाने, उसमें पानी भरवाने और इस विधि को संपन्न करने के लिए प्रचुर मात्रा में पुरस्कार देने का वर्णन होता है—

केई जे पोखरा खनावेला घाट बन्हावेला ए।
केकर भरेला कहार त राम नेहवावेले ए।
राजा दसरथ पोखरा खनावेले घाट बन्हावेले ए
कोसिला देइ[6] के भरेला कहार त राम नेहवावेले ए।
केई देला अँगूठी मुनरिया[7] केईया देला रूपा[8] ए
ए केई देला रतन पदारथ भरि गइले सूप ए।

---

1. लाड़ली, 2. बाजूबंद, बाँह पर पहनने का एक आभूषण, 3. शहाना, बादशाह जैसा, 4. हजारपति, 5. माँग में, 6. माणिक या लाल का छोटा नग, 7. देवी, 8. रुपया या चाँदी।

अम्मा देली अँगूठी मुनरिया बहिनी देली रूपा ए
ए भउजी देली रतन पदारथ भरि गइले सूप ए।

गौना

'गौना' शब्द 'गमन' से ही बना है। गौना का अर्थ है—कन्या का अपनी ससुराल के लिए गमन। जो लड़की विवाह के समय विदा नहीं होती, उसके गौने में फिर से बाराती आते हैं। समदावन गाया जाता है। दान-दहेज के साथ लड़की ससुराल जाती है, किंतु गौने की विदाई में चौथारी की रस्म नहीं होती।

गौने के समय लड़की को विदा कराने के लिए दूल्हा आता है। ममता, प्रेम के कारण बेटी के माता-पिता आदि दूल्हे से कुछ दिन और बेटी को छोड़ देने का आग्रह करते हैं। दूल्हा रूखा उत्तर देता है कि आप लोगों को अपनी बेटी इतनी प्यारी थी तो मेरे साथ विवाह क्यों किया? क्यों स्वजनों को इकट्ठा किया? क्यों गौन का दिन तय कराया? क्यों पालकी सजाई और ओ मेरी सलहज साहिबा, आपको अपनी ननद प्यारी है तो आप ही मेरे साथ चली चलिए—

कहँवा से आवेला चाक-चकइया[1] मोरे परान हरी
कहँवा के दुलहा गवन कइले जाला मोरे परान हरी
सभवा बइठल ससुर कइले मनुहारी[2] मोरे परान हरी
दिन दस रहे देहु धियवा[3] हमारी मोरे परान हरी
जहँ तोरे ए ससुर धियवा पियारी मोरे परान हरी
काहे लागी सजन बिटोरेलऽ[4] हमार, मोरे परान हरी
मचिया बइठल सासु करे मनुहारी मोरे परान हरी
दिन दस रहे देहु धियवा हमारी मोरे परान हरी
जहुँ तोरे ए सासु धियवा पेयारी मोरे परान हरी
काहे लागि गवना के दिनवा धरइलऽ[5] मोरे परान हरी
गेनवा[6] खेलत सखा[7] करे मनुहारी मोरे परान हरी
दिन दस रहे देहु बहिनी हमारी मोरे परान हरी
जहुँ तुहुँ ए सखा बहिनी पियारी मोरे परान हरी
काहे लागी पालकी सजवलऽ मोरे परान हरी
भनसा[8] पइसल[9] भउजी करे मनुहारी मोरे परान हरी
दिन दस रहे देहु ननदी हमारी मोरे परान हरी
जहुँ तोहे ए सरहज[10] ननदी पेयारी मोरे परान हरी
लगहुँ सजन संग साथ हो मोरे परान हरी।

1. चकवा-चकवी, 2. खुशामद, 3. बेटी, 4. इकट्ठा किया, 5. रखवाया, 6. गेंद, 7. साला, पत्नी का भाई, 8. रसोईघर में, 9. प्रवेश करके, 10. पत्नी की भाभी।

विदाई के समय माँ और बेटी के बीच होनेवाले मार्मिक संवाद भी इन गीतों में चित्रित हैं। कहीं ननद-भाभी के आपसी वैमनस्य की चर्चा है तो कहीं पति-पत्नी के उत्कट प्रेम का वर्णन है।

दोंगा

'दोंगा' शब्द 'द्विरागमन' अर्थात् दूसरी बार गमन या आगमन से बना है। गौने के बाद लड़की का जब दूसरी बार ससुराल आगमन होता है या जब वह ससुराल के लिए गमन करती है तो वह उसका दोंगा या द्विरागमन कहलाता है। दुलहन का दोंगा कराने के लिए वर अपनी ससुराल में आता है। उसके स्वागत और कन्या की विदाई की जोर-शोर से तैयारी होती है। गाय के गोबर से आँगन लीपा जाता है। कोहबर बनाकर उसमें लाल रंग की चादर बिछाई जाती है। चंदन की लकड़ी की खाट में झालर लगाई जाती है। माणिक का दीप जलाया जाता है—

सोरही गइया के गोबरे आँगन गहागही लीपल हो
गजमोती चउका पुरायम[1] ता राम अइहें दोंगा करे हो
लालिय[2] पट केर जाजिम झारि[3] बिछायम हे
काटब खरही[4] के बाँस त कोहबर बनायम हे
चनन खाट बिनायम[5] झालर लगायम हे
मानिक दियरा बरायम[6] राम अइहें दोंगा करे हे
केकरे सोभहे पगड़िया त केकर चुनरिया सोभे हे
रामजी के सोभहे पगड़िया त सिया के चुनर सोभे हे
जोड़े-जोड़े होवहे[7] मिलान[8] लगन अगुआएल[9] हे।

विसर्जन

'वि' उपसर्ग पूर्वक 'सृज्' धातु में 'ल्युट्' प्रत्यय लगाकर 'विसर्जन' शब्द बना है, जिसका शाब्दिक अर्थ है—उड़ेलना, डालना, त्याग देना आदि। जैसा कि नाम से स्पष्ट है—विवाह में विसर्जन का अर्थ है—मंडप में बची चीजों को दउरे में उठाकर, जौ का पीठा उठाकर, कोइलर का गीत गाते हुए कोइलर नाम के देवता को चढ़ा देना।

विसर्जन के गीत में दूल्हे-दुलहन के लिए वस्त्रादि तैयार करने और दोनों को आशीर्वाद देने का वर्णन आता है—

लाल सुई लाल डोरा लाल दरजी बोलाइ के

---

1. पुराऊँगी, 2. लाल, 3. झाड़कर, 4. एक प्रकार की घास, 5. बिनवाऊँगी, 6. जलाऊँगी, 7. होता है, 8. वर एवं कन्यापक्ष की ओर से परस्पर एक-दूसरे को दिए गए वस्त्र, द्रव्यादि के साथ मिलन, 9. आगे आ गया।

जुग-जुग जियथी[1] दुलहा दुलरइता दुलहा
जिनकर जामा सिलामहि[2]।
लाल सुई लाल डोरा लाल दरजी बोलाइ के
जुग-जुग जियथिन दुलहिन दुलरइतिन[3] दुलहिन
जिनकर लहँगा सिलामहिं।

मृत्युगीत

'गीता' के अनुसार वस्तुतः मृत्यु मात्र शरीर बदलने की प्रक्रिया है। 'मृ' धातु में 'त्युक्' प्रत्यय लगाकर 'मृत्यु' शब्द बनता है, जिसका अर्थ है—मरण। गीता में कहा गया है—जातस्य हि ध्रुवो मृत्युध्रुवं जन्म मृतस्य च[4]—अर्थात् आत्मा एक शरीर से निकलकर अपने प्रियतम परमात्मा से मिलने जाती है। संसार से उसकी विदाई का अत्यंत करण एवं मार्मिक चित्रण मिलता है, किंतु जानेवाले का तो परमात्मा प्रियतम से साक्षात्कार होता है, इसलिए संसाररूपी नैहर को छोड़ने की व्यथा उसे छू भी नहीं पाती। इस तरह के भाव जिन गीतों में पाए जाते हैं, उन्हें 'निर्गुण' संज्ञा दी जाती है। इनमें प्रतीकों के माध्यम से अध्यात्म का संकेत है।

मानव का शरीर मंदिर है, जिसके द्वारा सांसारिक सुखों का भोग होता है। वह शरीर चितागिन पर धधकता है और आत्मा मुक्तन होकर प्रिय के पास चली जाती है।

आत्मा अपने प्रियतम परमात्मा के समीप आती है। स्वामी उसे पानी लाने को भेजता है। वहाँ की भीड़ में उसका घड़ा फूट जाता है। कुआँ संसार है और भीड़ आवागमन है। घड़ा शरीर है। परमात्मा हृदय मंदिर में है। ननद रूपी बुद्धि उसे जगाती है, क्योंकि पाँच इंद्रिय रूपी चोर शरीर रूपी घर में घुस आए हैं। इनसे प्राणों को बचाना है। सभी अज्ञान निद्रा में लीन हैं। प्रभु का नामस्मरण ही इस अज्ञान से मुक्त होने का उपाय है।

एक निर्गुण गीत में पाँच प्राणवायु को 'पंचनदिया' कहा गया है, जिनकी एक धारा प्राणधारा है। उसके बीच नाभि का सहस्त्रार कमल खिला है, जो प्राणायाम आदि यौगिक क्रियाओं में खिलता है। संसार के अच्छे पदार्थों को चुनना 'फूल लोढ़ना' है। 'बारी' अर्थात् फुलवारी संसार है और साड़ी शरीर है। 'डोरो अटकल' का अर्थ सांसारिक भोगों में फँसना है, उससे छुड़ानेवाला एकमात्र सतगुरु ही है। फूलों से चंगेरी भरने का अर्थ है—अच्छे कार्य से जीवन सफल बनाना। सतगुरु के साथ जाने और सखियों से आँचल छुड़ाने का मतलब है—अंतिम विदाई लेना। इस प्रकार भौतिक दृष्टांतों से आध्यात्मिक भावों की अभिव्यक्ति की गई है—

पाँच नदिया रामा एक बहइ[5] धरवा[6] रामा

1. जिएँ, 2. सिलवाऊँगी, 3. दुलारी, 4. श्रीमद्भगवद्गीता 2/27, 5. बहती है, 6. धार, धारा।

ताहि बीच कमल रे फुलायल हो राम।
फूल लोढ़े गेली बारी[1] सारी[2] मोरा अटकल डारी
गुरु बिन केऊ न छोड़ावेइ हो राम।
फुलवा लोढ़िय लोढ़ि भरली चंगेरिया[3] रामा
सतगुरु अयलन लियावन[4] हो राम।
छोड़ु-छोड़ु संग के सथिया आज मोरे अँचरवा रामा
सतगुरु के संगवा अब हम जायब हो राम।
कहत कबीरदास पद निरगुनियाँ रामा
संत लोग लेहु ना विचारिय हो राम।

किसी निर्गुण गीत में प्रियतम से मिलने के लिए आत्मारूपी दुलहन के द्वारा संसार किए जाने का वर्णन है। यम को यहाँ ठग के रूप में चित्रित किया गया है, जिसने शरीर रूपी नगरी को लूट लिया है—

कौनो ठगवा नगरिया लूटल हो।
नंदन काठ के बनल खटोलना, तापर दुलहिन सूतल हो
उठो री सखी मोरी माँग सँवारो, दुलहा मोसे रूठल हो
आए यमराज पलंग चढ़ि बैठे, नैनन अँसुआ टूटल हो
चार जना मिलि खाट उठाइनि, चहुँदिसि धू-धू ऊठल हो
कहत कबीर सुनो भई साधो जग से नाता टूटल हो।

यद्यपि इस समय साधारणत: गीतों का विधान नहीं होता, पर स्त्रियाँ इस समय लय में गाती हैं और उसके साथ जो शब्द वे कहती हैं, वह प्राय: मृत व्यक्ति की प्रिय वस्तुओं का नाम लेकर शोक प्रकट करती हैं। इस प्रथा को कौरवी क्षेत्र में 'उलाहणी' कहते हैं।

इन शोकगीतों के वर्ण्य विषय, मृतक तथा उससे संबंधित वस्तुओं व स्वभाव होते हैं। वृद्ध की मृत्यु के अवसर पर गाया जानेवाला एक गीत इस प्रकार है—

ए चंदन रख कटाइयोणी ऐ बाढ़ी बेग बुलाइयोणी
ऐ सात्तो बाजे बाजियाणी, ऐ बेट्टों मूँड़ मुँड़ाइयाणी
ए बहुए सेस सिंडाइयाणी, ए पोत्तों चँवर डुलाइयोणी
ए दोहतों रास कराइयोणी, ऐ भर बजारो कढ्ढोणी।

वृद्ध की मृत्यु पर नाइन जिस गीत को गाती है, वह 'उठावणी' भी कहलाता

---

1. फुलवारी, 2. साड़ी, 3. एक प्रकार की सींक की डलिया 4. लिवाने के लिए।

है। उठावणी का अर्थ है—अरथी उठाने के अवसर पर गाया जानेवाला गीत। मृत्यु के समय 'पल्ले लेकर' रोने की प्रथा अभी भी प्रचलित है।

वृद्ध की मृत्यु पर गाया जानेवाला एक उलाहनी गीत इस प्रकार है—

अए हए बुड्ढे का मरना, हरी-हरी बोल
तेरे बेट्टै मूँड मुँडाइयो, बुड्ढे का मरना
बहुआ खेस खिंडाइयो री के, हरि-हरि बोल
पोत्ते चँवर ढुलाइयो, धेवते संख बजाइयो
ए कौन परी परमात्मा रे, हरी-हरी बोल
गइयो दान कराइयो
सुरग विमान चढ़ाइयाँ, बुड्ढे का मरना
चंदन चिता चढ़ाइया, गंगाजल ले नहलाइयो री।

आदिवासी क्षेत्र का एक मृत्यगीत अथवा शोकगीत इस प्रकार है—

रसिया[1] के काहे नागा डँसल[2] रे
भाई रोवे गोड़तर[3]
बहिन रोवे मुँड़तर[4]
धनियाँ रोवे पटसार[5]
चारों कुटुम मिलि एकमत होवे
ले चल जमुना किनारे असनान करे
काटी-काटी डँसना[6] बनावे
भुइयाँ[7] सारंग[8] मेड़रावे[9]।

एक मृत्युगीत में निर्धनता की पराकाष्ठा का चित्र है। पति की अंत्येष्टि के लिए पत्नी को अपने आर्भूषण तक बेचने पड़े—

केतकि[10] राति आवरो[11] रे सखि
भिनुसहराँ छूटेला परान
काहे खातिर जिया मेड़राए
बहिनी रोवे मूँड़े तरे भाई रोवे पाटी लागि
तिरिया गोड़े तरे जाइ हो
हँसुली बेचि हम लकड़ी गढ़उबे
बिछुवा बेचि अरथी सजउबे
ठुमकिया[12] बेचि मुँह आगि लगउबे।

---

1. प्रेमी, 2. डँस लिया, 3. पैर के पास, 4. सिरहाने, 5. पाटी पर, 6. बिस्तर, चिता 7. भूमि पर, 8. स्त्री, 9. लोटती है, 10. कितनी, 11. और, 12. नाक का आभूषण।

जीवन का अंतिम संस्कार मृत्यु संस्कार संसार को प्राय: सभी सभ्य-असभ्य जाति में होता है। इस अवसर पर गाए जानेवाले गीतों को समदाओन, मरसिया, निर्गुण, मरखी और कीर्तन भी कहते हैं। थारू जाति के बीच ऐसे गीत निर्गुण रूप में गाए जाते हैं, जिनमें काया की क्षणभंगुरता, संसार का मिथ्यापन, माया का झूठा व्यामोह, मृत्यु की अनिवार्यता, जीव की असहाय अवस्था आदि भावनाओं की अभिव्यक्ति होती है। थारुओं पर कबीर मत का प्रभाव प्रतीत होता है—

सभुआ बइठल छेल देवा लोक हे
जम पोथिया उतार
आएत जम निरमोहिया हे
चौदिस बइठे मरराई
बहियाँ पकड़ि जम लए गेल हे
कोय न जाएत संग साथ
आमाहि रोबइ बबूर तर बहिनी ससुरारी
तिरिया जे रोइब भानसघर
कोय देल जोड़ी बिछराय
अरिजन रोबइ परिजन रोबइ
रोबइ कुल पलिवार
लागल हटिया ओसरि गेल
कामिन मन पछताइ
चानन बटी बिरछा रोपल
सेहो भेल सिमल पलास
फुल देखि धइरज बान्हब हे
फल देखि होयेब निरास
चान बयेरी मेघ बादली
मछली बयेरी महाजाल
तिरिया बहे री दुहु लोचन
पंथ चलित हुवे लाज
सोना बिना कइसे सोहावल
बिना मोती कैसे हार
बिना रे आमा केर नइहर

बिना स्वामी कइसन सिंगार।

हिमाचल प्रदेश के भीतरी भाग किन्नौर में क्रिया-कर्म के समय शोकगीत गाए जाते हैं, जिन्हें 'छण्टयायिक गीथङ्' कहते हैं—

रोंचो तोइयाँ खोलो दुबारे
रोंचो तोइयाँ पशिङ् रागा
रोंचो तोइयाँ गोरा गीरशिरा
दई या गिरे रोमाराजा चिट्ठी।

□

संदर्भ ग्रंथ-सूची

1. कुमाऊँनी लोकगीत—मोहनलाल उप्रेती
2. गढ़वाली लोक साहित्य—डॉ. मोहनलाल बाबुलकर
3. कश्मीर का लोक साहित्य—मनमोहन कृष्ण
4. भोजपुरी ग्राम गीत—आर्चर डब्ल्यू.जी.
5. भोजपुरी लोक साहित्य—बैजनाथ सिंह विनोद
6. भोजपुरी संस्कार गीत—पंडित हंस कुमार तिवारी व राधावल्लभ शर्मा
7. ब्रज लोक साहित्य का अध्ययन—डॉ. सत्येंद्र
8. लोकायन—डॉ. चिंतामणि उपाध्याय
9. बुंदेली लोक साहित्य—श्रीकृष्णनंद गुप्त
10. भारतीय लोक साहित्य—डॉ. श्याम परमार
11. अवधी लोक साहित्य—डॉ. सरोजनी रोहतगी
12. थारू लोकगीत—प्रफुल्ल कुमार सिंह मौन
13. आदिवासी लोकगीत—उमाकांत त्रिपाठी
14. मगही लोक साहित्य व संस्कार गीत—डॉ. संपत्ति आर्याणी
15. राजस्थान का लोकगीत—देवीलाल सामर
16. मैथिली लोकगीतों का अध्ययन—डॉ. तेजनारायण लाल
17. हिंदी साहित्य की भूमिका—डॉ. हजारी प्रसाद द्विवेदी
18. हरियाणा के लोकगीत—एम.एस. रंधावा
19. मालवी लोक साहित्य—डॉ. श्याम परमार

20. बुंदेली लोकगीत—वासुदेव गारूस्वामी

21. डोगरी लोक साहित्य—रामनाथ शास्त्री एवं ओंकार सिंह गुलेरी

22. खड़ी बोली का लोक साहित्य—डॉ. सत्या गुप्ता

23. कनउजी लोकगीत—डॉ. संतलाल अनिल

24. अवधी लोकगीत हाजरा—डॉ. महेश प्रताप नारायण

□□□